버지니아 울프와
아웃사이더 문학

*Virginia Woolf and
Outsiders' Literature*

버지니아 울프와
아웃사이더 문학

이순구 지음

도서출판 |동인

나의 어머니에게

여기 실린 일곱 편의 글은 2015년부터 2020년까지 쓴 논문을 정리한 것이다. 원래의 논문 제목을 발표 순서대로 적으면 다음과 같다.

1) 2015년 8월, 「『등대로』에 나타난 인식론과 미학: 램지 부인과 릴리 브리스코 비교」

2) 2016년 9월, 「버지니아 울프의 에세이에 나타난 아웃사이더 예술을 통한 사회혁명 추구」

3) 2017년 2월, "Comparison of Art Theories of Oscar Wilde and Virginia Woolf"

4) 2017년 9월, 「『모솔리엄 북』과 『등대로』: "자기중심적 숭고함"에서 "집단적 숭고함"으로」

5) 2018년 6월, 「울프의 『존재의 순간』: 페미니즘적 고찰」

6) 2019년 9월, 「울프의 『댈러웨이 부인』: 새로운 '문명'의 주체로서의 여성」

7) 2020년 9월, 「『올랜도』: 레즈비어니즘과 제국주의 비판」

이 중 다섯 편(2, 4, 5, 6, 7)은 『현상과인식』에, 나머지 두 편(1, 3)은 『신영어영문학회』에 각각 실렸다. 논문의 제목과 부제를 약간씩 바꾸었고, 내용 역시 수정했다. 불필요한 부분은 뺐으며, 챕터별로 중복되지 않도록 했고, 지금의 시점에서 보았을 때 틀렸다고 여겨지는 부분은 고쳤다. 3번의 영문 글은 출판사의 요청으로 이번에 번역했다. 목차의 순서는 출판연도를 따르지 않았고 독자들이 더 쉽게 이해하리라 생각한 순서로 정했다. 그렇지만 각 장은 독립적으로 쓴 것이라서 독자들은 순서에 구애받지 않고 제목을 보고 읽고 싶은 대로 읽으면 된다.

2010년대 초반 한국버지니아울프 학회에 들어가게 되었을 때 나는 버지니아 울프(Virginia Woolf)에 관해서는 문외한이었다. 학창 시절 모더니즘 작가로 D. H. 로런스(Lawrence)와 제임스 조이스(James Joyce), 조셉 콘래드(Joseph Conrad) 등을 좋아했다. 울프는 무슨 말을 하는지 종잡을 수 없는 작가였다. 내가 신참이었을 때 울프 학회에서는 당시 에세이집 번역 출간을 앞두고 매달 회원들이 모여서 에세이 독회를 하고 있었다. 이때 울프의 에세이들을 읽으면서 참 좋았다. 문장들이 주옥같고 탁월했다. 주장도 선명했다. 어느 것 하나 반박이 불가능할 정도로 압도적인 힘을 지니고 있었다. 울프를 연구해보는 것도 좋겠다는 생각이 든 것은 바로 그 무렵이었다.

그렇지만 막상 울프를 연구하려니 무엇을 어디서 어떻게 시작해야 할지 막막했다. 원래 빅토리아 조 연구자였던 나는 무언가 손에 꽉 잡히는 게 좋았다. 그런데 여전히 울프는 내 손 안에 들어오길 거부했다. 그러다가 대학원 시절 레슬리 스티븐(Leslie Stephen)의 조지 엘리엇(George Eliot) 평론이 인상적이었던 것이 기억나 스티븐과 울프를 비교해보는 것은 어떨까 하는 생각이 들었다. 부녀간 글을 같이 연구해보는 것도 의미가 있을 것 같았다. 상당 기간 스티븐 관련 책들을 읽었다. 그런데 별 도움이 되지 않았다. 두 사람 사이에는 너무 큰 차이가 있었다. 도저히 울프 연구는 못 하겠다 싶어 포기하려던 무렵 제인 마커스(Jane Marcus)를 만났다. 마커스의 비평은 정말 핵폭탄과 같았다. 아마 한동안은 그만한 울프 관련 전문 비평가는 나오지 않으리라고 본다. 그녀의 단독 저서 『버지니아 울프와 가부장제 언어』(*Virginia Woolf and the Languages of Patriarchy*, 1987), 『예술과 분노: 여자인 것처럼 읽기』(*Art and Anger: Reading Like a Woman*, 1988), 그녀가 편집한 『버지니아 울프에 관한 새 페미니스트 평론들』(*New Feminist Essays on Virginia Woolf*, 1981), 『버지니아 울프: 페미니스트 성향』(*Virginia Woolf: A Feminist Slant*, 1988) 등을 가슴 졸이며 읽었다. 마커스의 책을 읽은 뒤에야 울프의 소설들이 내 손 안에 들어왔다. 적어도 내게는 그랬다. 마커스를 통해 울프의 소설들이 내게 말을 걸어왔고, 한번 말을 걸어오기 시작하자 내가 울프의 소설 속에 살고 있는지 현실 속 나의 삶을 살고 있는지 헷갈릴 정도로 푹 빠졌다. 어떤 작가를 만나서 내 인생이 변했다고 할 만한 일이 이전에는 없었는데 울프가 적잖은 영향을 끼쳤다.

울프 앞에는 주로 모더니스트, 아방가르드, 페미니스트, 사회주의자, 평화주의자, 신비주의자 등과 같은 수식어가 붙는다. 마커스는 울프를 사회주의자적 페미니스트로 보았다. 그런 견지로 마커스는 울프의 신비주의와 평화주의도 살폈다. 그러나 울프가 가장 빈번하게 자신을 표현한 말은 페미니스트도 사회주의자도 평화주의자도 아니었다. 그녀는 자신을 아웃사이더로 불렀다. 그리고 그것을 자신의 여성됨과 연관 지었다. 『3기니』(*Three Guineas*)에서 울프는 여성들만의 "아웃사이더 단체"를 결성하여 남성들과는 다른 방식으로 전쟁을 방지하는 방법을 찾아보자고 제안할 정도였다. 이점에 착안하여 나는 이 책의 제목을『버지니아 울프와 아웃사이더 문학』이라고 붙였다.

　울프는 어려서부터 자신을 아버지와 오빠들이 지배하는 소왕국의 아웃사이더로 보았다. 작가가 되었지만 공적인 영역 역시 집안에서와 마찬가지로 폭군들이 있었다. 그녀는 사적 영역과 공적 영역 사이에는 불가분의 관계가 있을 것이라고 보고, 가부장제의 종언 없이는 미래의 유토피아는 낙관할 수 없을 것으로 생각했다. 50세가 넘어 타의 추종을 불허하는 저명한 작가로 입지를 굳혔을 때조차도 여성인 자신에게는 조국이 없다며 끝까지 영국의 체제 안으로 들어가기를 거부했다. 1913년 말 영국의 리버럴리즘은 갑자기 잿더미로 변했다는 역사학자 조지 데인저필드(George Dangerfield)의 지적이 옳다면, 울프는 역사의 중요한 시점에 패권 국가로서 제 역할을 감당하지 못했던 영국의 지배계급을 향해 그들이 잘못된 길로 들어섰음을 질타했다. 1930년대 이후 점점 더 국가주의적이 되고 더욱 국수주의적으로 변하는 영국 사회를 보면서 그녀는 끝내 좌절했다.

　울프는 『프랑켄슈타인』(Frankenstein)을 쓴 메리 셸리(Mary Shelley)처럼 천재 작가는 아니었다고 본다. 그녀는 목표지점을 향해 질주하기보다 거북이처럼 느리게 자신만의 언어 세계를 축조했다. 이렇게도 보았다 저렇게도 보았다 하면서 그녀는 지그재그식으로 언어의 세계를 빚었다. 아버지의 서재에서 어린 시절부터 읽었던 수많은 고전의 무게감, 자신은 정규교육을 받지 않은 빅토리아 조 여성이라는 사실, 당대 지성계를 주름잡았던 지그문트 프로이트(Sigmund Freud)와 카를 마르크스(Karl Marx)라는 두 거물의 존재, 무신론자였지만 대대손손 기독교 집안 출신이라는 점 등은 무엇 하나 쉽게 글을 써 내려가지 못하게 했을 것이다. 대신 그녀는 글들을 아무도 알아볼 수 없는 듯한 암호 같은 것으로 만들었다. 그리고 그 암호는 그녀의 작품 세계를 광활한 것으로 만들어버렸다. 나는 그 광활한 세계를 잠시 스쳐 지나갔다.

울프는 다음과 같은 점에서 독보적인 작가였다고 본다. 첫째 인간 영혼의 세계가 리얼하다는 것을 언어로 보여주었고, 둘째 그 영혼의 세계가 현실 세계로부터 깊은 영향을 받으며 따라서 현실 세계가 매우 중요하다는 것을 역사학자의 심정으로 드러내고자 했다. 마지막으로 울프는 그동안 역사에서 배제되었던 여성 집단의 힘을 믿었다. 그녀는 여성들을 자기의 청중으로 인식했고 그들과의 상호작용 속에서 그들을 대변하는 글을 쓰고자 했다. 이러한 그녀의 입장은 19세기 빅토리아 조 여성 작가들과 그녀를 구별하는 것이자 1880년대 이후 1920년대까지 영국 내에서 활발하게 전개된 여성운동과 밀접한 관련을 맺는 것이다. 이 당시 여성 개혁론자들―마거릿 레웰린 데이비스(Margaret Llewelyn Davies), 제인 마리아 스트레이치(Jane Maria Strachey), 피파 스트레이치(Pippa Strachey), 에멀린 팽크허스트(Emmeline Pankhurst), 실비아 팽크허스트(Sylvia Pakhurst) 등―의 존재는 울프 문학 세계의 배경이었다. 울프의 문학은 이 여성 개혁가들과의 협업이었고, 따라서 그녀의 문학은 가부장제 이래 존재해온 모든 여성이 함께 부르는 정의와 해방을 위한 거대한 합창이었다. 이 책은 거기에 합류하고자 하는 하나의 목소리이다.

이 책이 나오기까지 함께해준 한국버지니아울프 학회 회원 분들에게 감사함을 전한다. 그분들 덕분에 울프를 공부할 수 있었다. 특히 울프 학회 창립자이자 나의 박사과정 지도교수님이신 박희진 선생님께 감사함을 전한다. 그분의 격려와 지지로 흔들리지 않고 지금껏 영문학을 공부할 수 있었다. 울프 학회 교수님들과 특히 한국교통대학교의 진명희 명예교수님과 서울여자대학교의 이귀우 명예교수님께 감사함을 전한다. 두 분은 자주 내 글을 읽고 격려해주셨다. 논문의 틀을 짤 때마다 항상 같이 있어 준 카이스트의 교수님이셨던 조애리 선배님께도 감사함을 전한다. 이 책의 4장과 5장에는 그분의 기여가 컸다. 한국인문사회과학회의 박영신 연세대학교 명예교수님께도 감사함을 전한다. 학문 간 통섭을 주장하시는 그분 덕분에 좀 더 넓은 시각에서 영문학을 보려고 노력했다. 내 부족한 논문을 읽어주고 학술지에 실리도록 도와주었던 『현상과 인식』 편집이사 분들에게도 감사함을 전한다. 특히 숙명여자대학교 이승훈 교수는 매번 좋은 지적을 해주셔서 논문의 질적 향상에 도움이 되었다. 7장 국문 번역을 도와준 김유석 선생님께도 감사를 표한다. 연구년 방문자 시절 따뜻함과 친절함으로 대해주셨던 하버드 대학의 일레인 스캐리(Elaine Scarry) 명예교수님께도 감사함을 전한다. 학자로서 살아가야 할 삶의 표본을 가까이서 보여주셨다. 이 세 번째 저서도 앞의 두 권과 마찬가지로 기꺼이 출판을 맡아주신 도서출판 동인 이성모 사장님에게 감사함을 전한다. 책의 교정을 맡아 수고해준 동인의 민계연 선생님에게도 감사의 마음을 전한다. 항상 나의 든든한 울타리가 되어주는 남편과 두 아들과 며느리에게도 사랑과 감사의 마음을 전한다. 끝으로 이 책이 나오기까지 영육 간에 강건함 주시고 여기까지 인도해주신 나의 에벤에셀 되신 하나님께 감사드린다.

2022년 11월
이순구

차례

1장

「근로 여성 협동조합에 대한 회고」 외
아웃사이더 문학의 모색

1. 서론

버지니아 울프(Virginia Woolf, 1882~1941)의 모더니즘 문학론은 그 선언서였던 「모던 픽션」("Modern Fiction", 1919)[1])에 잘 나타나듯이 인간의 내면과 심리, 주관적인 의식, 정신 혹은 영혼 등에 대한 강조를 둔다. 빅토리아 조 사실주의 문학이 인간의 사회적 풍습과 관습, 그리고 예절 등 외적인 사실들의 묘사와 디테일에 대한 모방을 강조한다면, 「모던 픽션」에

---

1) 원래 「현대 소설」("Modern Novels")이란 제목으로 1919년 4월 『타임스 문학 부록』(*The Times Literary Supplement*)에 발표되었다가 1925년 『일반 독자』(*The Common Reader*)에서 "Modern Fiction"으로 다시 출판되었다. 지금은 주로 이 버전으로 알려져 여기서도 "Modern Fiction"이란 제목을 사용했다.

나오는 울프의 모더니즘 문학론은 이에 대한 도전으로 눈에 보이지 않는 인간의 내면과 심리, 무의식의 세계를 묘사하고자 했고, 이것을 위해 그녀가 작품에 도입한 '의식의 흐름'[2] 기법은 우리가 익히 알고 있는 바다. 이러한 울프의 모더니즘 예술론은 자칫하면 우리가 개인의 주관적인 세계만을 탐닉하고 현란한 기법들을 창안한 형식주의자로서의 울프의 측면에만 관심을 두게 한다. 그런데 1920년대 이후에 쓰인 그녀의 에세이들을 보면 울프의 모더니즘 문학론은 그렇게 인간의 내면세계만을 천착하는 작가가 아님을 분명히 하며, 1930년대에 가면 매우 과격하고 급진적인 양상을 띤다. 그녀는 변화하는 사회에 대한 깊은 관심을 보이며 과연 문학을 통해 어떻게 사회를 더 나은 방향으로 바꿀 수 있을지에 대한 진지한 고민을 드러낸다. 결론부터 말하자면 울프에게 글쓰기는 현재의 삶에 대한 적극적인 참여의 한 가지 방식이었고 혁명적인 글을 통해 자신이 몸담은 영국 사회를 바꾸고자 했다.

일찍이 울프는 자신을 아웃사이더로 규정했다. 21세 때의 일기에서 그녀는 자신과 버네사(Vanessa)를 "아웃사이더"로 불렀다(Zwerdling, 1986: 115). 어른이 되어 그녀는 그것을 자신의 여성됨과 연관 지었다. 주지하다시피 그녀는 『3기니』(Three Guineas, 1938)에서 자신을 "교육받은 남성의 딸"로 묘사했다. 단지 여성이라는 이유로 중산층 출신의 남성들과는 달리 많은 사회적 혜택으로부터 배제되었기 때문이다. 그리하여 그녀는 중산층 여성의 지위를 다음과 같이 언급했다. "우리의 계급은 이 나라의

---

2) 이 용어는 1918년 메이 싱클레어(May Sinclair)가 「도로시 리처드슨의 소설」("The Novels of Dorothy Richardson")이란 에세이에서 리처드슨(Richardson)의 소설 『순례』(Pilgrimage)를 다룰 때 맨 처음 사용했다(Minow-Pinkney, 1987: 1).

모든 계급 중에서 가장 취약하다. 우리는 우리의 의지를 관철할 아무런 무기도 가지고 있지 않다"3)(Woolf, 2006: 16). 그렇지만 그녀는 자신의 여성됨을 긍정했다. "나는 아웃사이더가 좋다. 인사이더는 무채색의 영어를 쓴다. 그들은 대학이라는 기계로 생산되었다"(D. V. 333). 여성으로서의 이러한 아웃사이더 의식은 다른 여성들과 노동자 계급, 나아가 미천한 자들과 익명의 사람들에게 관심을 두게 했고, 자신을 포함한 이들 아웃사이더에 의한 글쓰기를 통해 가부장제 사회에 어떤 혁명적인 변화를 모색하고자 했다. 그녀는 지배계급의 논리가 얼마나 잘못된 것인가를 아웃사이더의 관점에서 드러내고자 했다.

한 개인의 등장은 선조들이 존재했기 때문에 가능한 것처럼 그의 정신 역시 과거로부터 전해 내려오는 사상의 발현일 수 있다. 이런 견지에서 사회의 아웃사이더들과 동일시하려 했던 울프를 이해하기 위해서는 잠시 그녀의 선조들을 살펴볼 필요가 있다. 그녀의 고조할아버지 제임스 스티븐 1세(James Stephen I)는 원래 스코틀랜드에서 영국의 남부로 이민해온 자로 매우 어려운 삶을 살았다. 그러나 그의 아들 제임스 스티븐 2세(Master James Stephen, 1758~1832)는 법률가가 되었고 서인도제도에 가서 변호사로 성공해 돈을 많이 벌었으며, 다시 영국으로 와서는 국회의원이 되는 등 입지전적인 인물이 되었다. 그런데 그가 국회의원으로서 주로 한 일은 노예의 편에 서서 싸우는 것이었다. 식민지에서 처참한 노예들의 실상을 목격했던 그는 노예제도는 반드시 폐지되어야 할 제도라고 믿었다. 이 과정에서 그는 당시 노예제도 폐지에 관심이 있었던 윌리

---

3) 다시 말해 울프는 중산층 여성이 중산층 남성보다 훨씬 힘이 없고 노동자 계급의 여성보다도 더욱 나약하다고 보았다(Woolf, 2006: 16).

엄 윌버포스(William Wilberforce), 재커리 매컬레이(Zachary Macaulay)와 가까워졌고 이들이 주요 멤버로 있던 클래펌 섹트(Clapham Sect)에 가입하여 노예 무역법 반대, 노예제도 폐지 등 불합리한 제도 개선에 앞장섰다. 클래펌의 교회를 거점으로 한 클래펌 섹트는 열렬한 복음주의자적 서클로, 하나님에 대한 신앙은 세속적 가치와는 다른 가치를 따라야 한다고 믿어, 그들만의 파당을 형성하면서 잘못된 현실을 바로 잡아나가고자 했다. 이들의 현실 참여적 경향은 결국 최초로 영국에서 노예무역을 폐지하고 후에는 노예제도 폐지 법령을 국회에서 통과되도록 하는 데 주도적인 역할을 했다(Annan, 1984: 146-52). 울프의 증조할아버지인 제임스 스티븐 2세는 마침내 법률가로서 최고의 자리인 고등법원 주사(Master of High Court)의 자리에까지 올랐다.

스티븐 2세의 셋째 아들인 제임스 스티븐 3세(Sir James Stephen, 1789~1859)는 이러한 가계의 복음주의자적 열정과 노예 해방을 위한 일을 계속해 나갔다. 클래펌의 교구 목사 존 벤(John Venn)의 딸과 결혼함으로써 자신의 복음주의자적 열정을 분명히 했던 그는 변호사 업무를 1825년에 그만두게 되는데, 그것은 순전히 식민지청(Colonial Office)의 공무원이 되어 영국 속령에서의 노예제도 폐지를 위해 영국 정부의 조처에 영향력을 행사하기 위함이었다. 결국 그는 1832년 해방 법령(emancipation bill)을 직접 입안했다(Annan, 1952: 8). 그는 이 식민지청에서 22년간 일했고 1836년 차관(Under-Secretary)의 자리에까지 올랐다.

한편 스티븐 3세의 셋째 아들인 레슬리 스티븐(Sir Leslie Stephen, 1832~1904)은 불가지론자가 됨으로써 가계의 전통인 기독교를 거부했다. 그러나 노예제도 폐지를 위한 선조들의 투쟁은 계속해 나가 1863년 내전

중이던 미국을 방문해 북부에 대해 지지를 선언했으며, 링컨(Abraham Lincoln) 대통령을 직접 만나기도 했다. 그는 후에 웨스트민스터 (Westminster) 성당의 챕터 하우스(Chapter House)에 설립될 제임스 러셀 로 웰(James Russell Lowell)을 기리는 기념비 제막식에서 다음과 같은 연설을 하기도 했다. "힘없는 자들을 괴롭히고 한 국가의 도덕적 힘을 약화시키 는 끔찍한 악에 대항하는 성전(聖戰)을 위해 그는 전쟁 노래들을 지었 다"(Maitland, 1906: 9). 로웰은 노예제도에 반대하고 링컨 대통령의 위대함 을 최초로 인정했던 미국의 정치인이자 시인 중의 한 사람으로 레슬리 스티븐의 평생의 친구였다.

1904년 레슬리 스티븐이 죽자 그의 장남 토비 스티븐(Thoby Stephen) 은 그동안 살아온 켄싱턴(Kensington)을 떠나 상대적으로 궁핍한 블룸스버 리(Bloomsbury)로 이사한다. 토비는 케임브리지 대학 친구들과 함께 이 집에서 매주 모임을 하게 되는데, 이 모임은 후에 블룸스버리 학파를 이 루는 시발점이 되었다. 소수의 지식인으로 구성된 이들은 한마디로 빅토 리아 조의 구시대적 유물은 척결하고 개인을 구속하는 온갖 격식의 타파 를 부르짖었던 문화적 반란자였다. 이들의 개인주의자적 구습 타파주의 와 급진적 성향, 파당적 배타주의 등은 노엘 아난(Noel Annan)의 지적대로 시대적으로 거리를 두고 있지만, 이전의 클래펌 섹트와 긴밀한 유사성을 보여주는 것으로(Annan, 1984: 5장) 이 모임으로부터 버지니아 울프, 리턴 스트레이치(Lytton Strachey), 로저 프라이(Roger Fry), E. M. 포스터(Forster), 데스몬드 맥카시(Desmond Maccarthy), 클라이브 벨(Clive Bell), 레너드 울프 (Leonard Woolf), 존 메이너드 케인스(John Maynard Keynes), 버네사 벨 (Vanessa Bell) 등 당대의 정치와 경제, 예술 분야를 주름잡았던 주요한 인물들이 배출되었다.

　이러한 점을 배경으로 본 장에서는 1920년대 이후에 발표된 울프의 몇몇 에세이 분석을 통해 그녀가 사회 변혁의 수단으로 사회의 아웃사이더들에 의한 글쓰기를 강조했던 그녀의 작가적 면모를 살펴보고자 한다. 이들 에세이에서 울프는 계급 간 구분이 허물어져 가는 민주주의 시대에 그러나 여전히 계급의 감옥에 갇힌 영국 사회와 문단을 향해 과연 미래의 민주적인 시대의 올바른 예술의 모습은 어떠해야 하는가에 관한 질문을 던진다. 그녀는 교육받은 중산층 남성에 의한 문학은 사회 혁명의 활력을 상실한 지 오래되었으며, 이제는 교육받지 못한 사회적 타자인 여성과 근로자가 주체가 되는 예술만이 사회를 개혁할 수 있다고 본다. 본 장에서는 이러한 울프의 페미니스트적이고 사회주의자적인 시각을 1920년대 이후에 쓰인 그녀의 몇몇 에세이 분석을 통해 살펴보고자 한다.

2. 계급과 소설

　1924년에 쓴 「베넷 씨와 브라운 부인」("Mr Bennett and Mrs Brown")에서 울프는 1910년 12월을 기점으로 달라진 사회상에 주목하고 소설 기법 역시 이에 상응하여 달라져야 할 것이라는 모더니스트 작가로서의 인식을 보여준다. 우선 이 에세이에서 울프는 그녀가 소설에서 창조하고 싶은 "브라운 부인"이라는 인물을 설정한다. 울프는 기차에서 그녀를 목도한 적이 있다며 브라운 부인은 당시 스미스 씨(Mr. Smith)와 함께 앉아 있었다고 한다. 두 사람이 기차 안에서 마주 보고 있는 장면을 상상하면서 울프는 젊고 권력을 쥔 듯한 인물인 40대의 스미스 씨보다는 늙고 몹시 가난한, 그러나 품위를 잃지 않는 여성 인물인 "브라운 부인"을 자기 소설 속의 주인공으로 삼고 싶다고 말한다. 그동안 에드워드(Edward) 조의 작가들은 모두 스미스 씨에게만 관심을 두었고, 그를 외적인 관점에서 집과 소득, 거리 등 외부적인 디테일을 통해서만 묘사했다고 말한다. 내면을 들여다보지 않고 사람들의 정신이나 영혼의 작용에 주목하지 않는 이들 에드워드 조 작가를 「모던 픽션」에서 공격했던 것처럼 이번에도 이들을 비난한다. 그리고 나서 이 잘 알려지지 않은 브라운 부인을 어떻게 독자들에게 전달할 것인가의 질문을 던진 뒤 자신의 브라운 부인 인물 창조는 분명히 1910년대에 작품 활동을 하던 웰스 씨(Mr Wells), 골즈워디 씨(Mr Galsworthy), 베넷 씨(Mr Bennett) 등의 작가와는 다르게 접근할 수밖에 없을 것이라고 주장한다. 이 에세이는 기본 논조가 유물론자 대 정신주의자, 에드워드 조 작가 대 조지(George) 조 작가라는 대립 구도에서 각각 후자를 중시했던 「모던 픽션」에서의 그것과 다를 바 없다. 차이점은 그동안 유물론자들에 의해 배제되었던 여성인 브라운 부인을 소설에서 창조하고 싶은 인물로 내세운다는 것이고, 작가로서 이 인물 묘사의 어려움을 반복적으로 강조한다는 점이다. 전자는 가부장제 사회에서 하찮은 존재로 간주하는 여성을 문학적 주체로 내세우겠다는 선언이고 후자는 그들을 제대로 묘사하기 위해서는 기존의 남성의 언어로는 창조할 수 없는 작가로서의 고민을 드러낸 것이다.

브라운 부인 인물 창조의 어려움은 사회가 변했기 때문으로 그녀는 설명한다. 로저 프라이의 후기 인상주의 미술 전시회가 열린 1910년 12

월 이후로 인간이 완전히 변했다는 것이다. 요리사의 경우 조지 조 시대의 요리사는 빅토리아 조의 요리사와는 완전히 다르며, 빅토리아 조의 주인과 하인, 부모와 자녀, 남편과 아내 사이의 인간관계 역시 조지 조 시대에 오면 그 성격이 급격히 달라지는데 이처럼 모든 인간관계가 바뀔 때 종교, 정치, 문학에도 변화가 있기 마련이라고 말한다. 그런데 현재로서는 브라운 부인 인물 창조를 도와줄 마땅한 문학적 스승도 없고, 적절한 기법도 없다고 토로한다(Woolf, 1950: 103-05). 울프 자신 역시 브라운 부인 묘사를 시도해 보았지만 성공적이지 못했다고 고백한다. "나는 브라운 부인을 나의 손가락들 사이로 빠져나가도록 내버려 두었다. 나는 무엇이든지 그녀에 대해 아무것도 말하지 않았다"(윗글: 112). 울프는 브라운 부인을 자기 소설에서 제대로 창조해보고 싶다는 의지를 내비치면서도 이 인물을 어떻게 창조할 수 있을지에 대해서는 해답을 제시하지 못하고 있다. 그렇지만 작가로서 미천하고 보잘것없는 브라운 부인을 작품의 주인공으로 삼고 싶다는 말은 그동안 가부장제 사회에서 익명으로 살아온 여성들의 삶을 다루어보겠다는 것으로 아웃사이더 작가로서의 자신의 포부를 밝힌 것이다. 이렇게 하여 울프는 자신을 여성을 대변하는 페미니스트 작가로 설정한다.

4년 후 쓴 「백작의 조카딸」("The Niece of an Earl")에 오면 울프는 위의 두 에세이와는 사뭇 달라진 접근을 보여주는데 여기서 그녀는 소설과 계급의 관계를 논한다. 일찍이 레이먼드 윌리엄스(Raymond Williams)는 『디킨스와 로런스까지의 영소설』(The English Novel from Dickens to Lawrence)에서 영소설의 의의는 제인 오스틴(Jane Austen), 조지 엘리엇(George Eliot), 토머스 하디(Thomas Hardy), 그리고 D. H. 로런스(Lawrence)로 이어지는 전통 속에서 찾아질 수 있다며 이 전통에 등장하는 노동자 계급에 대한 작가들의 공감 확장이 영소설사의 의미라고 강조한 바 있다. 그에 의하면 영소설이 전개되면서 교육을 통해 자신이 태어난 계급으로부터 유리된 작가들이 그럼에도 불구하고 자신이 떠난 계급을 진정한 그들만의 언어로 공감적으로 그려내는 데 점점 더 성공한다는 것이다. 그리하여 로런스 소설에서 이러한 성취가 완성된다고 말한다(Williams, 1973: 75-94). 소설과 계급의 관계를 짚어보았던 1970년에 나온 이 좌파 지식인의 시각과 비슷한 관점이 놀랍게도 1928년에 쓴 울프의 글 「백작의 조카딸」에 나온다. 이 에세이에서 울프는 무엇보다도 영소설에서의 노동자 계급의 부재를 지적한다. 노동자 계급은 교육을 받지 못했기 때문에 그들만의 삶을 그들만의 언어로 다룰 수 없다. 중산층만이 글 쓰는 법을 교육받았기 때문에 글을 쓸 수 있는데 그들은 자연히 그들의 계급인 중산층만을 다루게 된다. 그리하여 중산층 출신의 작가에 의한 노동자 계급 묘사는 영소설에서 고작 호기심이나 동정의 대상으로 나타나거나 부자들을 돋보이게 해주는 보조적 인물로만 등장한다. 이런 식으로 제인 오스틴의 경우 노동자 계급을 멀리서만 응시하며, 귀족과 하층민을 다 묘사하려 했던 조지 메러디스(George Meredith)도 하층민 묘사에는 결코 성공적이지 못했다고 진단한다(Woolf, 2003: 217).

한편 울프는 사회계급의 문제는 19세기 영소설에서 항상 본질적이었던바 그동안 계급 간 구분들이 소설가에게 그 모든 소재를 제공하는 경향이 있어서 메러디스가 그의 소설에서 한 여성을 "백작의 조카딸"이라고 묘사할 때 그의 독자들은 그녀의 사회적 유형을 이해하게 되며 다른 인물들이 그녀에게 반응하는 방식들을 더 잘 이해하게 된다고 설명한다.

이러한 반응은 종종 소설의 플롯의 성격을 결정하기조차 했다는 것이다. 그리고 이러한 특징은 19세기 영소설이 러시아 등 다른 나라의 소설들과 구분되는 주요한 특징이기도 하다고 규정한다. 그런데 문제는 이제 사회가 바뀌고 계급 간 구분들이 점점 더 퇴색되면서 중산층의 그 특징적 비전을 표현했던 소설이라는 관습적인 문학 장르가 유명을 달리할 시점에 오게 되었다는 점이다. 20세기의 민주적인 시대에 인간 정신은 더욱더 민주적이고 더욱 포괄적인 감성을 표현하고자 하게 될 터인데, 그렇게 되면 자신만의 계급적 비전에 갇힌 중산층은 민주적 시대를 대변할 사상을 더 이상 포착해낼 능력을 갖추지 못하게 되리라고 본다. 즉 중산층 작가는 더 이상 소설을 쓸 수 없는 딜레마에 처할 것으로 전망한다. 그리하여 전통적인 소설 장르는 계급의 종식과 더불어 미래의 시대에는 그 존재 이유를 잃게 되고 어쩌면 완전히 사라질지도 모른다고 예상한다.

이제 우리는 이전에 세계가 경험했던 그 어떤 변화보다 더 큰 변화가 임박해있다. 대략 일세기 경이 지나면 이러한 구분들은 하나도 유효하지 않게 될 것이다. 현재 우리가 알고 있는바 공작과 시골 노동자는 능어와 살쾡이처럼 완전히 사라져 없어지게 될지도 모른다. 두뇌와 성격 같은 자연적인 차이만이 우리를 구분시켜 줄 것이다. (여전히 장군이 존재한다면) 오플 장군은 백작(여전히 백작이 존재한다면)의 조카딸(여전히 조카딸이 존재한다면)을 외투(여전히 외투가 있다면)에 솔질하지 않고도 방문하게 될 것이다. 그러나 장군도 없고 조카딸도 없고 백작도 없고 외투도 없게 될 때 영소설에 무슨 일이 벌어질지 우리는 상상할 수 없다. 영소설은 그 성격을 바꾸게 되어 우리는 더 이상 그것에 대해 알지 못하게 될지도 모른다. 그것은 소멸해버릴지도 모른다. 우리 자신이 이제 시극을 거의 쓰지 못하고 있고 성공적으로 사용하지 못하고 있는 것처럼 마찬가지로 소설도 우리의 후손들에 의해 거의 쓰이지 못하고 성공적으로 쓰이지 않게 될지도 모른다. 진정으로 민주적인 시대의 예술은 . . . 무엇일까?

Thus it may well be that we are on the edge of a greater change than any the world has yet kin own. In another century or so, none of these distinctions may hold good. The Duke and the agricultural labourer as we know them now may have died out as completely as the bustard and the wild cat. Only natural differences such as those of brain and character will serve to distinguish us. General Ople (if there are still Generals) will visit the niece (if there are still nieces) of the Earl (if there are still Earls) without brushing his coat (if there are still coats). But what will happen to English fiction when it has come to pass that there are neither Generals, nieces, Earls, nor coats, we cannot imagine. It may become extinct. Novels may be written as seldom and as unsuccessfully by our descendants as the poetic drama by ourselves. The art of a truly democratic age will be—what? (Woolf, 2003: 219)

울프는 이런 식으로 더욱 민주적으로 변화하는 사회계급의 패턴들이 소설이라는 문학 장르의 종말과 더불어 더욱 적절하게 민주적 시대를 표현할 새로운 문학 형식의 탄생을 예고한다. 중산층이 쇠퇴하고 계급이 사라지면 19세기에 부흥했던 문학 장르인 소설도 사라질 것이라는 울프의 시각은 캐서린 힐(Katherine C. Hill)의 지적대로 사회를 대변하는 주요 계급이 곧 문학 장르를 결정한다는 그녀의 아버지 스티븐의 문학비평의 영향일 수 있다. 힐은 문학 비평가로서 레슬리 스티븐과 울프 사이의 유사성을 파헤쳤는데[4] 스티븐이 죽기 직전 딸 버지니아에게 받아 적게 해서 나온 작품인 『18세기 영문학과 사회』(*English Literature and Society in the 18th Century*)는 당시 22세였던 울프에게 지대한 영향을 끼쳤을 것이라고 주장한다(Hill, 1981: 355-59). 주지하다시피 스티븐은 『18세기 영문학과 사회』에서 엘리자베스 조의 영국 극의 부흥은 왕실의 후원 덕분이고 영국 극의 쇠퇴는 바로 그 왕실의 힘의 약화에 기인한다고 파악했다. 또한 18세기 포프(Pope)의 풍자시는 귀족 계급의 산물로, 그리고 18세기 풍자시의 소멸은 바로 그 귀족 계급의 힘의 약화로 설명했다. 같은 논리로 18세기 중반의 리얼리즘 소설의 경우 작가들은 북셀러의 후원을 받았기 때문에 중산층 독자들의 반응에 민감할 수밖에 없었고 중산층 가치를 작품 속에 구현해야만 했다고 분석한다(Stephen, 2015: I-III장). 이처럼 하나의 문학 장르의 형성과 쇠퇴를 사회를 움직이는 어떤 지배적인 힘의 이동 측면에서 바라보았던 스티븐은 문학을 시대를 대변하는 지적 산물로 간주했고 사회의 힘을 대변하는 주요 계급이 곧 문학 장르를 결정한다는 주장을 반

---

4) 이 두 사람 사이의 유사성에 관한 연구로는 캐서린 힐의 글 「버지니아 울프와 레슬리 스티븐: 역사와 문학적 혁명」("Virginia Woolf and Leslie Stephen: History and Literary Revolution"), 그리고 버지니아 하이먼(Virginia R. Hyman)의 두 개의 글 「빅토리아 조 후반과 초기 모던: 레슬리 스티븐과 버지니아 울프의 비평에 있어서의 연속성」("Late Victorian And Early Modern: Continuities in the Criticism of Leslie Stephen and Virginia Woolf")과 「거울 속에 비친 그림자: 레슬리 스티븐과 버지니아 울프」("Reflections in the Looking-Glass: Leslie Stephen and Virginia Woolf")가 있다. 하이먼의 글 중 전자는 두 작가의 비평가로서의 연속성을 밝히고 있고, 후자는 자신 안에서 아버지의 모습을 발견한 울프가 아버지에 대해 품는 애증을 분석한다.

복적으로 펼치고 있다. 「백작의 조카딸」에서 울프 역시 민주주의의 전개로 인한 계급 없는 미래 사회의 도래와 중산층 계급이 주도했던 소설이라는 문학 장르의 소멸을 조심스럽게 예견하는데, 문학에 대한 이러한 울프의 사회학적 접근은 아버지의 영향과도 무관하지 않을 것이다.

3. 아웃사이더 문학의 모색

울프는 1905년부터 1907년까지 3년간 몰리 칼리지(Morley College)에서 노동자 계급을 대상으로 야학 선생을 했는데 무급으로 밤 9시부터 문학과 역사 등의 과목을 가르쳤다. 그리고 그녀가 1912년 결혼했을 때 그녀의 남편 레너드 울프는 사회주의자였고 노동당을 지지하는 인물이었다. 1884년 마거릿 레웰린 데이비스(Margaret Llewelyn Davies)는 협동조합 여성 길드(Cooperative Women's Guild)을 결성했는데 이 조직은 사회주의자들에 의한 것으로 이들은 끊임없는 토론을 통한 점진적인 사회개혁을 믿었다. 레너드 울프는 근로 여성을 위한 이 기관에 관심이 많아서 이들의 모임에 나가 집단적 노동의 가치에 대해 강연하기도 했다. 협동조합 여성 길드 회원들은 연례 집회를 열었고 울프 내외는 1913년 7월 집회에 함께 참석한 적도 있었다(Webb, 2000: 23, 47-48).

1930년 데이비스는 근로 여성들이 쓴 글들을 모아 책으로 내기 위해 (후에 이 책의 제목은 『우리가 경험한 인생』*Life as We Have Known It*으로 1931년에 출판된다) 울프에게 그 글들을 보여주면서 그 책의 서문을 써달라고 요청했다. 이 글들은 협동조합에 속했던 근로 여성들에 의한 것으로 자신들의 삶을 소개하는 일종의 자전적 형식의 글이었다. 이 글들을 읽고 나온 게 「근로 여성 협동조합에 대한 회고」("Memories of a Working Woman's Guilds")로 울프는 이 책의 서문을 쓰는 대신 데이비스에게 보내는 서신 형식의 이 글에서 근로 여성들의 글을 읽고 난 후의 자신의 소감을 말하는데, 서신은 전반적으로 근로 여성이 구사하는 언어에 대한 그녀의 믿음을 피력한다. 마치 윌리엄 워즈워스(William Wordsworth)가 1802년 『서정 담시』(Lyrical Ballads)에 붙인 「서문」("Preface")에서 평민들이 사용하는 언어 자체가 시어로서 정당성이 있다고 주장하는 것처럼 이 에세이에서 울프는 생경하고 투박하지만 근로 여성들이 구사하는 언어에서 교육받은 지식인들의 글에서 찾아볼 수 없는 활력이 있다고 말하며, 이러한 근로 여성에 의한 독서와 글쓰기만이 그들을 부당하게 억압했던 사회를 진정으로 변화시킬 수 있는 수단이 될 수 있다는 신념을 보여준다.

이 에세이 「근로 여성 협동조합에 대한 회고」는 독특하게 과거와 현재 시점을 오가면서 쓰였는데, 17년 전에 자신이 여성협동조합이 개최한 집회에 갔을 당시의 근로 여성들의 5분 스피치를 들으면서 무감동한 상태로 지루해하며 앉아 있었음을 고백하고, 그 후에도 데이비스와 그 집회에 관한 토론을 벌일 때도 이들에 대한 자신의 공감이 가짜이고 자신의 태도는 구경꾼의 태도에 불과하다는 것을 토로한 바 있다고 회상한다. 그러나 이제 그들이 쓴 글을 직접 읽으면서 당시 강단에서 발표했던 여성들 개개인의 삶을 더 잘 이해하게 되었고, 더 이상 그들이 호기심과 당혹감의 대상이 아니라 진정한 공감이 가능한 상대로 인식하게 되었다고 술회한다(Woolf, 1950: 231, 237). 다시 말해 울프는 문법에도 맞지 않는 이들의 글을 통해 자본주의의 폐해를 절감하고 그들이 지배계급에 의해 부당하게 억압당하고 착취당한 수많은 사례를 접하면서 그들에 대한 이해가 깊어지고 그들과의 진정한 공감이 가능해졌다는 것이다. 그러면서 울프는 17년 전의 맨체스터(Manchester) 집회에서 그들의 스피치를 들었을 때도 이미 그들이 구사하는 언어에서 남다른 활력을 느꼈다고 회고한다.

당신의 집회에서 우리가 받은 가장 신기한 인상 중의 하나는 "가난한 사람들", "노동자 계급" 등 당신이 그들을 뭐라고 부르든지 간에 그들은 짓밟혀 있다거나 질투심이 많다거나 기운 없어 보인다거나 하지 않았다는 점이죠. 그들은 유머가 있고 활발하며 독립적이었어요. 이처럼 우리가 그들을 동정을 보여주어야만 하는 상대가 아닌 것으로 만나는 게 가능하다면, 가령 카운터 혹은 부엌 테이블을 사이에 둔 주인으로서가 아닌, 비록 의상과 몸은 다르다 하더라도 같은 목표와 소망을 지닌 동료로서 만난다면 어떤 위대한 해방이 생겨날 것이지요. 가령 예를 들면 이 여성들의 어휘에는 우리들의 것에서 사라져버린 아주 많은 단어가 숨어있음이 틀림없어요. 우리들의 눈에는 보이지 않는 아주 많은 장면이 그들의 눈에는 잠복한 채로 보이게 될 것이죠. 결코 책에 등장한 적이 없는 많은 이미지와 격언과 속담이 그들에 의해 여전히 통용되고 있음이 틀림없어요. 그들은 새로운 것들을 만들 수 있는, 우리는 상실해버리고 만 힘을 아직도 가지고 있을 가능성이 커요. 집회의 스피치에는 공적 미팅의 무게가 결코 단조롭게 만들어버릴 수 없는 많은 날카로운 구절이 들어 있었지요.

Indeed, we said, one of our most curious impressions at your Congress was that "the poor," "the working classes," or by whatever name you choose to call them are not down-trodden, envious, and exhausted; they are humorous and vigorous and thoroughly independent. Thus, if it were possible to meet them not as sympathizers, as masters or mistresses with counters between us or kitchen tables, but casually and congenially as fellow beings with the same ends and wishes even if the dress and body are different, a great liberation would follow. How many words, for example, must lurk in those women's vocabularies that have faded from ours! How many scenes must lie dormant in their eyes unseen by us! What images and saws and proverbial sayings must still be current with them that have never reached the surface of print; and very likely they still keep the power which we have lost of making new ones. There were many shrewd sayings in the speeches at the Congress which even the weight of a public meeting could not flatten out entirely. (Woolf, 1950: 238)

억압과 착취의 현실에서 그들이 실제로 경험했던 것만이 그들로 하여금 사회의 부조리와 비인간성을 제대로 고발할 수 있도록 해줄 것이며 그들이 그들만의 언어로 자신들의 경험을 글로 담아낼 때 사회 변혁의 조짐은 가능해진다고 울프는 역설한다. 멜바 쿠디 킨(Melba Cuddy-Keane)의 지적처럼 피압제자들의 독서와 글쓰기를 통한 사회 혁명의 가능성을 모색했다는 점에서(Cuddy-Keane, 2010: 232, 241) 짐짓 울프는 브라질의 교육 개혁가인 파울로 프레이리(Paulo Freire)의 입장과 유사한 듯하다. 『피압제자들의 교육학』(Pedagogy of the Oppressed)에서 밝히듯 글을 읽을 줄 모르는 가난한 자들에게 글을 가르쳐 그들이 일종의 권력을 갖게 함으로써 사회개혁에 참여하도록 유도할 것이라는 프레이리의 주장이 교육을 혁명의 매개로 강조하고 있다면, 작가였던 울프 역시 사회 혁명의 수단으로 사회적 아웃사이더들에 의한 독서와 글쓰기를 적극적으로 제안하고 있다. 다만 울프는 그 대상으로 여성과 노동자 계급을 지목한다. 그동안 공적 영역에의 참여가 배제되었던 자들에게 일종의 권력을 부여하는 방식으로 문학적 삶을 권하고 있는 셈인데 울프는 그 어떤 제도 개선보다도 이들에 의한 문학적 행위가 수반될 때야 비로소 억압적인 사회구조에서 근본적인 변화가 생겨날 것임을 시사한다. 1928년 "국민평등선거법"(Representation of the People Act or Equal Franchise Act)이 제정되면서 남녀 모두 21세 이상이면 보통 선거권을 행사하게 되어 모든 사람에게 정치적 참여가 가능해졌지만, 현실적인 삶 속에서 근로 여성의 처우는 매우 열악하다고 본 울프는 이들 스스로에 의한 독서와 글쓰기만이 계급 없는 사회를 도래하게 할 유효한 수단이 될 것으로 제시한다.

울프는 이 에세이에서 노동자 계급 여성들은 보통 7, 8세에 돈을 벌기 시작하여 14세가 되면 공장에 들어가는 것이 일반적이라며 담담히 그들의 피폐한 삶을 소개한다. 그러나 이들은 그러한 삶에 굴하지 않았으며 심지어 없는 시간을 쪼개어 독서를 했고 독서를 통해 사유할 줄 아는 사람들이 되었으며, 결국 이들은 사회개혁을 위한 논쟁을 벌였고 이 논쟁은 그들이 사회문제를 함께 고민할 조직을 결성하기에 이르렀다고 말한다. 1883년 4월 18일 일곱 명의 노동자 계급의 여성들이 길드를 만들어냄으로써 촉발된 여성협동조합은 점점 커져 결국 국가와 세계의 문제를 다루는 것으로 급성장하게 되었다며 이 조합이 지닌 의의를 다음과 같이 규명한다.

[이 조합]은 [남편과 자녀가 있는 나이 많은 여자들에게] 우선 그들이 끓는 냄비와 우는 자녀들한테서 멀리 떨어져 앉아서 생각할 수 있는 공간을 마련해주었다. 그리고 그 공간은 여성 근로자의 집은 어떠한 것이어야 하는가를 두고 다른 사람들과 같이 그 모델을 만들 수 있도록 해주는 장소가 되어주었다. 그 뒤 회원들이 늘어나고 20명 혹은 30명의 여자가 매주 모임을 열게 되자 하나의 집은 집들이 있는 거리가 되었다. 그리고 만일 당신이 집들이 있는 거리를 가지고 있다면 당신은 가게와 하수구, 우체통도 있어야 한다. 마침내 거리는 마을이 되었고 마을은 교육과 재정과 마을과 마을 사이 관계의 문제를 다루게 되었다. 그 뒤 마을은 나라가 되었고 나라는 영국이 되었고 독일과 미국이 되었다. 그리하여 버터와 베이컨의 문제를 토론하던 여성 근로자들은 그들의 매주 모임에서 하나의 큰 민족과 다른 민족 간의 관계를 고려해야만 했다.

[The Guild] gave [the older women, with their husbands and children] in the first place a room where they could sit down and think remote from boiling saucepans and crying children; and then that room became a place where one could make, and share with others in making, the model of what a working woman's house should be. Then as the membership grew and twenty or thirty women made a practice of meeting weekly, that one house became a street of houses; and if you have a street of houses you must have stores and drains and post boxes; and at last the street becomes a town, and a town brings in questions of education and finance and the relation of one town to another town. And then the town becomes a country; it becomes England; it becomes Germany and America; and so from debating questions of butter and bacon, working women at their weekly meetings have to consider the relations of one great nation to another. (Woolf, 1950: 245)

비록 이들의 글은 불완전하지만 거기에는 시대가 필요로 하는 활력이 있으며, 교육받은 중산층 남성들은 결코 흉내 낼 수 없는 힘을 느끼게 해준다며 울프는 이들의 글이 지닌 잠재력을 강조한다. 그렇지만 그 한계를 지적하기도 한다. "여기에는 숙고함의 깊이도 없고 전체로서의 삶에 대한 견해도 없다. 다른 사람의 삶으로 들어가려는 시도도 없다"(윗글: 246). 아직은 근로 여성들에서 위대한 작가가 배출되기란 시기상조라는 것이다.

그러면서도 울프는 마침내 미래에는 이들 노동자 계급을 통해 사회가 하나로 융합될 것이라고 확신한다. 노동자 계급이라는 새로운 계급이 미래의 파도를 타며 그들의 분노의 "뜨거운 열기"만이 새롭게 복잡해지고 더욱 민주적인 사회의 사람들을 하나로 융합시킬 것이라며 그들이 주체가 되는 희망스러운 미래를 상상해본다. "그들의 이 힘, 가끔 껍데기를 깨고 나와 뜨겁고 겁 없는 화염으로 표면을 핥는 이 뜨거운 열기가 나와서 우리를 한군데에 녹인다면 삶은 더욱 풍요로워지고 책들은 더욱 복잡해지고 사회는 소유를 나누는 대신 공유하게 될 것이다"(윗글: 241-42). 이러한 울프의 급진적인 발언은 인상주의자적 비평가로서의 면모를 보여주었던 1910년대의 울프의 모습과는 큰 차이를 보여준다.

1940년 브라이턴(Brighton)의 노동자 교육 연맹(Worker's Educational Association) 사람들에게 행했던 연설문인 「기우는 탑」("The Leaning Tower")에서 울프는 모두가 평등한 계급 없는 미래 사회의 도래를 위해 여성들이 글쓰기의 주체가 될 것을 제안한다. 여기서 울프는 중산층의 남성 중심 지배계급에 대한 적대감을 숨김없이 드러내고 있다. 우선 울프는 「백작의 조카딸」에서 다루었던 소설과 계급의 관계를 다시 논하면서 점점 더 표현 능력을 상실하는 중산층 계급의 남성 작가들에게 공격의 화살을 겨냥한다. 이들은 교육을 통해 "민중의 위로" 올라섰다. 이들은 가족 내 여형제의 교육을 희생시키면서 비싼 교육을 받아온 특혜 받은 당사자들이었다며 다음과 같이 남성 작가들을 비판한다.

> 이들은 모두 중산층 출신이다. 이들은 적어도 비싼 양질의 교육을 받았다. 이들은 모두 대중들 위로 올라가도록 양육 받았다. 중산층 출신을 뜻하는 스터코 탑 위에서, 그들의 비싼 교육을 뜻하는 금탑 위에서 말이다. 이것은 디킨스를 제외한 19세기 모든 작가에게 해당하였다. 그것은 D. H. 로런스를 제외한 모든 1914년 작가들에게 해당하였다.

> They have all come from the middle class; they have had good, at least expensive, educations. They have all been raised above the mass of people upon a tower of stucco—that is their middle-class birth; and of gold—that is their expensive education. That was true of all the nineteenth—century writers, save Dickens; it was true of all the 1914 writers, save D. H. Lawrence. (Woolf, 1967: 168)

그러면서 울프는 20세기 남성 작가를 19세기 남성 작가와 비교한다. 19세기 작가들의 경우 계급의 울타리를 의식하지 못했고, 울타리들을 그대로 받아들였으며, 따라서 그것들을 바꾸려 하지 않았다고 본다. 이것이 19세기 작가들에게는 큰 장점으로 그들은 주어진 계급의 울타리 내에서 부유함과 평화로움을 만끽하며 빼어난 다작을 남길 수 있었는데 이 안전한 탑은 1914년까지 계속되었다는 것이다(윗글: 169). 그런데 갑자기 세계대전이 발발했고 이제 모든 계급의 울타리들이 20세기를 살아가는 우리의 눈에 들어오기 시작했고 중산층 남자들을 민중 위로 올라가게 했던 출생과 교육의 탑은 기울어지기 시작했다며, 울프는 1930년대의 달라진 시대상을 다음과 같이 묘사한다.

> 모든 곳에 변화가 있었다. 모든 곳에 혁명이 있었다. 독일과 러시아와 이탈리아와 스페인에서 모든 낡은 울타리가 뽑혔고 모든 오래된 탑이 부수어졌다. 다른 울타리들이 심어졌고 다른 탑들이 세워졌다. 한 나라 에는 공산주의가 있었고 또 다른 나라에는 파시즘이 있었다. 문명과 사 회의 전체가 바뀌고 있었다. 물론 영국 자체에는 전쟁도 없었고 혁명도 없었다. 이 모든 작가는 1939년 이전에 책을 쓸 시간이 많이 있었다. 그 러나 영국에서조차도 금과 스터코로 지어진 탑들은 더 이상 안전한 탑 들이 아니었다. 기울어지고 있는 탑들이었다.

> Everywhere change; everywhere revolution. In Germany, in Russia, in Italy, in Spain, all the old hedges were being rooted up, all the old towers were being thrown to the ground. Other hedges were being planted; other towers were being raised. There was communism in one country; in another fascism. The whole of civilization, of society, was changing. There was, it is true, neither war nor revolution in England itself. All those writers had time to write many books before 1939. But even in England towers that were built of gold and stucco were no longer steady towers. They were leaning towers. (윗글: 170)

울프가 변화하는 1930년대 유럽의 사회상에 얼마나 예민하게 반응하고 있는지를 보여주는 대목이다. 그녀는 대략 1925년부터 1939년까지 글을 썼던 후자 그룹에 속하는 1930년대 작가들은 이전의 작가들과는 달리 위대한 작품을 결코 생산해내지 못하고 있다고 질타한다. 카를 마르크스(Karl Marx)와 프리드리히 엥겔스(Friedrich Engels)는 20세기의 지식인들에게 부르주아를 버리고 프롤레타리아와 하나가 될 것을 주장했다. 그리하여 세실 데이루이스(Cecil Day-Lewis), W. H. 오든(Auden), 스티븐 스펜더(Stephen Spender)를 비롯한 1930년대 사회주의 작가들은 이제 그들이 속한 자본주의 사회의 폐해를 직시하고 민중과 하나가 되기를 갈망한다. 그러나 그들 자신이 자본주의 사회의 최대 수혜자였기 때문에 사회를 향한 그들의 공격과 비난에는 진정성이 있을 수 없다는 것이다. 그들은 자신들이 받은 교육과 세습된 불로소득을 결코 포기할 수 없다. 민중과 하나가 되고자 하는 그들의 시는 정치적 수사에 불과할 뿐이며 이 점은 그들 문학의 한계라는 것이다. 그들은 기우는 탑을 부술 수도, 탑 밖으로 나올 수도 없다는 게 울프의 1930년대 좌파 시인들에 대한 혹평이었다. 이들 정치적 작가들의 문학에 반영된 마음 상태는 "불일치와 비참함, 당혹감과 타협으로 가득 차 있고"(윗글: 172) 이 시인들이 아돌프 히틀러(Adolf Hitler)를 반대하지만 이들의 글은 너무나 히틀러를 닮아있다며 "선동적이고 교훈적이며 확성기 음조가 그들의 시를 지배한다"(윗글: 175)라며 일갈했다.

따라서 울프는 이들이 아닌 새로운 계급에 의한 새로운 문학 장르의 창출이 20세기에는 절실하다고 역설한다. 기우는 탑에 갇히지 않은 새로운 계급에 의해서만 사회 혁명은 진정으로 가능할 것이라고 주장한다. 이제는 계급에서 벗어나 모든 것을 포괄하고 진정으로 민주적인 세계관에 입각한 새로운 문학이 요구된다며 미래의 계급 없는 사회에서의 소설의 종언을 예고했던 「백작의 조카딸」에서 했던 주장을 이번에도 반복한다. 그러면서 계급이 없고 탑이 없는 미래 사회에서의 작가의 어휘는 "울타리의 지배를 덜 받아왔기 때문에" 더욱 "풍요로워질 수" 있고 "교훈주의와 선동의 짐"을 떨쳐버릴 수 있는 "더 강하고 더 다양한 문학"(윗글: 179)을 기대할 수 있으리라고 희망한다.

한편 이 에세이에서 울프는 사회적 타자들인 여성이 주체가 되는 문학을 제안한다. 울프는 이제 그녀의 노동자 교육 연맹의 여성 관객들을 향해 그들을 "우리"(윗글: 171)라고 지칭한다. "우리는 평민이자 아웃사이더가 아닌가?"(윗글: 181) 그러면서 그녀는 중산층 남성 작가 중심의 기우는 탑 학파의 작품들과는 구분되는 자신을 포함한 이들 아웃사이더에 의한 미래의 '아웃사이더' 문학을 대안으로 제시한다. 여성은 자본주의 사회의 특혜를 받지 않았기 때문에 중산층 출신의 남성들처럼 기우는 탑 안에 갇혀있을 필요가 없다. 이들에 의해서만 탑 없는 계급 없는 사회가 가능해질 것이라고 주장한다.

그리하여 울프는 영국이 여성들에게는 교육의 기회를 제공하지 않은 나쁜 국가지만, 다행히 모든 영국의 공공도서관은 누구에게나 책을 무료로 빌려준다면서 여성들에게 이것을 십분 활용할 것을 제안한다. 『자기만의 방』(*A Room of One's Own*)에서 여주인공이 옥스브리지(Oxbridge) 대학의 잔디를 침입해 들어갔다면 이번에도 여성들에게 공공도서관에 "침입"해 들어가라고 제안한다. "당장 침입하자. 문학은 그 누구의 사적인 땅이 아니다. . . . 자유롭게, 두려움 없이 침입하여 우리 자신을 위한 우리만의 길을 찾아내자"(윗글: 181). 그러면서 책을 읽되 비판적으로 읽어라, 글을 쓰되 가능하면 높은 수준의 글을 쓰도록 해라, 라고 당부한다.

그렇게 할 때 미래의 계급 없고 탑 없는 민주적인 평등사회는 그 실현이 앞당겨질 것이고 그 미래에는 반드시 여성이 주체가 될 것이라며 사회적 아웃사이더들인 여성이 주체가 될 새로운 문학 장르의 출현을 전망하면서 미래 세상을 낙관한다.

4. 결론

본 장에서는 1920년대 이후의 울프의 몇 개의 에세이를 살펴봄으로써 그녀가 단순한 내면세계 묘사만을 중시했던 작가가 아니라 자신이 몸담고 살아가는 현실에 대한 강한 참여 의식을 보여주고 있음을 분석했다. 울프는 자신의 부르주아 출생 신분으로 인해 그동안 많은 질타와 질시를 받아온 작가였다. 본 장에서는 이러한 시각과는 대조적으로 울프가 사회의 아웃사이더들과 자신을 동일시했고 여성과 노동자 계급에 의한 독서와 글쓰기를 강조함으로써 모두가 평등한 미래 사회의 도래를 모색했던 작가임을 살펴보았다.

울프에게 문학 장르는 계속 변화하는 것으로 계급이 사라진 미래의 민주적인 시대에는 19세기적 소설의 시대는 가고 새로운 문학 장르가 등장할 것이라고 예고하는 한편, 그것은 더 이상 교육받은 중산층 남성들에 의해 지배당하고 주관되는 것이 아니라 오히려 소외당하고 억압받아 온 여성과 근로자들이 주체가 될 것으로 확신했다. 그녀는 중산층 출신의 남성 작가들에 의한 문학은 사회 혁명의 활력을 상실한 지 오래되었으며, 이제는 교육받지 못한 사회적 타자들인 여성과 근로자 계급이 주체가 되는 문학만이 사회를 구제할 수 있다며, 그들에 의한 적극적인 문학적 행위가 전제될 때에야 비로소 미래의 계급 없는 평등사회에 대한 갈망이 실현될 수 있음을 시사했다.

울프가 죽은 지 많은 세월이 흘렀다. 소설의 죽음에 대한 논의는 1960년대 이후 시종 비평계의 화두가 되었다. 소설의 시대는 가고 지금은 시각적 영상 매체가 대중을 사로잡는 듯하다. 그럼에도 불구하고 울프가 추구하던 모두가 평등한 민주적인 시대는 아직 요원하다. 그러므로 그녀가 쓴 에세이와 소설은 여전히 우리에게 절실하게 필요한 그 무엇이다. 엘리트 계층이 지배계급과 야합해가는 작금의 시대에 끝까지 아웃사이더임을 고집하면서 자신만의 글쓰기를 통해 역사적 흐름을 바꿔놓고자 했던 울프의 투쟁은 아직도 유효하다.

| 인용문헌 |

Annan, Noel. *Leslie Stephen: The Godless Victorian*. Chicago: U of Chicago P, 1984.
_____. *Leslie Stephen: His Thought and Character in Relation to His Time*. Cambridge: Harvard UP, 1952.
Cuddy-Keane, Melba. "Virginia Woolf and the Public Sphere." *The Cambridge Companion to Virginia Woolf*. Ed. Swan Sellers. Cambridge: Cambridge UP, 2010.
Freire, Paulo. *Pedagogy of the Oppressed*. Trans. Myra Bergnan Ramos. New York: Continuum, 1970.
Hill, Katherine C. "Virginia Woolf and Leslie Stephen: History and Literary Revolution." *PMLA* 96.3 (1981): 351-62.

Hyman, Virginia R. "Late Victorian and Early Modern: Continuities in the Criticism of Leslie Stephen and Virginia Woolf." *English Literature in Tradition 1880-1920* 23.3 (1980): 144-54.

_____. "Reflections in the Looking-Glass: Leslie Stephen and Virginia Woolf." *Journal of Modern Literature* 10.2 (1983): 197-216.

Maitland, Frederic William. *The Life and Letters of Leslie Stephen.* Honolulu: UP of the Pacific, 1906.

Minow-Pinkney, Makiko. *Virginia Woolf and the Problem of the Subject: Feminist Writing in the Major Novels.* Edinburgh: Edinburgh UP, 1987.

Rose, Phyllis. *Woman of Letters: A Life of Virginia Woolf.* New York: Oxford UP, 1978.

Stephen, Leslie. *English Literature and Society in the Eighteenth Century.* San Bernardino: Valde Books, 2015.

Webb, Ruth. *Virginia Woolf.* London: The British Library Board, 2000.

Williams, Raymond. *The English Novel: From Dickens to Lawrence.* London: Chatto & Windus, 1973.

Woolf, Virginia. *The Diary of Virginia Woolf.* Ed. Anne Oiver Bell with Andrew McNeillie. 5 Vols. London: Hogarth, 1977-1984.

_____. "The Leaning Tower." *Collected Essays* 2. New York: Harcourt, Brace & World, Inc., 1967.

_____. "Memories of a Working Women's Guild." *The Captain's Death Bed and Other Essays.* Ed. Leonard Woolf. San Diego: HBJ, 1950.

_____. "Modern Fiction." *Collected Essays* 2. Ed. Leonard Woolf. New York: Harcourt, Brace & World, Inc., 1967.

_____. "Mr. Bennett and Mrs. Brown." *The Captain's Death Bed and Other Essays.* Ed. Leonard Woolf. San Diego: HBJ, 1950.

_____. "The Niece of an Earl." *The Common Reader* 2. Ed. Andrew McNeillie. London: Vintage, 2003.

_____. *Three Guineas.* Intro. Jane Marcus. Orlando: A Harvest Book, 2006.

Zwerdling, Alex. *Virginia Woolf and the Real World.* Berkeley: U of California P, 1986.

2장

『댈러웨이 부인』
새로운 '문명'의 주체로서 여성

1. 들어가며

버지니아 울프(Virginia Woolf, 1882~1941)의 미학에 대한 페미니즘 비평은 1930년대 막시스트(Marxist) 비평과 『스크루티니』(*Scrutiny*) 지 비평 이래 대체로 부정적이었다. 울프는 1910년대에 페미니즘 운동에 관여했지만 짧은 기간만 활동했고, 1918년 여성의 참정권이 확정되고서는 대체로 무관심으로 대했으며, 1924년이 되면 자신을 더 이상 정치적으로 연루된 페미니스트로 보지 않았던 것으로 여겨지고 있다(Zwerdling, 1986: 213-14). 따라서 그녀에 대한 비평가들의 의견은 그녀가 페미니스트일지 몰라도 거친 리얼리티를 다룰 줄 모르는 보호 받는 특권층 출신의 과민한 환자에 불과하다는 것이었다. 가령 Q. D. 리비스(Leavis)는 유명한 그녀의 『3

기니』(*Three Guineas*, 1938) 서평에서 울프를 남자들은 국회에서 일하고 여자들은 쇼핑이나 하는 그런 세상에 산다며 그녀의 계급이 그녀를 격려했다고 비판한다. 그녀가 받은 혜택을 감안하면 여성의 권리에 대한 그녀의 불평은 우스꽝스럽고(Leavis, 1938: 204), 그녀의 계급의 여성들은 "의무와 책임은 없는 채로 여성됨의 특권"(윗글: 210)을 요구한다며 울프를 폄하했다. 클라이브 벨(Clive Bell) 역시 울프가 열렬한 페미니스트임을 인정하면서도 "여성의 참정권 운동이라는 정치적 페미니즘에는 관심이 없었다"(Bell, 1956: 101)라고 단언했다. 울프 전기에서 쿠엔틴 벨(Quentin Bell)은 "정치에 대해 버지니아는 아직 실제로 고민해본 적이 없다"(Bell 2권, 1972: 179)라고 혹평했다. 그에게 울프는 E. M. 포스터(Forster)나 존 케인스(John. M. Keynes)의 정치적 식견에 한참 못 미치는 인물일 뿐이었다. 허버트 마더(Herbert Marder)도 울프의 작품에 나타난 페미니스트 사상을 다루면서도 그녀가 정치적 작가로는 실패했다고 결론지었다. 그녀가 예술을 정치보다 중시하기를 단념하는 순간 그녀는 선동가가 될 뿐이었다고 비판했다(Marder, 1968: 175).

이러한 울프의 평가에서 주요한 변화가 일어난 것은 1960년대의 시민운동 이후 1970년대와 1980년대의 북미 페미니스트 비평가들에 의해서였다.[1] 이들은 울프 글이 지닌 급진적인 정치적 차원을 되찾고자 했

---

1) 가장 최초의 글로 다음의 것들이 있다. 제인 마커스(Jane Marcus)의 「"더 이상 말은 없다": 예술과 선동에 대한 버지니아 울프」("'No more horses': Virginia Woolf on art and propaganda"), *Women's Studies* 4 (1977): 265-89, 그리고 베레니스 캐롤(Berenice, A. Carroll)의 「"우리나라에서 그를 분쇄하는 것": 버지니아 울프의 정치 사상」("'To Crush Him in Our Own Country': The Political Thought of Virginia Woolf"), *Feminist Studies* 4.1 (1978): 99-132.

고, 정치적 사상가로서의 울프를 옹호하고자 했다. 가령 제인 마커스(Jane Marcus)는 1983년 출간된 『버지니아 울프: 페미니스트 성향』(*Virginia Woolf: A Feminist Slant*)의 도입부에서 울프의 문학을 다음과 같이 요약한다.

> 그녀의 소설의 미로의 문지방들을 넘나들 때 우리는 거기서 우리를 빠져나오게 해줄 아리아드네의 실을 놓치면 안 된다. 이 실은 세 개의 서로 다른 사상의 가닥이 엮인 서사로 신비적, 막시스트적, 신화적 사상의 가닥이 그것들이다. 그녀 자신의 사회주의자 정치학과 마찬가지로 제인 해리슨과 캐롤라인 스티븐의 작품은 울프의 작품을 푸는 열쇠들이다. 만일 우리가 이러한 영향들을 인정하지 않는다면 우리는 독자로서 그녀의 번갯불을 피하려고 침대 밑에 숨은 어린아이다.

> Crossing the thresholds of her fictional mazes, we must not lose the Ariadne's thread that gets us out again. This thread is a braided narrative with three separate strands of thought, the mystical, the "Marxist", and the mythical. The work of Jane Harrison and Caroline Stephen as well as her own socialist politics are the keys to Woolf's work. Unless we acknowledge these influences, we as readers are children hiding under the bed to avoid the flashes of her lightning. (Marcus, 1983: 2)

본 장에서는 이러한 마커스의 입장에 편승하여 울프의 『댈러웨이 부인』 (*Mrs. Dalloway*, 1925)에 나타난 가부장제적·자본제적 국가권력에 대한 비판과 그 대안으로 울프가 제시하는 신비주의적(혹은 영성적인) 페미니즘의 내용을 살펴보고자 한다. 그럼으로써 찰스 디킨스(Charles Dickens)와 D. H. 로런스(Lawrence)에 견줄 정치적인 작가로서의 울프의 입장과 신비주의를 담아내는 그녀의 급진적인 페미니즘을 함께 검토하고자 한다. 이 소설의 가설은 두 가지이다. 하나는 런던 사회를 병든 사회로 제시함으로써 그동안 서구 문명을 주도해온 주인공들인 남성에 의한 가부장제적, 금권적 통치가 사실상 실패했음을 폭로한다는 것이고, 다른 하나는 이제 여성이 주체가 되는 새로운 '문명'을 만들어내야 한다는 것이다. 여기서 울프는 영국 여성의 신비주의적 전통에 기대는데, 그것은 마커스의 지적처럼 중세 이후 수녀들[2]의 삶과 연결되는 신비주의이자, 좀 더 가깝게는 울프의 고모이자 퀘이커(Quaker) '수녀'였던 캐롤라인 스티븐(Caroline Emelia Stephen)의 삶과 저서와 관련되는 것이다(Marcus, 1983: 28-29). 이런 관점으로 본 장에서는 가부장제적·자본제적 국가권력에 대한 울프의 비판과 이에 대한 대안으로 클라리사 댈러웨이(Clarissa Dalloway)가 구현하는 신비주의적 페미니즘의 내용을 분석하고자 한다.

주지하다시피 울프는 「베넷 씨와 브라운 부인」("Mr. Bennet and Mrs. Brown", 1924)에서 1910년 12월 즈음 인간의 본성이 완전히 바뀌었다고 강조한다. 그것은 "주인과 종, 남편과 아내, 부모와 자녀" 등의 인간관계에 변화를 가져왔으며 종국에는 "종교, 행실, 정치, 문학" 등에서도 제반 변화를 초래했음을 역설한다(Woolf, 1978: 95-96). 이것은 급격한 사회변화에 대한 인식을 보여주는 발언으로 일종의 천지개벽을 알리는 것과도 같다.

---

[2] 최초의 수녀원은 클라리사(Clarissa) 수녀회로 13세기 초엽에 창설되었다. 이들 최초의 수녀들은 가난한 평신도이자 남편으로부터 금욕을 맹세 받은 기혼자들로 결혼제도의 보호 아래서 활동하던 비밀스러운 수녀들이었다. 이들이 주로 한 사회활동은 정신병자와 매춘부를 돌보는 것으로 여성 집단에 의한 최초의 적극적인 사회참여였다고 볼 수 있다. 이들 수녀들의 삶에 대한 묘사를 울프는 15세 때 그녀의 할아버지이기도 했던 제임스 스티븐(James Stephen)의 저서 『성직자들의 전기집』(*Essays in Ecclesiastical Biography*, 1849)에서 읽었다고 한다(Marcus, 1983: 10).

1910년 1월을 앞두고 거의 6개월 동안 "여성 사회 정치 연합"(Women's Social and Political Union)3)은 과격한 시위를 주도했다. 순교자로서 그리고 희생자로서 당시의 여성 참정권자들의 이미지는 많은 비정치적 여성들을 운동권에 합류시켰다. 울프는 그중 한 사람이었다(Zwerdling, 1986: 212). 1910년은 또한 울프가 동생 에이드리언(Adrian)과 함께 드레드노트 군함("Dreadnought Hoax") 사건에 연루된 해이기도 했다.4) 그러나 위의 에세이가 쓰인 게 1923년이었다는 사실을 감안하면 위에서 언급된 그녀의 놀라운 사회 인식은 사실 그녀가 만일 1차 대전을 경험하지 않았더라면 아마 불가능했을 것이라는 게 필자의 생각이다. 전쟁으로 인해 다시 과거로 회귀할 수 없을 정도로 영국 사회는 변했고, 따라서 사회는 이제 새로운 패러다임을 요구한다는 게 그녀의 기본적인 발상이었을 것이다.

1차 대전에 대한 울프의 태도는 당시 그녀가 몸담고 있던 블룸스버리 그룹(Bloomsbury Group) 내의 지식인들의 그것과 같았다. 케인스, 벨, 버트런드 러셀(Bertrand Russell), 그리고 지크문트 프로이트(Sigmund Freud)처럼 그녀는 영국의 전쟁 참여를 반대했다. 그 이유는 1차 대전은 유럽 내의 국가 간 내전의 성격을 지닌 것으로, 영국은 자국 이익의 견지에서만 전쟁을 바라볼 것이 아니라, 유럽이라는 공동체 국가들과의 상호 관계의 입장에서 바라보아야 한다고 생각했기 때문이다. 블룸스버리 그룹

---

3) 1903부터 1918까지 여성의 참정권 운동을 전개한 단체였다. 에멀린 팽크허스트(Emmeline Pankhurst)와 그녀의 두 딸 크리스터벨 팽크허스트(Christabel Pankhurst)과 실비아 팽크허스트(Sylvia Pankhurst)가 주도했다. 이 멤버들은 정치인들을 괴롭혔고 시민 불복종과 직접 행동을 한 것으로 유명하다.

4) 이 사건은 그해 2월 호레이스 드 베레 콜(Horace de Vere Cole)이 주도한 것으로 콜 일행은 영국 해군에 자신들을 아비시니아(Abyssinia) 왕족으로 속여 HMS 드레드노트 함을 구경하며 방문자 행세를 했다. 놀랍게도 울프는 이때 남장하고 가담했다.

은 빅토리아 조의 낡은 사상들을 타파하려 했던 지식인들로 이들은 당대의 부르주아지와 제국주의를 경멸했다. 이들은 대개 좌파 자유주의자이자 반전론자였다. 이들은 애국주의를 거부했고 국제주의를 표방했다. 특히 케인스는 영국이 1919년 베르사유 조약(Treaty of Versailles)[5]을 통해 2차 대전의 씨앗인 아돌프 히틀러(Adolf Hitler)라는 괴물을 잉태하는 데 일조했다며, 1차 대전에서 영국의 승리는 진정한 승리가 아니라는 의견을 피력했다. 그는 2차 대전을 예고하기도 했다. 즉 세계 평화는 민족주의로는 안 되고 유럽 전체를 하나로 보는, 다시 말해 국제주의적 관점에서 논해야 한다는 주장이었다(Froula, 2005: 6-8). 울프는 이런 측면에서 이들과 의견이 같았다. 그러나 후에 『3기니』에서 그녀의 페미니즘 이론이 정립되는 것처럼 이 소설을 쓸 무렵이면 이미 가부장제의 종식 없이는 국제 평화란 불가능하다는 여성주의자적 입장이 확고해진다. 『댈러웨이 부인』에서 울프는 『3기니』에서만큼 적극적이지는 않다고 하더라도 남성들이 주도하는 문명에 여성이 참여하지 말 것과 여성들이 그들만의 방식으로 전후 세계의 병폐를 치유하고 나아가 폭력이 아닌 평화를 지향하는 새로운 '문명'의 주체가 될 것을 시사한다.

루시오 루오톨로(Lucio Ruotolo)는 『댈러웨이 부인』의 주인공 클라리사에 대해 그녀가 단순한 풍자의 대상에서 어떻게 작가를 대변하는 인물로 변모하게 되었는지에 초점을 맞추어 분석하는데, "울프의 터널링 과정이 보여주는 주관주의는 변화무쌍한 흐름을 통해 지속적으로 내면을 변화시키는 외부 세계의 일부로 남는다"(Ruotolo, 1980: 143)라고 본다.

---

5) 1919년 6월, 독일 제국과 연합국 사이에 맺어진 제1차 세계대전의 평화협정이다.

그리하여 클라리사를 자아를 벗어나 사심 없음의 경지에 오르는 소설 속의 유일한 인물로 평가한다(윗글: 154-59). 필리스 로즈(Phyllis Rose) 역시 클라리사에 대해 "댈러웨이 부인의 한계가 무엇이든지 간에 그녀가 문명을 전쟁의 혼돈 속으로 몰고 가는 힘들—울프는 남성적인 힘들이라고 말할 것이다—에 대한 답이 된다"(Rose, 1978: 132)라고 분석한다. 수전 브로디(Susan L. Brody)는 울프가 이 소설에서 평범한 여성의 하루를 추적하면서, 그러지 않았더라면 드러나질 않았을 여성의 일상적 삶에 숨겨진 의미들을 파헤친다면서, 여성과 남성의 차이를 받아들이고 여성성의 특질들이 오히려 사회에 유용할 수 있다는 문화적 페미니즘 즉 '다른 목소리의 이론'을 따르고 있다고 주장한다(Brody, 2011: 10-12). 엘리자베스 아벨(Elizabeth Abel)의 경우 이 소설을 주인공의 발달 스토리로 간주하여 울프가 피터 월시(Peter Walsh)가 아닌 샐리 시튼(Sally Seton)과의 사랑을 클라리사의 회고의 중심에 놓음으로써 프로이트의 남성중심적, 이성애중심적 견해를 의문시하고 해체한다고 본다(Abel, 1989: 31-38). 본 장에서는 『댈러웨이 부인』에 대한 이러한 기존의 비평들을 수용하면서, 클라리사를 가부장제적·자본제적 국가권력의 대척점에 서 있는 신비주의적 페미니스트로 접근하고자 한다. 그리하여 당대의 급진주의자들뿐만 아니라 포스터와 쿠엔틴 벨 등 남성 비평가들이 종종 비판하던 울프의 신비주의를 그녀의 급진적 페미니즘과 연관 지어 살펴보고자 한다.

2. 가부장제적 국가권력에 대한 비판

이 소설은 두 개의 구조를 지닌다. 하나는 수평적인 구조로 런던 거리를 중심으로 하는 거시적인 영국 사회에 대한 사실주의적 묘사가 있고, 다른 하나는 수직적인 구조로 초월적이고 이상주의적인 인물인 클라리사를 중심으로 펼쳐지는 초현실적인 묘사가 있다. 전자가 가부장제적이고 자본주의적이며 제국주의적인 영국 사회에 대한 파노라마적인 공격과 조롱이 압도적이라면, 후자는 그런 황량한 세계를 뛰어넘고자 하는 한 여성의 초월적 비전이 자리 잡고 있다. 이렇게 소설은 두 종류의 씨줄과 날줄로 짜여 있는데 그럼으로써 울프는 한편으로는 가부장제적 서구 문명에 대한 준엄한 비판과 공격을 가하고, 다른 한편에서는 그것에 대한 여성 작가로서의 대안을 제시한다. 전자에서는 가부장제적·자본제적 국가 체제가 셉티머스 워런 스미스(Septimus Warren Smith)를 죽음으로 몰아가는 과정을, 후자에서는 여주인공 클라리사가 셉티머스를 적극적으로 포용하고 자신과 동일시하는 부분을, 각각의 클라이맥스로 삼는다. 이 두 세계는 서로 대비를 이룬다. 전자부터 살펴보도록 하겠다.

우선 소설은 전후 런던을 다루며 이 세계의 공적 가치에 문제가 있고 그것이 사람들의 삶을 병들게 만든다는 지적이 소설 전반에 퍼져 있다. 다시 말해 가부장제적·자본제적 서구 문명의 사회체제에서 여성과 노동자 계급, 외국인 등 사회적 약자들이 억압받는 삶을 살아갈 수밖에 없다는 뜻이다. 그리고 무엇보다도 이러한 서구 문명은 강자와 약자라는 이분법적 분리의 메커니즘이 전쟁과 폭력을 불가피하게 만든다는 것이다. 여성이므로 가부장제 사회의 주류에 속하지 못하는 클라리사의 주된 고민은 30여 년 전에 피터를 사랑했으나 그가 아닌 리처드 댈러웨이(Richard Dalloway)와 결혼한 것으로, 소설 내내 자신의 그러한 선택이 과연 옳은 것이었는가를 묻는다. 전직 군인이었던, 노동자 계급 출신인 셉티머스의 경우 그의 주된 갈등은 전쟁터에서 사랑하던 친구 에번스(Evans)의 죽음을 목도한 후 아무것도 느낄 수 없게 되었다는 것이다. 클라리사가 리처드를 선택한 것이 가부장적인 피터에 대한 그녀의 거부라면, 셉티머스의 감정 상실은 남성다움만을 강조하는 가부장제 사회에 대한 그의 반응이다. 한편 피터는 사회주의자라서 대학에서 퇴학당한 후 지배계급에 속하지 못한 채 중년의 나이에도 불구하고 젊은 여성들을 쫓아다니며 삶의 의욕을 불태운다. 결국 그는 클라리사로부터의 분리가 자신의 현재적 삶을 얼마나 끔찍한 것으로 만드는지를 깨닫는다. 즉 그 자신도 가부장제 사회의 희생자인 셈이다.[6]

이 소설의 주인공들로 볼 수 있는 클라리사와 셉티머스, 그리고 피터는 정도의 차이는 있지만 각각 가부장제적·자본제적 체제에 제대로 순응하지 못하는 인물들로 이들은 공감 능력이 살아있고, 사물화의 경향에서 벗어나 있다는 점에서 공통적이다. 소설은 주로 세 사람의 내면의 고통을 리얼하게 제시하는데, 클라리사의 경우 섹션 1과 섹션 3에서 각각 여성성이 충만하게 살아있던 버턴(Bourton)에서의 행복했던 시절에 대한 회고와 이제는 그것이 사라지고 남성성만이 더욱 공고해진 런던에서

---

6) 그는 여성을 자신의 감정 탐닉의 도구로 본다. 수제트 헨케(Suzette A. Henke)는 만일 클라리사 패리(Clarissa Parry)가 피터와 결혼했더라면 그녀의 운명은 『등대로』(To the Lighthouse, 1927)에서의 램지 부인(Mrs. Ramsay)과 같아졌을 것이라고 분석한다(Henke, 1981: 131-33). 이러한 분석은 피터가 자본주의의 폐단을 직시하면서도 관습적인 성 이데올로기에 대한 비판에까지는 못 미치고 있다는 점을 시사한다.

의 피폐한 현재적 삶 사이의 대조를 통해 제시된다. 피터의 경우에는 섹션 5에서 "고독한 여행자"7)가 등장하는 그의 꿈을 통해 황량한 내면세계가 제시되며, 섹션 6의 서두에서 마침내 그는 "영혼의 죽음"(64)을 언급한다. 섹션 7에서는 셉티머스의 삶의 역사가 소개되는데 그 역시 서구 문명의 무자비한 힘에 빨려 들어가 비참한 최후를 맞는 것으로 나온다. 그는 고전적인 야망에 찬 노동자 계급의 소년으로 시작한다. 작가가 되기 위해 런던에 온 그는 노동자들을 위한 야학에 다니며, 그곳에서 셰익스피어(Shakespeare)를 강의하는 이사벨 폴(Isabel Pole)을 사랑하고, 다니던 회사로부터 능력을 인정받는 등 순탄한 신분 상승의 길을 걷는다. 하지만 이사벨과 셰익스피어의 나라를 구한다는 명분으로 전쟁에 자원하면서 그의 삶은 어긋나기 시작한다. 그는 에번스의 죽음 앞에서 아무것도 느끼지 못하게 되었을 때 전쟁이 자신을 강하게 만들었다고 생각한다. "그는 전체적인 쇼와 우정과 유럽의 전쟁과 죽음을 경험했고 승진했으며 아직 서른이 되지 않았고 살아남아야만 했다"(95). 그러나 그는 아무것도 느낄 수 없는 사실에 당혹감을 느끼며 점점 공포감에 사로잡힌다. 그가 미쳐가는 과정은 그 자신의 관점에서 아주 생생하게 묘사되는데 미친 것이 그인지 혹은 세상인지 헷갈릴 정도이다. 미침과 정상 사이를 구분하는 경계를 불확실하게 처리함으로써 울프는 그의 광기에 사회적 책임이 있다는 것을 분명히 한다.

울프는 1923년 6월 19일 자 일기에서 "이 책에다 나는 아주 많은 사상을 부여한다. 생명과 죽음, 정상과 비정상(혹은 온전한 정신과 광기)을 넣

---

7) Virginia Woolf, *Mrs. Dalloway*(London: Modern Classics, 2000), p. 62. 앞으로 이 텍스트 인용은 이처럼 괄호 안에 쪽수만을 표기하기로 한다.

고자 한다. 나는 사회체제를 비판하고자 하며 가장 강렬하게 움직일 때의 그것을 보여주고 싶다"(Woolf, 1953: 56)라고 적는데, 울프에게 20세기 서구 문명은 죽음과 비정상을 양산하는 체제였고 그 밑바탕에는 야만적이고 폭력적인 가부장제와 자본제가 자리 잡고 있었다. 이 소설은 가부장제의 바로 그 구현물인 국가권력에 대한 비판과 희화화를 보여준다. 그런 의미에서 이 소설의 주인공은 영국이라는 국가 체제이기도 하다. 이 소설의 섹션 1에서 클라리사는 꽃을 사러 거리로 나선다. 섹션 2에 가면 또 다른 주인공인 셉티머스와 그의 아내 루크레치아(Lucrezia)가 거리에 등장한다. 루크레치아는 외상 후 스트레스 장애(PTSD)를 보이는 남편 곁을 지키며 이국땅에서의 끔찍한 현실을 목도한다. 그녀의 눈에 영국은 "고대의 모습"(26)으로 돌아가려는 어둠에 싸인 국가이다. 이들 부부와 클라리사는 곧 런던의 같은 공간에 있게 되고 최고 권력자가 탄 것으로 추정되는 차량을 매개로 해서 군중들 역시 같은 곳으로 몰려든다. 소설은 영화 속의 장면처럼 차량과 그 차량을 보기 위해 몰려든 군중들을 근접 거리에서 클로즈업한다. 이때 차 안의 인물이 누구인지도 모른 채 최고 권력자에게 갖는 군중들의 무조건적인 숭배는 희화화된다.

피커딜리를 가로질러 미끄러지듯이 차는 세인트 제임스 스트리트로 방향을 돌렸다. 키 큰 남자들, 신체 건장한 남자들, 연미복과 흰 와이셔츠와 뒤로 빗질한 머리를 한 잘 차려입은 남자들, 이들은 분명하게 말할수 없는 이유로 그들의 두 손을 코트의 끝자락 뒤에 뒷짐 지고는 화이트 클럽의 돌출 창에 서서 밖을 내다보면서 본능적으로 위대한 인물이 지나가고 있다는 것을 알아차렸고 클라리사 댈러웨이에게도 그랬듯이 불멸의 존재가 발하는 희미한 빛이 이들을 엄습했다. 즉시 그들은 반듯이 몸을 폈고, 뒷짐 진 손을 풀었으며 그들의 국왕을 기꺼이 시중들 채비를 갖춘 듯했고, 필요하다면 앞서 그들의 선조들이 행했던 것처럼 대포 앞으로 기꺼이 달려 나갈 듯했다.

Gliding across Piccadilly, the car turned down St. James's street. Tall men, men of robust physique, well-dressed men with their tail-coats and their white slips and their hair raked back who, for reasons difficult to discriminate, were standing in the bow window of White's with their hands behind the tails of their coats, looking out, perceived instinctively that greatness was passing, and the pale light of the immortal presence fell upon them as it had fallen upon Clarissa Dalloway. At once they stood even straighter, and removed their hands, and seemed ready to attend their Sovereign, if need be, to the cannon's mouth, as their ancestors had done before them. (19-20)

한편 피터는 섹션 7의 리젠트 파크(Regent Park)에서 셉티머스 부부와 같은 공간에 있게 된다. 그는 절망에 빠진 이들 부부를 우연히 목격한다. 이처럼 소설은 주요 인물들이 런던이라는 공간에서 서로 한 몸처럼 연결되어 있음을 보여준다. 그러나 이들을 연결하는 또 다른 요소는 이들 내면의 고통과 슬픔이다. 한 인물의 영혼 탄식이 있고 나면 다음에는 다른 인물의 영혼 탄식이 아리아처럼 이어진다. 이것이 런던 거리의 한복판에서 벌어진다. 이들 주인공은 하나같이 런던의 중심부로부터 밀려난 국외자들이기도 하다. 클라리사는 여성, 셉티머스는 낮은 신분, 피터는 사회주의자라는 이유로 각각 지배계급의 체제로부터 배제되고 추방당한 인물들이다. 이들 외에도 에벌린 위트브레드(Evelyn Whitbread), 레이디 브래드쇼(Lady Bradshaw), 가난한 엘리 헨더슨(Ellie Henderson) 등 소설 속의 많은 인물이 마음 혹은 몸의 어딘가가 아픈 것으로 나온다. 한마디로 1923년의 런던은 다양한 환자를 양산하는 병든 사회로 제시되며 국가 운영에 있어 현재의 방식이 아닌 새로운 종류의 통치 방식이 절실히 필요함을 말해준다.

월리엄 브래드쇼 경(Sir William Bradshaw), 휴 위트브레드(Hugh Whitbread), 레이디 브루턴(Lady Millicent Bruton), 리처드 등 권력가들에 대한 공격과 조롱은 디킨스의 소설 『역경의 날들』(*Hard Times*, 1854), 『리틀 도릿』(*Little Dorrit*, 1857)에서의 그것과 유사하다. 이들은 모두 가부장제와 자본제, 그리고 제국주의 지지자들이다. 국가 운영에 있어 이들의 상상력의 빈곤은 문학에 대한 무지로 나타난다. 월리엄 경은 "독서할 시간이라고는 가져본 적이 없었던"(107) 인물로 그려지며, 리처드는 "품위 있는 남자는 누구도 셰익스피어의 소네트를 읽어서는 안 되는데 그것은 문틈을 엿듣는 것과 같기 때문이다"(82)라고 문학을 오독하며, 샐리는 휴에 대해 "그는 아무것도 읽지 않았고, 아무것도 생각하지 않았으며, 아무것도 느끼지 않았다"(80)라고 혹평한다. 레이디 브루턴 역시 비록 문인들이 과거에 그녀의 가족 사유지에 자주 들렀다 하더라도 "그녀 자신은 결코 시라고는 한 단어도 읽어보지 않았다"(115)라고 실토한다. 이들은 모두 남성성만을 숭배하는 자들이자 공리주의의 후예들로 감정이입이나 공감 능력이 없다. 디킨스는 위의 소설들에서 시시 주페(Sissy Jupe)나 에이미 도릿(Amy Dorrit)이라는 인물을 통해 권력가와 하층민 사이 소통의 가능성을 제기한다면, 울프 소설에서는 이러한 소통의 가능성이 제시되지 않는다. 너무 하찮은 인물로 묘사되는 총리, 미라 같은 귀부인들, 고령의 헬레나 패리 (Helena Parry) 등 지배계급 전체가 경직되어 있다. 리처드의 위원회, 브루턴 여사의 이민정책, 휴의 서신 보내기 등 소설 속의 정치적 행위들은 모두 진부하고 우스꽝스러운 것으로 처리된다(Zwerdling, 1986: 120-23).

이들 권력가의 통치 방식은 배제와 추방이다. 이들은 사회를 계급과 성별과 종족에 따라 나누고 분리하며 어느 한쪽을 배제하고 추방함으로써 대영제국과 자신들의 이익을 수호한다. 현 체제의 유지는 필수적이다. 이들에게 여성과 노동자 계급과 식민지는 착취와 억압의 대상으로만 존재한다. 이들 권력가 중 가장 사악한 인물은 과학의 사도요 인간 영혼의 치료의 대변자로 불리는 정신과 의사인 윌리엄 경으로, 그가 셉티머스를 죽음으로 몰고 가는 과정이 소설의 주요한 한 축이다. 윌리엄 경이 셉티머스를 진료하는 섹션 8의 장면은 영국의 법이 어떻게 권력가들과 결탁하는지를 보여준다. 법은 전쟁터에서 셉티머스를 삼켜버린 무력만큼이나 가혹하고 잔인한 방식으로 환자들에게 적용된다(Henke, 1981: 130). 당시만 해도 자살은 불법으로 다스려졌다. 따라서 아내에게 자살하고 싶다고 말한 적이 있는 셉티머스는 가족으로부터 격리되어 치료받아야 한다. 윌리엄 경은 그를 아내로부터 떼어내어 감금시키고자 한다. 그는 왜 셉티머스가 현재 상황에 이르게 되었는지 따져볼 필요를 느끼지 못한다. 셉티머스의 경우는 단순히 개인 차원의 문제일 뿐이기 때문이다. 이런 식으로 그는 전쟁을 잊지 못하고 죽은 에번스를 계속 기억해내는 셉티머스를 사회로부터 제거하고자 한다. 이러한 윌리엄 경의 의사로서의 전문가적 견해는 사회적 통제의 수단으로 사용되는바, 그것은 끔찍하게도 모든 인간을 일괄적으로 하나의 규범으로 재단하는 위험성을 지닌다. 그는 일찍이 미셸 푸코(Michel Foucault)가 경계했던 개인의 삶을 통제하는 국가 권력의 하나의 전범 예시가 된다.

　의사로서 열심히 일하면 일할수록 그가 딱지 붙이는 "환자"의 숫자는 늘어나고 그가 벌어들이는 돈은 기하급수적으로 늘어난다. 환자들은 그의 의학지식 앞에서 속수무책으로 당할 수밖에 없다(111). 『역경의 날들』에서 그랫그라인드(Thomas Gradgrind)를 지배하는 원칙이 "사실"이었다면 윌리엄 경의 사고를 지배하는 정치, 경제의 원리는 "균형"과 "전향"이다. 이 두 가지 추상의 원리는 그가 섬기는 여신들로 의인화된다. 그럼으로써 그들이 지닌 남성적 폭력성은 은폐된다. "균형"과 "전향"은 둘 다 남성다움의 잣대로 모든 것을 저울질한다. 이윤과 효율성을 중시하는 공리주의의 잣대이자 자본가의 논리이기도 하다. 윌리엄 경에게 모든 인간은 그 자신처럼 정신 상태가 외부 세계에 맞춰져 "균형"을 유지할 때만 '건강한' 인간이다. 그렇지 않고 셉티머스처럼 "균형" 감각에 문제가 생길 경우 '비정상'이 된다. 따라서 셉티머스 내면의 여성적 특질들은 억압되어야만 한다. 그리하여 윌리엄 경은 "균형"의 여신을 숭상함으로써 번영해나간다. 그리고 그와 함께 대영제국 역시 번창해나간다.

　　윌리엄 경의 여신인 균형, 이 거룩한 균형은 그가 병실을 돌면서, 연어를 잡으면서, 할리 스트리트에서 레이디 브래드쇼로부터 아들을 얻게 되면서 취득했는데 레이디 브래드쇼 역시 그녀 자신이 연어를 잡았으며 전문가의 솜씨와 구별이 되지 않을 정도로 사진을 찍는 인물이었다. 균형을 숭상함으로써 윌리엄 경은 그 자신이 번영했을 뿐 아니라 영국을 번영하게 만들었으며 영국의 광인들을 격려했고, 출산을 금지했으며, 우울을

처벌하고, 부적응자들로 하여금 그들의 견해를 퍼뜨리는 것을 불가능하
게 만들어 마침내 그들 역시 그의 균형 감각을 공유하게 되었다. . . .

Proportion, divine proportion, Sir William's goddess, was acquired by Sir
William walking hospitals, catching salmon, begetting one son in Harley
Street by Lady Bradshaw, who caught salmon herself and took
photographs scarcely to be distinguished from the work of professionals.
Worshipping proportion, Sir William not only prospered himself but
made England prosper, secluded her lunatics, forbade childbirth,
penalized despair, made it impossible for the unfit to propagate their
views until they, too, shared his sense of proportion. . . . (109)

그가 섬기는 또 다른 여신인 "전향" 역시 파괴적인 제국주의자임을 드러
낸다.

그러나 '균형'에게는 잘 웃지 않고 덩치가 큰 여형제가 있었는데 그녀는
인도의 열기와 모래사막에서, 아프리카의 진흙과 숲 지대에서, 런던의
변두리에서 지금도 일하고 있다. . . . '전향'이 그녀의 이름이고 그녀는
나약한 자의 의지를 포식하며 사람들에게 감동을 주고 강요하기를 사랑
하며 민중의 얼굴에 찍힌 자기 모습을 흠모한다.

But Proportion has a sister, less smiling, more formidable, a Goddess
even now engaged—in the heat and sands of India, the mud and swamp
of Africa, the purlieus of London . . . Conversion is her name and she
feasts on the wills of the weakly, loving to impress, to impose, adoring
her own features stamped on the face of the populace. (109-10)

로런스의 작품 못지않은 문명 비판적 요소를 보여주는 대목이다. 이처럼 권력가와 자본가들이 숭상하는 "균형"과 "전향"이라는 여신들은 가부장 제와 자본제, 그리고 제국주의의 이상에 봉사하는 것들로 창조적인 여성 적 힘으로서의 원래의 그들의 지위를 포기한다. 이들은 꿈에서나 접근할 수 있는 고대의 모성적 신에 대한 속물적이고 사악한 현대판 상응물이다 (Abel, 1989: 42).

권력의 대변자들은 그들의 곤봉을 휘두르는 데 주저하지 않는다. 그 들은 냉혹하고 잔인하다. "윌리엄 경이 어떤 권리로 내게 '그래야만 한다' 라고 말해야 하는가?"(161)라고 셉티머스는 묻는다. 그러나 그를 물리칠 방법은 없다. 섹션 8에서 자신을 데리러 온 홈스 박사(Dr. Holmes)를 피해 창문으로 몸을 날리는 셉티머스의 자살은 자신을 위해 불가피한 것으로 묘사된다(163). 울프는 일기에서 지배계급의 권력에 대한 가설이 얼마나 혐오스러운 것인가를 드러낸다. "한 사람의 다른 사람에 대한 지배를 나 는 점점 더 혐오한다. 어떤 리더십이든 그리고 어떤 의지의 강요이든지 간에 말이다"(Woolf, 1953: 256). 반전 소설이기도 한 이 소설에서 의사와 환자의 이야기가 하나의 주요한 축을 이루는 것은 인상적이다. 전쟁이 끝난 지 5년이 지났으나 셉티머스가 본인의 의사에 반하여 자살해야만 하는 상황은 여전히 그를 둘러싼 일상적 삶이 폭력적임을 드러낸다. 결 국 셉티머스를 죽음으로 몰고 가는 윌리엄 경의 치료 방식은 자신의 배 를 불릴 뿐 전쟁을 경험한 사회에 대한 진정한 치유 방식이 될 수 없음 을 입증한다. 셉티머스가 전쟁터에서 받은 트라우마는 결코 추방과 배제 의 방식으로는 해결될 수 없다. 그러한 방식은 계속해서 전쟁과 폭력만 을 불러올 뿐이다. 가부장제적 국가권력은 정점에 달하면 달할수록 불가피하게도 많은 사회적 문제점들을 수반하는바 그 치유와 해결책은 새로운 패러다임의 등장이 필요함을 시사한다.

3. 클라리사의 다락방: 새로운 '문명' 창조를 위한 공간

그동안 남성들이 가부장제와 자본제, 그리고 제국주의를 통해 국가 발달을 이루어왔다면 이제는 그들이 물러날 때가 되었다고 울프는 시사한다. 여성들은 가정에서 한 남성과 자녀들을 위한 '가정의 천사'로 가부장제적 국가권력에 공모하는 자들로 더 이상 존재하지 말고 그들만의 방식으로 사회를 치유하고 그들이 새로운 '문명'의 적극적인 주체가 되어야 할 것을 암시한다. 그리고 그 방법론으로 신비주의적 페미니즘을 제시한다. 여기서 울프는 중세의 수녀라는 여성 선조들의 삶을 도입한다. 가족과 결혼을 포기하고 수녀원이라는 곳에서 여성 간 유대를 통해 사회적 약자들을 돌보는 데 적극적이었던 이들의 삶에서 울프는 새로운 '문명' 창조의 적극적인 주체로서의 가능성을 발견한다. 그리고 그것을 클라리사 인물 창조에 대입한다.

클라리사의 신비주의는 섹션 1에서부터 등장하는데 그녀에게는 존 키츠(John Keats)의 표현을 빌리자면 윌리엄 경이나 홈스 박사에게 있는 "이기적 숭고함"(Egotistical Sublime)은 없고 "마음 비우기 능력"(Negative Capability)만이 있다. 런던 거리를 거닐면서 그녀는 지금 눈앞의 모든 대상을 있는 그대로 사랑하면서 무아지경에 빠진다. 그녀 자신 아무도 아니면서 모든 것인 양 대상들을 있는 그대로 포용한다.

그녀는 이제 세상의 그 누구에 대해서도 그들이 이렇다는 둥 저렇다는 둥 하고 말하지 않을 것이었다. 그녀는 자신이 매우 어리다고 느꼈다. 동시에 말할 수 없이 늙었다고도 느꼈다. 그녀는 모든 것을 칼처럼 자르면서 통과했다. 동시에 그녀는 지켜보면서 바깥쪽에 있었다. 택시를 바라보면서 그녀는 자신은 외부에 있다는, 저 멀리 바다로 나가 혼자서, 밖에 있다는 영원한 느낌이 들었다. 그녀는 하루조차도 사는 것이 매우, 매우 위험하다고 느꼈다. 자신이 영리하다거나 평범하지 않다고 생각하는 것이 아니었다. 다니엘스 양이 가르쳐준 아주 작은 지식만으로 어떻게 살아왔는지 생각할 수조차 없었다. 그녀는 언어도, 역사도 아는 것이라곤 없었다. 책으로 치자면 침대에서 회고록을 읽은 것 외에는 없었다. 그러나 그녀에게 지나가는 차량이며 이 모든 것은 너무나 매력적이었다. . . .

She would not say of any one in the world now that they were this or were that. She felt very young; at the same time unspeakably aged. She sliced like a knife through everything; at the same time was outside, looking on. She had a perpetual sense, as she watched the taxi cabs, of being out, out, far out to sea and alone; she always had the feeling that it was very, very dangerous to live even one day. Not that she thought herself clever, or much out of the ordinary. How she had got through life on the few twigs of knowledge Fraulein Daniels gave them she could not think. She knew nothing; no language, no history; she scarcely read a book now, except memoirs in bed; and yet to her it was absolutely absorbing; all this; the cabs passing . . . (8-9)

그녀에게는 윌리엄 경이나 타임스지에 멋진 서신을 보낼 줄 아는 휴와 같은 지식은 없지만, 기꺼이 자신의 눈앞의 것을 사랑하고 그것들과의 합일 욕망이 있다. 사람들을 배제하고 추방하는 윌리엄 경이나 휴와는 달리 그녀는 처음부터 성별과 계급, 인종 간 이분법적 구분 없이 모든 사람을 포용하고자 하며 자기 삶이 그들의 삶에 전적으로 의존한다고 확신한다. 특히 그녀는 사회의 비주류들과의 하나 됨을 적극적으로 추구한다. 이러한 그녀의 태도는 배제와 추방의 통치 전략을 펼치는 가부장제적·자본제적 권력가들의 그것과는 거리가 멀다.

클라리사의 신비주의는 섹션 9에서 피터의 입을 통해 전달되기도 한다. 그녀는 모든 곳에서 자신을 느낀다고 말한다. 자신이 곧 모든 것이며 나와 삼라만상은 곧 하나라는 그녀의 이론은 동양 사상에 가까운 것으로, 모든 존재가 서로 연결되어 있지 따로 개별적으로 존재할 수 없다는 시각이다. 이러한 클라리사의 초월적 이론을 피터는 다음과 같이 설명한다.

> 클라리사는 당시 이론을 가지고 있었다. . . . 셰프츠베리 애비뉴 쪽으로 가는 버스에 앉아서 그녀는 모든 곳에서 자신을 느낀다고 말했다. '여기, 여기, 여기' 말고. 그녀는 의자의 뒷부분을 툭툭 쳤다. 모든 곳에서. 셰프츠베리 애비뉴를 가면서 그녀는 손을 흔들어댔다. 그녀는 그 모든 것이라고. 그리하여 자기를 알기 위해서는, 혹은 그 누구라도 알기 위해서는 그들을 완성하는 사람들, 장소들조차도 찾아내야 한다고. 그녀는 말을 건넨 적이 없는 사람들, 길거리의 어떤 여자, 계산대 뒤의 어떤 남자, 심지어 나무나 헛간과도 기이한 동질감을 느낀다고 말했다.

Clarissa had a theory in those days . . . she said, sitting on the bus going up Shaftesbury Avenue, she felt herself everywhere; not 'here, here, here'; and she tapped the back of the seat; but everywhere. She waved her hand, going up Shaftesbury Avenue. She was all that. So that to know her, or any one, one must seek out the people who completed them; even the places. Odd affinities she had with people she had never spoken to, some woman in the street, some man behind a counter— even trees, or barns. (167)

자신과 외부 대상을 둘이 아닌 하나로 포용하는 이러한 클라리사의 태도는 분리를 강조하는 발달 이론가들인 프로이트나 신시아 울프(Cynthia Griffin Wolff), 노먼 홀랜드(Norman Holland) 등의 관점에서 보면 원시적이고 위험한 것일 수 있다. 그러나 캐롤 길리건(Carol Gilligan), 낸시 초더로(Nancy Chodorow), 줄리아 크리스테바(Julia Kristeva) 등 프랑스 페미니스트들의 측면에서 보면 긍정적이고 의미 있는 것일 수 있다. 이들 이론가에 따르면 관계나 애착을 중시하여 분리에 어려움을 느끼는 여성들에게는 자신을 이처럼 외부 세계에 열어놓음으로써 오히려 존재의 충만함과 기쁨을 느낄 수 있다. 또한 다른 대상과의 합일의 감정은 여성에게는 갱생되고 혁명적인 힘이 되어줄 수도 있다(Wyatt, 1986: 115-17).

필리스 로즈(Phyllis Rose)는 울프의 이러한 신비주의의 근원을 영국의 낭만주의 전통에서 찾는다. 그녀는 이 소설의 첫 섹션이 낭만주의 시의 정신으로 가득 찼다면서 "모든 정신적인 것은 추구하는 이의 열정으로부터 그 리얼리티와 가치를 갖는다"라는 키츠의 전제에 따라 그것은 분명해진다고 말한다(Rose, 1978: 128-29). 반면 마커스는 그것을 울프의 고

모의 삶과 저서에서 찾는다. 1904년 아버지의 죽음 이후 자살을 시도했던 울프는 친구 바이얼릿 디킨슨(Violet Dickinson)과 고모 캐롤라인 스티븐의 도움을 받아 치유되었는데, 이때 이 두 사람이 신봉했던 퀘이커교를 통해 울프는 영국 여성의 신비주의 전통과 접하게 되었다는 것이다. 평생 독신이었고 퀘이커교의 '수녀'(케임브리지 대학의 퀘이커 학생들이 그녀를 그렇게 불렀다)였던 캐롤라인이 울프에게 끼친 영향력을 마커스는 다음과 같이 말한다.

> 울프가 1904년 블룸스버리에서의 새로운 삶을 위하여 포치(캐롤라인의 방이 있던 케임브리지의 건물)를 떠났을 때 그녀는 어떤 의미에서 "다시 태어났다." 그러나 그녀의 복음주의적 클래펌 섹트 선조들의 의미에서가 아니었다. 그녀는 퀘이커교에도 합류하지 않았다. 그녀는 불가지론자, 즉 이성적인 신비주의자로 남았다. 그녀는 아버지의 죽음과 화해했고 "수녀의 조카"로서의 새로운 정체성을 위해 "교육받은 남자의 딸"로서의 정체성을 버렸다. . . . 수녀원은 울프에게 부정적인 공간이 아니었고 그녀는 아주 분명하게 그녀의 정신적인 순결—가부장제적 혹은 제국주의적 제도에 대한 애착이 아닌—이 그녀를 자유롭게 할 것이라고 느꼈다. 그녀를 성당 혹은 평범한 퀘이커 집회가 아닌 그녀만의 방으로 상상해보자. 발터 벤야민처럼 그녀는 "내면의 관리"에 참여했고 자신의 정신 속에서 집단적으로 사회주의와 페미니즘, 평화주의가 가능한 미래의 나라에 대한 모델을 세웠다.

> When Woolf left The Porch in 1904 for a new life in Bloomsbury, she was, in a sense, "born again," but not in the sense of her evangelical

Clapham sect forebears —nor did she join the Quakers. she remained an agnostic, a rational mystic. She came to terms with her father's death and discarded the identity of "daughter of an educated man" for a new identity as "niece of a nun" . . . A nunnery was not a negative space for Virginia Woolf, and quite clearly she felt that mental chastity (the lack of attachment to patriarchal or imperialist institutions) would make her free. Let us imagine her not as a cathedral, not even a plain Quaker meetinghouse, but as a room of her own. Like Walter Benjamin, she was engaged in a "ministry of the interior," establishing in her own mind a model for a future state where socialism, feminism, and pacifism would be possible in the collective. (Marcus, 1983: 28-29)

다시 말해 '수녀'였던 고모 덕분에 울프는 가부장제적인 아버지의 영향에서 벗어날 수 있었고, 수녀원이 상징하는바 여성으로서의 정체성과 내면의 관리를 통해 울프는 미래의 페미니스트 유토피아를 꿈꿀 수 있게 되었다는 것이다.

빅토리아 조 시대에 여성이 수녀원에서 지낸다는 것은 가족의 속박으로부터의 해방이자 또한 여성들 사이의 노동과 그들 사이의 친밀한 정서적 유대를 의미하기도 했다. 그리하여 캐롤라인은 그녀의 최초 저서 『가난한 자들의 봉사』(The Service of the Poor, 1871)에서 여성이 수녀원에서 지내는 것은 사회에 대한 위협이라고까지 말했다. 그러다 그녀는 퀘이커 종교 집회인 교우회(Society of Friends)에 나가면서 가족과 갈등할 필요 없이 수녀가 될 수 있는 방법을 찾아냈다. 그녀는 설교하는 목사 없이 몇 명이 둘러앉아 침묵으로 예배를 드리는 집회에서 자신이 갈망하던 '수녀'로서의 삶을 영위할 수 있다고 믿었다. 그 모임에서는 계급과 성별의 경계를 초월할 수 있었고, 친밀한 공동체적 경험이 가능했으며, 수녀원에서와 같은 사적인 삶이 가능했다. 그리하여 그녀는 1879년 퀘이커교로 개종했고 집필활동을 통해 당시의 퀘이커교를 부흥시키는 데 기여했다. 침묵과 내적인 빛의 체험, 그리고 개인의 신비적 체험의 가치를 강조하는 캐롤라인의 저서들이 울프에게 준 영향력을 마커스는 다음과 같이 언급한다.

> 캐롤라인 스티븐의 신비적 글들은-『내면의 핵에서 일어나는 빛에 관한 생각』『퀘이커 교도의 요새』『신앙의 비전』등-전복적인 담론을 구성한다. 그리고 그것은 버지니아 울프에게 강한 영향을 주었다. 만일 평화주의가 가장 순수한 정치적인 입장이라면 신비주의는 가장 순수한 종교적인 개념이다. 신비주의는 도그마와 기성 종교의 훈련 없이 성인들의 공동체로의 접근을 허용한다. 가부장제적 목사에 의한 경건함의 언어에 반대하여 캐롤라인 스티븐은 공동의 침묵과 퀘이커 간증이라는 형식에 구애받지 않는 정신적 경험에 대한 직접적인 발언을 지지했다. 비록 그녀는 자신이 페미니스트라고 주장하지 않았지만 그녀의 노력은 여성적인 문장을 위한 울프의 탐색에 있어 대모였다. 남성의 언어에 대한 캐롤라인의 피로감은 그녀의 세기와 그녀의 계급과 그녀의 가족에 관한 증후였다.

> Caroline Stephen's mystical writing—*The Light Arising: Thoughts on the Central Radiance, Quaker Strongholds*, and *The Vision of Faith*,— constitutes a subversive female discourse, and it strongly influenced Virginia Woolf. If pacifism is the purest political stance, mysticism is the

purest religious concept. It allows access to the community of saints without the dogmas and disciplines of organized religion. Objecting to the language of piety as spoken and written by patriarchal priests, Caroline Stephen advocated communal silence and the direct utterance of spiritual experience, unfettered by form, of Quaker testimony. Though she claimed she was not a feminist, her effort is godmother to Woolf's search for a feminine sentence. Caroline's weariness with the language of men is symptomatic of her century, her class, and her family. (Marcus, 1983: 10)

이러한 마커스의 주장은 『댈러웨이 부인』에 대한 발언은 아니고 울프 소설 전반의 신비주의를 설명하기 위한 것이지만 이 소설에도 바로 적용될 수 있다고 본다. 본 장에서는 울프의 신비주의적 페미니즘이 클라리사의 다락방 장면에서 잘 구현된다고 보고, 그 장면들에 대한 분석을 통해 살펴보고자 한다.

첫째로 클라리사의 다락방은 가부장제적 사회로부터 여성이 정신적으로 지적으로 홀로 섬을 의미한다. 그것은 마치 헨리 데이비드 소로(Henry David Thoreau)가 월든(Walden) 호숫가에 오두막집을 짓고 사회를 벗어나 자신만의 세계에 침잠하는 것과도 같은 결단을 의미한다. 여기서는 자기만의 영성 관리가 중요해진다. 클라리사의 다락방은 일종의 영혼 속의 자기만의 방인 것이다. 그리하여 이 소설의 섹션 3에서 독자는 클라리사의 작은 다락방으로 안내받는다. 52세의 여주인공은 놀랍게도 그곳에서 결혼했으나 '처녀성'을 지키며 수녀와도 같은 삶을 사는 것으로 묘사된다. 이 다락방은 위에서 언급한 수녀원과도 같은 맥락의 것이다. 그녀의

'순결'은 가부장제적 사회에서 여성이 자기 삶의 정체성을 유지하는 데 필요한 것으로 다락방의 삶을 통해 그녀는 '가정의 천사' 역할을 거부하고 그녀만의 정신적 (혹은 지적) 순결과 프라이버시를 지켜나갈 수 있다. 가부장제적 국가권력에 자신을 함몰당하지 않도록 하기 위해서는 이러한 그녀만의 다락방이 요구된다. 그곳에서 그녀는 독신녀와 다를 바 없다.

피정을 위해 속세로부터 물러나는 수녀처럼 또는 탑을 탐험하는 어린아이처럼 그녀는 위층으로 계단을 걸어가 창가에서 잠시 멈춘 뒤 욕실로 갔다. 거기에는 초록색 리놀륨과 물이 뚝뚝 떨어지는 수도꼭지가 있었다. 삶의 핵에 공허함이 있었고 다락방이 있었다. . . . 침대 시트는 깨끗했고 이쪽에서 저쪽으로 넓고 흰 띠처럼 꽉 끼어 펼쳐져 있었다. 그녀의 침대는 점점 더 좁아질 것이다. 양초는 반을 태운 채 남아있었다. 그녀는 마봇 남작의 『회고록』을 꽤 읽었다. 거기 누워 책을 읽노라면 — 그녀는 잠을 잘 수가 없었다 — 자녀를 낳았음에도 불구하고 시트처럼 그녀에게 달라붙는 처녀성을 떨쳐낼 수가 없었다.

Like a nun withdrawing, or a child exploring a tower, she went, upstairs, paused at the window, came to the bathroom. There was the green linoleum and a tap dripping. There was an emptiness about the heart of life; an attic room . . . The sheets were clean, tight stretched in a broad white band from side to side. Narrower and narrower would her bed be. The candle was half burnt down and she had read deep in Baron Marbot's Memoirs . . . So the room was an attic; the bed narrow; and lying there reading, for she slept badly, she could not dispel a virginity preserved through childbirth which clung to her like a sheet. (33-34)

다시 말해 클라리사는 캐롤라인 스티븐의 후예인 셈이다. 그녀는 결혼했으나 '독신녀'이다. 그녀는 아내이고 어머니이지만 '수녀'이다. 그리고 이런 면이 그녀를 독특한 방식으로 신비주의적인 페미니스트로 만든다.

둘째로 클라리사의 다락방은 가부장제 사회를 전복시키기 위한 여성 간의 연대가 허용되는 곳이다. 단 현대판 수녀원인 이곳에서의 여성 간 유대는 상상 속에서나 존재할 뿐이다. 멀베리(Mulberry) 꽃집에서 꽃을 사서 귀가한 댈러웨이 부인은 섹션 3에서 그녀만의 다락방으로 향하는 계단을 오를 때 그녀는 생각에 잠긴다. 그것은 그날 남편이 레디 브루턴과의 오찬을 갖는 자리에서 자신을 제외했다는 충격에서 촉발된다. 남편이 자신을 배제하고 그날 오찬을 레디 브루턴의 집에서 갖기로 했다는 사실에 절망하는 그녀는 그러한 상태에서 처녀 시절 버턴에서의 샐리에 대한 사랑을 기억해낸다. 현재의 공허한 런던의 삶 한가운데서 샐리와의 과거 열정적인 사랑에 대한 그녀의 기억은 마치 미완의 혁명 불꽃처럼 그녀에게 하나의 계시처럼 다가온다. 그것이 혁명의 불꽃이 되는 것은 그녀와 샐리의 관계가 일종의 반란자들 사이의 연대였기 때문이다. 그들은 억압적인 가부장제적 분위기에 균열을 일으키려는 반란자들이었다. 클라리사가 샐리에게서 매력을 발견하는 것은 단순한 육체적 욕망이 아니고 샐리의 구습 타파적 사상과 행위에서 해방감을 느꼈기 때문이다. 그리고 그것은 클라리사 자신에게도 그러한 급진주의적 기질이 내재해 있다는 것을 의미한다. 그러나 그것은 미완의 혁명이었다. 작금의 세계는 점점 더 폭력적이고 야만적으로 되어가고 있었다.

주지하다시피 모더니즘 문학의 특징 가운데 하나가 과거에 대한 회상이다. 미래를 꿈꾸기에는 현실이 너무 참담했던 시기에 1920년대의 모더니스트 예술가들은 과거로 돌아가 구원받고자 했다. 이들은 절망의 순간에 과거에서 구원을 찾고자 했다. 그리하여 발터 벤야민(Walter Benjamin)은 「역사 철학 테제」("Theses on the Philosophy of History", 1940) 9장에서 "역사의 천사"는 미래를 향해 변증법적으로 앞으로 나아가지 않고 그는 얼굴을 "과거를 향해 돌린다."라고 말한다(Benjamin, 2007: 257-58). 그가 폴 클레(Paul Klee)의 그림 〈새로운 천사〉(*Angelus Novus*)에 주목하는 것은 바로 그러한 연유이다. 클라리사도 마찬가지이다. 그녀는 회고를 통해 거기서 삶의 희열을 느끼고 새로운 미래에 대한 꿈을 꾼다. 전쟁이 끝났으나 점점 더 호전적으로 되어가는 작금의 영국의 가부장제적·자본제적 문명 속에서 클라리사에게 유일한 구원은 샐리와의 과거의 연대 속에 존재한다. 샐리와의 당시의 관계를 클라리사는 다음과 같이 회고한다.

> 거기 그들은 집 꼭대기에 있는 그녀의 침실에서 몇 시간이고 앉아 삶에 대해, 그리고 그들이 세상을 어떻게 개혁할지에 대해 계속해서 말을 나누었다. 그들은 사유재산을 철폐하기 위한 단체를 창립하기로 했고 실제 편지를 쓰기도 했다. 비록 편지는 부쳐지지는 않았지만. 물론 사상은 샐리의 것이었다—그러나 얼마 지나지 않아 그녀 역시 흥미를 느꼈으며—아침 식사가 있을 때까지 침대에서 플라톤을 읽었고 몇 시간이고 계속해서 모리스와 셸리를 읽었다.

> There they sat, hour after hour, talking in her bedroom at the top of the house, talking about life, how they were to reform the world. They meant to found a society to abolish private property, and actually had

a letter written, though not sent out. The ideas were Sally's, of course — but very soon she was just as excited — read Plato in bed before breakfast; read Morris; read Shelley by the hour. (36)

1880년대는 영국에서 사회주의 사상이 주목받던 때였다.[8] 샐리와 클라리사는 이러한 시대적 분위기에 동참하여 사회개혁을 논했던 것이다. 당시의 샐리에 대한 자신의 감정을 클라리사는 다음과 같이 분석한다.

> 회고해 보건대 신기한 것은 샐리를 향한 그녀의 감정의 순수함, 그리고 진실함이었다. 그것은 남자에 대한 감정과는 같지 않았다. 그것은 전적으로 사심이 없었고 게다가 여자들 사이에서나 가능한, 다 큰 여성들 사이에서 존재할 수 있었던 성격의 것이었다. 그것은 그녀 쪽에서 보면 보호해주려는 감정이기도 했다. 그것은 서로 연맹을 맺었다는 생각에서 나온 것으로 그들을 갈라놓을 수밖에 없는 그 무언가에 대한 어떤 예감이었다. (그들은 결혼을 항상 재앙으로 말했었다.) 이러한 감정이 기사도 정신으로, 즉 샐리 쪽보다는 그녀 쪽에 훨씬 더 많이 보호해줘야 한다는 감정이 들도록 했다.

> The strange thing, on looking back, was the purity, the integrity, of her feeling for Sally. It was not like one's feeling for a man. It was completely disinterested, and besides, it had a quality which could only exist between women, between women just grown up. It was protective, on her side; sprang from a sense of being in league together, a

---

8) 이 소설이 나온 1920년대는 영국에서 사회주의의 상승기였고, 1924년 노동당 정부가 사상 최초로 소수 정권으로나마 집권하는 역사적 변화가 있었다.

presentiment of something that was bound to part them (they spoke of marriage always as a catastrophe), which led to this chivalry, this protective feeling which was much more on her side than Sally's. (37)

루오톨로는 샐리에 대한 클라리사의 사랑을 "완전히 사심 없었다"(Ruotolo, 1980: 150)로 묘사한다. 루오톨로는 "사심 없음"을 다음과 같이 정의한다. "사심 없음은 분리와는 대조적으로 그 자체로서의 사물에 대한 감정으로, 타자로 하여금 그 자체인 것으로 남아있도록 허용하는 능력을 전제한다"(윗글: 155). 이러한 사심 없음은 사회적 약자들 위에 군림하려는 윌리엄 경이나 휴에게서는 찾아볼 수 없는 것이다. 루오톨로는 "주로 권력 세계의 밖에 존재하는 여성은 울프의 견해로 보면 사물 그 자체의 본질에 대한 더욱 사심 없는 존경심을 지니게 된다"(윗글: 154)라고 주장한다. 이런 식으로 클라리사에게 그녀만의 다락방은 샐리에 대한 과거의 기억을 포함할 수 있는 공간이자 다른 여성들과의 연대를 통해 가부장제적·자본제적 사회에 대한 대안을 꿈꿀 수 있게 해주는 혁명적 공간이다.

셋째로 클라리사의 다락방은 셉티머스 같은 사회의 가장 낮은 계급도 포용하여 다시 사회 속으로 통합시키도록 한다. 이 마지막의 방은 앞에 나오는 다락방과는 실제로는 다른 방이다. 그것은 파티 장면 당시 클라리사가 셉티머스의 자살 소식을 듣고 사람들에게서 벗어나 홀로 있게 되는 작은 빈 방으로, 조금 전에 총리가 레이디 브루턴과 함께 있었던 방이기도 하다. 그러나 클라리사의 다락방과 동일한 역할을 담당한다. 파티에 몰려든 사람들 속에서가 아니라 이 작은 방으로 피신하여 클라리사는 자신의 파티에 한 청년의 죽음 소식이 날아왔다는 사실에 충격을 느끼고 잠시 생각을 정리한다. 이 섹션 10에서의 파티 장면 즉 클라리사가 셉티머스에게 공감하는 장면에서 클라리사의 사회적 열망은 정점에 도달한다. 전쟁의 희생자이자 국가권력의 최대 피해자인 셉티머스를 포용함으로써 울프는 클라리사가 더 이상 파티나 준비하는 상류층 여성이 아니라 진정한 사회 통합의 길을 모색하는 새로운 '문명'의 적극적인 주체로 부각시킨다. 국가권력의 대변자인 윌리엄 경이 아닌 사회적 약자인 셉티머스에게 공감함으로써 클라리사는 가부장적인 피터와 리처드 사이에서 리처드를 선택했던 과거의 주체적 행위를 다시 한번 반복한다. 결혼 후 클라리사에게 그녀만의 다락방을 허용하는 리처드는 샐리에 대한 기억을 허용해주는 셈이므로 리처드의 선택은 곧 샐리에 대한 선택이기도 하다. 클라리사의 셉티머스에 대한 포용은 그녀의 태도가 윌리엄 경의 그것과 얼마나 거리가 먼 것인가를 보여준다. 이것은 결혼한 후에도 그녀가 가부장제적·자본제적 사회에 함몰당하지 않고 주체적인 삶을 지향해왔다는 것을 의미한다. 그녀는 셉티머스의 자살에서 자신의 사회적 책임을 인식한다. 그녀는 그동안 살아온 삶을 다음과 같이 성찰한다.

> 어쨌든 그것은 그녀의 재앙이었고 치욕이었다. 여기서는 남자가, 저기서는 여자가 이 깊은 어둠 속에서 가라앉고 사라지고 있는데 그것을 지켜본다는 것은 그리고 그녀가 어쩔 수 없이 이브닝드레스를 걸치고 여기 이렇게 서 있어야 한다는 것은 그녀가 벌을 받는 것이었다. 그녀는 음흉한 일을 꾸미기도 했고, 슬쩍 물건을 훔치기도 했다. 그녀는 전적으로 존경 받을 만하지 못했다. 그녀는 레이디 벡스버러와 그 일당처럼 성공한 자가 되기를 원했었다.

Somehow it was her disaster—her disgrace. It was her punishment to see sink and disappear here a man, there a woman, in this profound darkness, and she forced to stand here in her evening dress. She had schemed; she had pilfered. She was never wholly admirable. She had wanted success,—Lady Bexborough and the rest of it. (203)

주지하다시피 클라리사의 분신으로서 셉티머스의 묘사는 작품 전반에 스며있다. 샐리가 버턴을 방문한 날 클라리사가 그녀를 만나기 위해 층계를 내려가는 장면—"만일 지금 내가 죽는다면 지금이 가장 행복할 거야"(37-38)—과 셉티머스가 자신을 강제 입원시키기 위해 집에 도착한 홈스 박사를 피하려고 창문에 몸을 던지는 장면—"그는 자신의 보물을 품에 안고서 몸을 던졌다"(202)—은 둘 다 내던짐의 행위로 묘사된다. 클라리사와 셉티머스는 그들만의 방식으로 자신을 삶의 흐름에, 다른 사람들에, 다른 사물들에 내던질 줄 아는 감정이 살아있는 인물이다. 다만 클라리사에게는 다시 자신으로 돌아와 내면을 성찰할 그녀만의 다락방이 있다면, 셉티머스에게는 그것이 없었다. 다른 사람들과 완전한 합일을 이룬 다음에 다시 견고한 자아로 돌아올 수 있기 때문에 클라리사는 자아를 계속 확장해 나갈 수 있다(Wyatt, 1986: 125). 그러나 셉티머스에게는 자신을 관리할 능력이 없다. 그에게는 자신만의 다락방이 없기 때문이다. 이것이 셉티머스의 한계이다. 그가 국가의 부름에 응하는 순간 그는 국가권력의 희생양이 될 뿐이다.

4. 나가며

　본 장은『댤러웨이 부인』분석을 통해 가부장제적·자본제적 국가 권력에 대한 울프의 비판과 그 대안으로 제시하는 신비주의적 페미니즘 의 내용을 살펴보았다. 이 소설의 주인공인 클라리사와 셉티머스, 피터 는 각각 가부장제 체제에 제대로 순응하지 못하는 인물들이다. 소설은 세 사람의 내면의 고통을 모더니즘 기법으로 리얼하게 제시하는데, 이들 이 받는 고통과 아픔은 가부장제 체제의 산물이었다. 소설에서 남성 권 력가들에 대한 공격은 이들이 교묘한 방식으로 구성원들을 죽음으로 몰 고 간다는 것이었다. 이들 권력가의 통치 방식은 배제와 추방을 통한 것 이었다. 이들은 사회를 계급과 성별과 종족에 따라 이분법적으로 나누고 분리해서 어느 한쪽을 배제하고 추방함으로써 대영제국과 자신들의 이 해관계를 지켜나갔다. 이들 중 가장 사악한 인물은 인간 영혼의 치료의 대변자로 불리는 윌리엄 경으로, 그가 자신의 자본 확장을 위해 환자인 셉티머스를 죽음으로 몰고 가는 것이 이 소설의 주요한 축이었다.

　한편 본 장에서는 울프의 신비주의적 페미니즘을 영국 여성의 신비 주의적 전통에 입각한 것으로 보았다. 즉 가족과 결혼을 거부하고 수녀 원에 들어가 여성 간 연대를 통한 사회참여를 보여주었던 중세 이후 수 녀들의 삶에 기초하는 것으로 간주했다. 그리하여 이 소설에서는 그러한 신비주의적 페미니즘이 클라리사의 다락방 장면들에 잘 나타난다고 보 고 그 장면들에 국한해서 분석했다. 첫째로 가부장제적 사회로부터 여성 이 정신적으로 홀로 섬을 의미했고, 둘째로 가부장제 사회의 전복을 위 해 여성들 간의 연대가 허용되는 공간이었으며, 셋째로 노동자 계급과도 같은 사회의 가장 낮은 계급을 포용하여 다시 사회 속으로 통합하도록 해주는 곳이었다. 전쟁의 희생자이자 국가권력의 최대 피해자인 셉티머스를 포용함으로써 울프는 클라리사가 더 이상 파티나 준비하는 상류층 여성이 아니라 진정한 사회 통합의 길을 모색하는 새로운 '문명'의 적극적인 주체로 부각시키는 것으로 보았다.

울프의 '의식의 흐름' 기법은 이 모든 것이 클라리사의 상상 속에서 존재할 뿐임을 보여준다. 그러나 울프의 예술은 주인공의 상상력의 순간들을 더 나은 세상을 꿈꿀 수 있는 발판이 되도록 독자들 앞에 제시한다. 이로써 울프는 19세기부터 이어져 내려온 비판적 리얼리즘뿐만 아니라 신비주의라는 다소 상반되는 요소를 한 편의 소설에 다 담아냈다. 그리고 그것은 여성성의 가치를 통한 새로운 '문명'의 창조를 암시하는 것이었다. 1차 대전을 경험한 작가로서 점점 더 국가주의적이고 국수주의적이고 남성중심적으로 변하는 현실 속에서 울프는 비록 꿈의 실현이 어렵다는 것을 알면서도 급진적인 페미니스트로서 그리고 영성주의자로서 자신의 사상의 나래를 펼쳐 보여준다.

| 인용문헌 |

Abel, Elizabeth. *Virginia Woolf and the Fictions of Psychoanalysis*. Chicago: U of Chicago P, 1989.

Bell, Quentin. *Virginia Woolf: A Biography*, 2 vols., II. Orlando: A Harvest Book, 1972.

Benjamin, Walter. "Theses on the Philosophy of History." *Illuminations.* Trans. Harry Zohn. New York: Schocken Books, 2007.

Brody, Susan L. "Law, Literature, and the Legacy of Virginia Woolf: Stories and Lessons in Feminist Legal Theory." *Texas Journal of Women and the Law* 21.1 (2011): 1-45.

Carroll, Berenice, A. ""To Crush Him in Our Own Country": The Political Thought of Virginia Woolf." *Feminist Studies* 4.1 (1978): 99-132.

Froula, Christine. *Virginia Woolf and the Bloomsbury Avant-Garde.* New York: Columbia UP, 2005.

Henke, Suezette A. "*Mrs. Dalloway:* the Communion of Saints." *New Feminist Essays on Virginia Woolf.* Ed. Jane Marcus. Lincoln: U of Nebraska P, 1981.

Leavis, Q. D. "Caterpillars of the Commonwealth Unite." *Scrutiny* 7.2 (1938): 203-14.

Marcus, Jane. "Introduction: Virginia Woolf Aslant." *Virginia Woolf: A Feminist Slant.* Ed. Jane Marcus. Lincoln and London: U of Nebraska P, 1983.

_____. "The Niece of a Nun: Virginia Woolf, Caroline Stephen, and the Cloistered Imagination." *Virginia Woolf: A Feminist Slant.* Ed. Jane Marcus. Lincoln and London: U of Nebraska P, 1983.

_____. "'No more horses": Virginia Woolf on art and propaganda', *Women's Studies* 4 (1977): 265-89.

Marder, Herbert. *Feminism & Art: A Study of Virginia Woolf.* Chicago: U of Chicago P, 1968.

Rose, Phyllis. *Woman of Letters: A Life of Virginia Woolf.* New York: Oxford UP, 1978.

Ruotolo, Lucio. "*Mrs. Dalloway:* The Unguarded Moment." *Virginia Woolf: Revaluation and Continuity.* Ed. Ralph Freedman. Berkeley: U of California P, 1980.

Woolf, Virginia. *The Letters of Virginia Woolf, vol. I.* Ed. Nigel Nicolson and Joanne Trautmann. New York: A Harvest/HBJ Book, 1975.

_____. "Mr. Bennet and Mrs. Brown." *The Captain's Death Bed and Other Essays.* San Diego: A Harvest/HBJ Book, 1978.

_____. *Mrs. Dalloway.* London: Modern Classics, 2000.

_____. *Three Guineas.* Intro. Jane Marcus. Orlando: A Harvest Book, 2006.

_____. *A Writer's Diary.* Ed. Leonard Woolf. New York: Harcourt Brace Jovanovich, 1953.

Wyatt, Jean. "Avoiding Self-Definition: In Defense of Women's Right to Merge (Julia Kristeva and Mrs. Dalloway)." *Women's Studies* 13 (1986): 115-26.

Zwerdling, Alex. *Virginia Woolf and the Real World.* Berkeley: U of California P, 1986.

3장

『등대로』
인식론과 미학

1. 들어가기

버지니아 울프(Virginia Woolf) 소설의 특징 가운데 하나는 주인공들이 외부 대상과 합일을 이루고자 하는 열망이 강렬한 나머지 그로 인한 주체 소멸의 경향이다. 제임스 네어모어(James Naremore)는 이것을 물의 특성과 연관시킨다. 울프의 작품을 읽다 보면 물의 요소를 발견하는데, 그것은 독자를 아주 깊게 빠져들게 해서 책 속의 사람과 사물이 마치 그림자처럼 흐릿해지고 불분명해져서 구별되지 않는다는 것이다. 극단적인 경우 눈에 보이지 않는 강은 그녀의 인물들을 모두 용해해서 영원히 가라앉는 듯한 기이한 느낌을 준다는 것이다(Naremore, 1973: 2). 박희진(Hee-Jin Park)은 이것을 다음과 같이 설명한다. "울프의 가장 공감적인 인물은 감수성의 인물들로 존재의 여성적 원리를 구현하는데, 이들은 무엇보다도 감정적이어서 자신들과 외부 세계 사이의 합일을 추구한다"(Park, 1979: 36). 이런 결과로 인물들 사이에 구별이 되지 않고 인물들의 익명성과 모호성이 강조되는데, 울프가 감정의 깊숙한 데로 나아갈 때 포함된 인물들은 단 한 사람인 것처럼 보이기도 한다고 말한다(윗글: 38). 데이비드 데이체스(David Daiches)의 경우에는 이것을 다음과 같이 지적한다. "독자를 당혹하게 하는 것은 이 융합의 과정을 보여줄 어떤 분명한 관점이 없다는 데 있는 듯하다. 행위들은 작가의 응시 아래에서 경험의 흐름 속으로 용해되어 버리는데 그러나 용해하는 매개자는, 비유를 확장하자면, 지금은 이 산(acid)이었다 또 저 산인 듯하다"(Daiches, 1945: 15). 본 장에서는 이러한 울프의 특징이 『등대로』(To the Lighthouse, 1927)의 경우 이 소설의 가장 긴 파트인 1부 「창」("The Window")의 램지 부인(Mrs. Ramsay)에게서 나타나는 것으로 보고자 한다. 램지 부인은 다른 대상과의 합일 혹은 융합을 이루고자 하는 열망이 너무 큰 나머지 실제 삶 속에서 자아와 대상 사이의 차이를 구분하지 못하며, 2부 「시간이 흐르다」("Time Passes")에서는 실제로 자아가 소멸하여 작품에서 사라진다.

그런데 소설은 이렇게 1부로 끝나지 않고 3부 「등대」("The Lighthouse")에서 그 세계를 해체하고 재구성한다는 것이다. 3부의 주인공 릴리 브리스코(Lily Briscoe)는 램지 부인이 구가하는 삶을 예술가적인 삶으로 규정하여 추하고 무질서한 현실 세계로부터 아름다운 예술작품과도 같은 삶의 순간을 창조하는 그녀의 놀라운 정신력을 높이 사면서도 그 세계가 지닌 자아 소멸적 경향과 다른 대상을 억압시키는 권위주의적인 측면을 폭로한다. 그리하여 3부는 릴리가 그토록 합일을 갈망하던 모성 그 자체를 상징하는 램지 부인으로부터 완전한 분리를 이루는 과정을 담는다. 릴리의 램지 부인 그리기는 릴리가 램지 부인으로부터 완전한 분리를 이룸으로써 그 완성이 가능해지는데 그럼으로써만 램지 부인의 리얼리티에 도달할 수 있다고 보기 때문이다. 다른 한편으로 3부에서는 이러한 릴리를 통해 살아남은 자들 사이의 원만한 관계가 램지 부인이 추구하던 합일이나 융합이 아닌 거리두기 방식을 통해 이루어지는데, 이것은 삶에서도 예술에서와 마찬가지로 거리두기가 필요하다는 것을 말하기 위함으로 보고자 한다.

대상과의 합일을 중시하는 1부의 램지 부인과 대상으로부터의 분리를 중시하는 3부의 릴리는 삶과 예술에서 서로 다른 인식론과 미학을 전개하는 인물들로 어떤 의미에서는 둘 다 철학자이자 예술가이다. 본 장에서는 1부의 램지 부인의 삶이 아르투어 쇼펜하우어(Arthur Schopenhauer, 1788~1860)의 철학과 그의 "관조"의 미학으로 잘 설명될 수 있다고 보고 그의 사상을 도입하여 접근해보고자 한다. 3부의 릴리 파트는 이와는 다른 울프 자신의 모더니즘 미학이 전개된다고 보아 거리두기가 삶과 예술에서 얼마나 중요한지, 이 파트에서 빈번하게 등장하는 대조와 모순과 역설 등의 요소들을 다룸으로써 설명하고자 한다. 그리하여 램지 부인과 릴리가 그들의 인식론과 미학에서 어떤 점에서 서로 다른지를 다루어보고자 한다. 그리고 궁극적으로는 릴리의 견해가 더욱더 작가를 대변하는 것으로 간주하고자 한다.

여기서 소설의 핵심을 램지 부인이 아닌 릴리에게서 찾는 비평가들의 견해를 잠깐 살펴보도록 하겠다. 미첼 레아스카(Mitchell A. Leaska)는 이 작품을 통합시키는 데 있어 가장 중요한 인물로 릴리를 지목하고 그녀를 독자가 가장 신뢰할 수 있는 정보의 근원이자 그의 가장 효과적인 감정적, 지적 안내자로 기능한다고 본다(Leaska, 1970: 89-90). 그러면서 이 작품에 나타나는 다양한 관점의 사용을 다음과 같이 해석한다. "이질적이고 모순적인 요소들을 보고 그것들 사이의 화해를 인식하지 못하는 것은 사실 이 광범위한 대조들을 포용하는 해설의 틀을 놓치고 마는 것이다"(윗글: 112). 마틴 코너(Martin Corner) 역시 중심인물을 릴리에게서 찾는데, 세계를 응시하는 릴리의 신비주의가 세계와의 합일을 추구하는 램지 부인의 신비주의보다 울프 자신의 그것에 더욱 가깝다고 분석한다. "릴리는 이 소설에서 신비적 경험의 다양성을 '마주하는' 것, 즉 울프의 가장 충만한 표현으로 그것은 램지 부인의 토론에서 우리에게 익숙한 종류의 것보다 작가의 세계관의 심장에 더 가까운 종류의 것이다"(Corner, 1981: 416)라는 것이다. 크리스틴 프라울라(Christine Froula)도 릴리 인물을 중시하는데 그녀는 울프가 "20세기 초엽 유럽 미술을 바꾸어 놓았던 추상 미학에 부응해서 릴리의 모더니스트 그림은 외양 밑의 리얼리티를 묘사하는 데 목표를 둔다"(Froula, 2005: 130)라면서 "『등대로』작품은 어머니와 합일하고자 하는 상징적 시도(릴리의 램지 부인의 최초 초상)로부터 '훨씬 더 일반적인 그 무엇'을 그리는 추상적인 그림으로 향하는 딸의 원정 모험을 추적한다"(윗글: 132)라고 분석한다. 본 장에서는 릴리를 작품의 핵심적 인물로 보는 이러한 논의를 참조하여 3부를 분석하고자 한다.

1부의 램지 부인 파트에 대해서는 쇼펜하우어의 철학과 미학으로 접근하고자 하는데 울프의 작품에 나타난 쇼펜하우어의 영향력을 분석한 연구가로는 페넬로페 레퓨(Penelope Lefew)와 제이미 맥그레거(Jamie

Alexánder McGregor)가 있다. 이들은 자신들의 박사학위 논문에서 그것을 각각 상세하게 다루고 있다. 레퓨는 『등대로』 분석에서 램지 부인과 릴리를 무질서한 삶에서 질서를 창조하는 예술가로 보고 쇼펜하우어적인 구원으로서의 예술 개념이 이 소설에서 잘 나타난다고 본다. 특히 램지 씨를 가장 쇼펜하우어적인 인물로 보아 그는 쇼펜하우어의 "의지" 그 자체처럼 맹목적이고 참을성이 없어서 다른 사람을 두려움에 떨게 하는데, 마침내 그 자신이 거기에 굴복한다고 말한다(Lefew, 1992: 133-36). 한편 맥그레거는 울프가 리처드 바그너(Richard Wagner)의 영향을 받았고 바그너는 쇼펜하우어 철학의 영향을 받았다는 전제하에 『댈러웨이 부인』(*Mrs Dalloway*)을 분석하는데, 특히 주변과의 동일시를 잘해서 종종 자아를 잊는 셉티머스 워런(Septimus Warren) 인물을 쇼펜하우어의 "관조" 개념에 비추어 중점적으로 다룬다(McGregor, 2009: 31-40, 91-119). 레퓨가 쇼펜하우어의 철학 가운데 "의지"가 어떻게 작중 인물들에게 나타나는가에 집중한다면, 맥그레거는 쇼펜하우어의 "관조" 개념이 『댈러웨이 부인』에서 어떻게 구체화하는지를 보여준다고 할 수 있다. 두 사람 모두 울프의 작품에 나타난 쇼펜하우어의 영향력이 어떻게 나타나는가를 자세히 분석한다면 본 장은 그것을 1부의 램지 부인에게만 국한하고자 한다. 1부는 일단 전체적으로 볼 때 램지 부인의 의식에 의한 묘사가 비중이 가장 크다. 그리하여 쇼펜하우어의 초월적 이상주의가 지배적인 것처럼 다가오는데, 궁극적으로는 울프가 이러한 삶의 자세에 대해 거리를 두고 비판적으로 보고 있다는 전제하에 램지 부인을 분석하고자 한다.

2. 램지 부인의 합일

1) 쇼펜하우어의 철학과 "관조"의 미학

초월적 이상주의 철학자인 이마누엘 칸트(Immanuel Kant)와 마찬가지로 쇼펜하우어는 세계를 "현상"으로 이해했다. 세계란 곧 주체인 내가 있어야만 존재하는 것으로 그는 『의지와 표상으로서의 세계』(*The World As Will and Representation*) 1권 1부에서 "세계는 표상이다"라며 다음과 같이 선언한다.

> 그 어떤 진리도 이것만큼 확실하고 다른 모든 것으로부터 독립적이며 증명할 필요가 없는 것은 없다. 즉 지식을 위해 존재하는 모든 것은, 따라서 이 세계 전체는, 주체와 관련하여 단지 객체일 뿐으로 지각자의 지각이며, 다시 말해 표상이다. . . . 어떤 방식으로든 세계에 속하고 또 속할 수 있는 모든 것은 이러한 존재와 불가피하게 관련되며 주체에 의해 조건 지워진다. 그리고 그것은 주체를 위해서만 존재한다. 세계는 표상이다.

> Therefore no truth is more certain, more independent of all others, and less in need of proof than this, namely that everything that exists for knowledge, and hence the whole of this world, is only object in relation to the subject, perception of the perceiver, in a word, representation . . . Everything that in any way belongs and can belong to the world is inevitably associated with this being-conditioned by the subject, and it exists only for the subject. The world is representation. (Schopenhauer, v1., 1969: 3)

세계는 주체가 전제되어야만 존재하는 것이며 주체와의 관계에서만 객체일 뿐으로 주체가 지각하는 것이 곧 세계라는 것이다. 따라서 세계는 쇼펜하우어에게 모두 의식의 산물이다. 이러한 중요한 사실을 망각하고 외양에 입각한 이해만을 강조하는 리얼리즘은 쇼펜하우어가 볼 때 공중누각의 사상이다(윗글, v2.: 5). 그렇다고 보면 쇼펜하우어에게 세계는 인간의 상상력이 창조한 주관적인 것에 불과하며, 어떤 객관적인 세계가 별도로 존재하는 것이 아니다.

세계를 아는 또 다른 방법으로 쇼펜하우어는 현상의 배후에 "의지"라는 맹목적이고 불합리한 힘이 있다고 주장한다. 칸트가 "현상" 배후에 "물자체"(thing-in-itself)가 있고, 그 "물자체"는 인간의 인식으로는 도저히 다가갈 수 없는 이해 불가능한 영역으로 보았다면 쇼펜하우어는 이 "물자체"를 "의지"라고 불렀고, "현상"은 바로 이 "의지"가 객관화되어 가시화된 것으로 파악했다. 그러면서 그는 이 "의지"가 모든 생명체에 무차별적으로 작용하고 있어 그 누구도 거기서 빠져나올 수 없다고 본다. 그에 의하면 인간과 동물이 모두 하나 같이 이 맹목적인 삶의 충동인 "의지"에 의해 움직여진다는 것이다. 이 "의지"는 칸트의 "물자체"처럼 쇼펜하우어에게 궁극적인 실재다. 그것은 눈에 보이지 않으며, 아무 곳에도 없고, 원인도 없으나 영원하다. 그리하여 쇼펜하우어는 "의지"를 다음과 같이 설명한다.

이 지식은 그의 행위를 통해 그리고 이 행위의 영원한 토대인 그의 몸을 통해 그에게 표상으로 모습을 드러내는 그 자신만의 현상의 그 내적 성격은 그의 의지라는 것이다. . . . 이것은 모든 특정한 사물의, 그리고

전체 모든 것의, 가장 내적인 본질이자 핵심이다. 그것은 맹목적으로
움직이는 자연의 모든 힘 속에 있으며 또한 인간의 고의적인 행동에도
있다. . . .

This is the knowledge that the inner nature of his own phenomenon,
which manifests itself to him as representation both through his actions
and through the permanent substratum of these his body, is his will.
. . . It is the innermost essence, the kernel, of every particular thing
and also of the whole. It appears in every blindly acting force of nature,
and also in the deliberate conduct of man . . . (윗글, v1.: 109-10)

이 "의지"는 그 자체가 욕망이 무한대여서 아무도 그것을 만족시킬 수 없
고, 현상계의 각 개별자 역시 이 "의지"의 지배를 받기 때문에 각자 자신
의 무한한 욕망만을 추구하게 되고 다른 개별자를 자신의 욕망에 반하는
대상으로만 보기 때문에 모든 개별자는 서로 대립하고 충돌하여 영원한
고통의 늪에서 빠져나올 수 없다. 이 세상은 항상 고통으로 가득 찬 곳이
된다. 이러한 염세주의로 인해 쇼펜하우어는 하나님이 없는 세계를 적극
적으로 사유한 최초의 무신론적인 서양 철학자가 된다(Magee, 2001: 263).
그런데 바로 여기서 모든 삼라만상이 모두 "의지"의 지배를 받기 때문에
곧 하나이고 서로 연결되어 있으며 결국 동일하다는 논리가 성립하게 된
다. 즉 모두가 "의지"와 하나이고, 서로 연관되며, 결국 같은 존재이다.
그리하여 쇼펜하우어의 동정 윤리가 등장하는데 그는 개별자가 각자 자
신의 욕망을 일절 거부하고 멸절시키는 한편 모든 살아있는 생명체와 함
께 고통을 나누는 동고(同苦)의 태도를 보일 것을 제안한다. 그리하여 염

세주의에서 출발한 쇼펜하우어의 철학은 이 "의지"가 지배하는 고통의 세계에서 벗어날 수 있다는 확신으로 끝난다(박찬국, 2013: 111).

특히 쇼펜하우어는 인간 구원의 가능성을 예술에서 찾는다. 그는 예술을 통해 인간이 맹목적이고 불합리한 "의지"의 지배로부터 일시적으로나마 벗어날 수 있다고 본다. 그에 의하면 자연의 아름다움 앞에서 인간은 몰입하게 되고 그러면 곧 자신을 잊게 된다. 주체는 사라지고 그는 단지 자연을 거울처럼 비추는 존재가 된다. 그 순간 주객 구분이 사라지고 그와 자연은 하나가 된다. 그는 이제 인식의 순수한 주체가 된다. 그는 세상이 곧 나이고 내가 곧 세상인 신과 같은 지복의 상태를 맛보게 된다. 쇼펜하우어는 이러한 "관조"를 다음과 같이 설명한다.

> 의미심장한 표현을 사용하자면 우리는 이 대상에 우리 자신을 전적으로 상실한다. 다시 말해 우리는 우리의 개체성과 우리의 의지를 잊어버리고, 순수한 주체로, 객체의 분명한 거울로만 계속 존재하므로 그것은 마치 그것을 지각할 그 누구도 없이 대상만이 존재하는 것 같다. 그리하여 우리는 지각으로부터 지각자를 더 이상 분리할 수 없으며, 그 두 개는 하나이다. 왜냐하면 의식 전체가 지각의 단 하나의 이미지에 의해 채워지고 사로잡히기 때문이다. 따라서 만일 대상이 그 정도로 그것 밖의 무엇에 대한 모든 관계에서 벗어난다. 그리고 주체는 의지에 대한 모든 관계에서 벗어나게 되면, 이렇게 해서 알게 되는 것은 더 이상 개별적인 사물로서의 그것이 아니라, 이데아이며 영원한 형식이자, 이 단계에서의 의지의 즉각적인 객체화다. 이와 동시에 이러한 지각에 포함된 사람은 더 이상 한 개인이 아니다. 왜냐하면 그러한 지각에서는 개인은 자신을 잊어버리기 때문이다. 그는 순수하고 의지가 없고 고통도 없고 영원한 지식의 주체이다.

We lose ourselves entirely in this object, to use a pregnant expression; in other words, we forget our individuality, our will, and continue to exist only as pure subject, as clear mirror of the object, so that it is as though the object alone existed without anyone to perceive it, and thus we are no longer able to separate the perceiver from the perception, but the two have become one, since the entire consciousness is filled and occupied by a single image of perception. If, therefore, the object has to such an extent passed out of all relation to something outside it, and the subject has passed out of all relation to the will, what is thus known is no longer the individual thing as such, but the Idea, the eternal form, the immediate objectivity of the will at this grade. Thus at the same time, the person who is involved in this perception is no longer an individual, for in such perception the individual has lost himself; he is **pure will-less, painless, timeless subject of knowledge.** (윗글, v1.: 178-79)

이런 최고의 의식 상태에서 우리는 현상계의 모든 차별에서 벗어난다. 사물도 더 이상 생성, 소멸하는 개별자로 나타나지 않으며 사물들의 순수한 본질인 이데아의 반영으로 나타난다. 쇼펜하우어에게 예술은 이러한 "관조"를 통해 포착한 영원한 이데아를 반영하는 것이다.

그러나 이제 모든 관계 밖에 존재하고 그것들로부터 독립하여 지속적으로 존재하는, 그러나 그것만이 진정 세계에 본질적이고, 그 현상의 진정한 내용이며, 절대 변하지 않으며, 따라서 항상 동등한 진리로 알려진, 즉 물자체의, 그리고 의지의 즉각적이고 적절한 객관화인 *이데아*를 고려하는 것은 어떤 종류의 지식이란 말인가. 그것은 *예술*이며 천재의 작품이다. 그것은 순전한 관조를 통해 포착된 영원한 이데아 즉 세계의 모든 현상 안의 본질적이고 영속적인 요소를 반복한다.

But now, what kind of knowledge is it that considers what continues to exist outside and independently of all relations, but which alone is really essential to the world, the true content of its phenomena, that which is subject to no change, and is therefore known with equal truth for all time, in a word, the *Ideas* that are the immediate and adequate objectivity of the thing-in-itself, of the will? It is *art*, the work of genius. It repeats the eternal Ideas apprehended through pure contemplation, the essential and abiding element in all the phenomena of this world. (윗글, v1.: 184)

이러한 쇼펜하우어의 사상은 19세기 당시보다 20세기 들어 예술가들 사이에서 더 큰 반향을 불러일으켰다. 가령 블룸스버리 그룹(Bloomsbury Group)의 미학의 창시자인 조지 무어(George Moore)는 1889년 "나는 정신의 많은 부분을 쇼펜하우어에게 빚졌다"(Bridgwater, 1988: 11 재인용)라고 말했다. 그는 사상과 상징 사이의 관계를 설명하기 위해 쇼펜하우어를 사용했는데, 그에게 상징은 예술가가 사물 그 자체에서 끌어낸 사상을 대변하는 그 무엇이었다. 또한 그는 "의지"에 대한 만병통치약의 수준으로까지 예술에 능력을 부여했던 쇼펜하우어의 이론에 매력을 느꼈다 (Lefew, 1992: 118-19). 리언 에델(Leon Edel)의 표현대로 무어의 "문하생들" (Edel, 1979: 53)로 볼 수 있는 레너드 울프(Leonard Woolf), 로저 프라이 (Roger Fry), 클라이브 벨(Clive Bell) 등 역시 모두 쇼펜하우어의 책을 읽었고, 그의 철학을 서로 토론했다. 프라이와 벨은 둘 다 예술에서의 "의미심장한 형식"에 대해 말했는데 특히 벨은 이 의미심장한 형식을 "본질적인 실재"라고 밝힌 뒤 다음과 같이 말한다. "당신이 그것을 뭐라고 부르든지 내가 말하고 있는 것은 모든 사물의 외양의 이면에 놓인 것에 대해 말하고 있다. 모든 사물에 그것들의 개별적인 의미와 물 자체, 궁극적인 실재를 부여하는 것이다"(Bell, 1958: 54). 이러한 블룸스버리 그룹을 통해 울프 역시 간접적으로나마 쇼펜하우어의 미학의 영향을 받았을 것으로 추정된다(Lefew, 1992: 19). 그러나 이 소설에서 울프는 자신이 거리를 두는 인물인 램지 부인의 묘사에 그것을 적용할 뿐이어서 쇼펜하우어의 사상이 곧 울프의 것이라고 볼 수는 없다. 그리고 실제로 울프는 생전에 쇼펜하우어를 일고의 가치가 없는 철학자로 대했다.[1]

2. 쇼펜하우어의 철학과 "관조"의 미학에서 본 램지 부인

1부 「창」을 통해 우리가 들여다보는 램지 가의 모습은 어딘가 불균형하고 문제가 많은 곳임이 암시된다. 어느 한쪽에 너무 많은 힘이 실려 있는가 하면 다른 한쪽에는 힘이 너무 없다. 매우 불합리하고 모순된 세계다. 그런데 이 세계를 울프는 강자보다는 약자인 쪽에 공감함으로써 그 약자의 관점에서 그 세계를 묘사한다. 특히 그 약자에 의해서 이 불균형적이고 어딘가 사악한 힘이 도사리고 있는 세계가 마술처럼 터무니없이

---

1) 울프는 그녀의 에세이 「읽기와 읽지 않기」("To Read and Not to Read")에서 쇼펜하우어에 대한 자신의 견해를 간략하게나마 언급하고 있다. 그 글에서 울프는 1917년 『타임스 문학 부록』(*The Times Literary Supplement*)에 실린 하버튼 자작(Viscount Harberton)의 글을 소개한다. 하버튼은 자신의 글에서 쇼펜하우어와 허버트 스펜서(Herbert Spencer)를 읽어 볼 만한 작가로 추천하는데, 특히 그는 쇼펜하우어의 글에서 발췌한 것들을 명구로 사용하였다. 이에 울프는 "쇼펜하우어의 책은 영원히 읽고 싶지 않다"라고 말함으로써 하버튼의 충고를 조롱하며, 쇼펜하우어를 일고의 가치가 없는 철학가로 대한다(Woolf, 1987: 157). 실제로 울프가 그 뒤 쇼펜하우어의 책을 읽었다는 증거는 없다(Lefew, 1992: 116).

아름답고 따뜻하며 사랑이 충만한 세계로 변모되는 과정을 추적한다. 즉 1부의 주인공은 램지 부인으로 그녀는 남편인 램지 씨(Mr Ramsay)가 다스리는 가정이라는 소왕국의 세계에서 남편과 가족의 "타자"로 살지만 그녀에 의해 그 추하고 무질서한 왕국이 아름다움과 질서와 조화가 있어 매우 행복하고 살아갈 만한 이상적인 곳, 즉 목가적인 곳으로 바뀐다. 그리고 그 과정에서 울프는 자신의 어머니를 쇼펜하우어의 "관조"를 구현하는 예술가로 묘사한다. 램지 부인은 우주 같은 마음으로 나약하고 불쌍한 영혼들을 모두 품는다. 그녀에게는 "나"와 "너"의 구분이 없다. 그녀에게서는 모든 것이 하나가 된다. 마침내 그녀는 쇼펜하우어적인 "관조"를 통해 덧없는 삶의 순간을 인간의 기억 속에 남는 영원한 예술작품으로 창조한다. 그런 점에서 울프는 램지 부인의 정신의 위대성을 놓치지 않는다. 울프는 분명 자신의 이해관계를 위해 세속적 야망을 꿈꾸는 램지 씨나 찰스 탠슬리(Charles Tansley)보다는 램지 부인의 이러한 삶을 이기주의나 탐욕을 추구하지 않는다는 점에서 더욱 높이 사는 것으로 보인다. 램지 씨와 탠슬리 씨에 대한 울프의 비판적 거리두기는 사적인 영역에서 이들이 어느 정도로 여성들을 착취하고 폭력적으로 대하는지를 직접적으로 말하지 않고 수많은 비유와 상징을 사용하여 전달하는데, 이것은 그녀가 탁월한 예술가이기 때문에 가능하다. 그러나 울프는 1부에서 램지 부인을 이러한 불리한 역경의 한가운데서도 예술가처럼 유동적인 삶의 한가운데서 울프가 말하는 "존재의 순간"을 창조해낼 줄 아는 인물로 구현한다. 다른 한편으로 작가는 램지 부인이 충만한 삶을 산 것이 그녀 자신이 그다지 행복한 삶을 산 것도 아님을 암시할 뿐만 아니라 주변 사람들 역시 그녀의 존재로 인해 전혀 부담스럽지 않은 게 아니었다는 사실도 함께 전달한다.

우선 삶에 대한 램지 부인의 인식을 보도록 하겠다. 그녀는 삶을 "끔찍하고, 적대적이며, 기회만 오면 재빠르게 자신을 공격해올"[2] 성격의 것으로 바라본다. 다시 말해 쇼펜하우어가 말한 것처럼 현실 세계의 배후에는 맹목적이고 불합리하며 사악한 어떤 힘, 즉 "의지"가 작용하고 있는 것으로 파악한다. 이 소설에서는 램지 부인이 왜 그렇게 염세주의적 세계관을 갖게 되었는지 분명한 설명을 하지 않고 있다. 단지 그녀는 "모든 이에게 일어날 필요가 없는", 그리고 "스스로에게도 그게 뭐라고 말하지 못하는"(67) 경험을 그녀 자신이 한 것으로만 나온다. 그녀는 천진난만한 어린 제임스(James)를 보면서 그리고 아직 삶의 어려움에 직면해보지 않은 자녀들을 보면서 그들이 어른이 되지 않고 마냥 영원히 어린 아이인 채로 남아있기를 바란다(66-67). 그 정도로 그녀는 어른이 되어 그들이 대면해야 할 삶의 고통을 알기 때문에 불안해한다. 그녀에게 삶은 힘들게 대적해야 할 끔찍한 상대인 것이다. 그녀는 이 세계는 분명 누군가의 실수로 창조되었고 신은 없을 것이라고 확신한다.[3]

---

2) Virginia Woolf, *To the Lighthouse* (London: Penguin Books, 2000), p. 66. 이후 이 책의 본문 인용은 괄호 안에 쪽수만 표기하기로 한다.

3) 주지하다시피 램지 부인의 모델이었던 울프의 어머니 줄리아 스티븐(Julia Stephen)은 무신론자였다. 그녀는 기독교 집안에서 자랐고, 그녀의 어머니는 독실한 기독교 신자였지만 첫 남편 허버트 덕워스(Herbert Duckworth)가 결혼한 지 4년 만에 죽고 아이가 셋 딸린 채 8년을 미망인으로 살면서 기독교 신앙을 버렸다. 이처럼 무신론자로 살았던 그녀는 역시 30대 중반에 종교적 회의 때문에 케임브리지 대학의 학감(don) 직을 사임했던 레슬리 스티븐(Sir Leslie Stephen)을 만나 1878년 재혼하는데, 아마도 여기에는 스티븐이 쓴 불가지론적인 책들의 영향이 있었던 것으로 추정된다(Gaipa, 2003: 33-35). 하여간 1882년 버지니아 스티븐이 태어났을 때 이들 부부는 각각 36세, 50세였고 각각 1846년, 1832년생이었던 이들은 빅토리아 조의 주요 기간을 줄곧 무신론자로 살았다고 볼 수 있다. 이러한 이들의 삶은 당시 과학과 기술 발달의 여파로 기존 종교에 대한 회의가 점증했던 빅토리아 조 후반의 특징으로도 볼 수 있다.

어떻게 주님이 이 세상을 만들 수 있었단 말인가? 그녀는 물었다. 이성, 질서, 정의는 없고 고통, 죽음, 가난한 자들만이 있다는 사실을 그녀는 마음속으로 항상 붙잡았다. 너무 야비해서 세상이 저지를 수 없는 배신이란 아무것도 없었다. 그녀는 그것을 알았다.

How could any Lord have made this world? she asked. With her mind she had always seized the fact that there is no reason, order, justice; but suffering, death, the poor. There was no treachery too base for the world to commit; she knew that. (71)

이처럼 불합리하고 고통스러운 세상에서 그녀가 할 수 있는 것은 다른 사람들과 함께 하나가 되는 것이다. 쇼펜하우어가 주장한 동정의 윤리를 펼치는 것이다. 그녀에게는 살아있는 모든 것들이 측은하고 불쌍하다. 험난한 고통의 삶을 살아야 하기 때문이다. 결혼에 실패해 아편에 의지하며 살아가는 카마이클 씨(Mr Carmichael)(14), 어린 시절 서커스에 한번 가보지 못하고 성장해야 했던 하층민 출신의 청년 학자 탠슬리 씨(26), "얼굴은 주름이 많고 결혼은 결코 하지 못할 여성"이자 "대단한 그림을 그리는 것도 아닌"(21) 33세의 화가 지망생 릴리, 부인과 자녀도 없이 하숙집에서 혼자 식사해야만 하는 식물학자인 윌리엄 뱅크스(William Bankes)(91) 등 그녀는 주변 사람들에 대한 연민과 동정을 느낀다. 그리고 그들을 사랑으로 감싼다. 그들 역시 이러한 램지 부인의 사랑에 힘입어 "대단한 자부심"(19)과 삶의 "희열"(53)을 느끼며, 더 이상 이 세상을 혼자 외롭게 배회할 필요가 없다고도 느낀다(60). 심지어 사회적으로 존경받는 철학자로 등장하는 그녀의 남편도 학자로서 패배감과 좌절감을 느낄 때마다 그녀에게로 다가와서 다시 정진할 새 힘을 공급받는다(42-43).

람지 부인은 놀랍게도 사람뿐만이 아니라 꽃과 나무와 무생물체와도 하나 됨을 추구한다. 쇼펜하우어가 모든 개별자는 "의지"라는 동일한 힘의 지배를 받고 있어 모두가 서로 연결되어 있고, 동일하다고 믿었던 것처럼 그녀 역시 모든 존재가 서로 연결되어 있고, 동일하며, 하나라는 느낌을 받는다.

> 종종 그녀는 손에 일감을 들고 앉아서 바라보고 또 앉아서 바라보고 있는 자신을 발견했다. 마침내 그녀는 자기가 바라보고 있는 것이 되었다. 가령 예를 들면 저 등대 불빛이 되었다. . . . 우리가 혼자 있으면 나무나 시냇물, 꽃과 같은 무생물체와 가까워져서, 그들이 하나를 표현하고, 그들이 하나이고, 그들이 하나를 알고, 어떤 의미에서는 하나라고 느끼고 마치 자신에 대하여 느끼듯이, 이성을 초월한 애정을 느끼게 되는 것은 (그녀는 저 긴 차분한 불빛을 바라보았다) 이상한 일이라고 그녀는 생각했다.

> Often she found herself sitting and looking, sitting and looking, with her work in her hands until she became the thing she looked at—that light for example. . . . It was odd, she thought, how if one was alone, one leant to things, inanimate things; trees, streams, flowers; felt they expressed one; felt they became one; felt they knew one, in a sense were one; felt an irrational tenderness thus (she looked at that long steady light) as for oneself. (70)

이러한 주변과의 합일로부터 얻어지는 정신적 만족감을 람지 부인은 다음과 같이 묘사한다.

개성을 상실함으로써 우리는 초조함, 분주함, 불안 등을 상실했다. 사물들이 이 평화와 안식과 영원성 속으로 모아질 때 그녀의 입술에 삶에 대한 어떤 승리의 외침이 항상 터져 나왔다. . . .

Losing personality, one lost the fret, the hurry, the stir; and there rose to her lips always some exclamation of triumph over life when things came together in this peace, this rest, this eternity . . . (70)

1부에서 거의 모든 인물은 그녀를 흠모하고 그녀와 하나가 되고자 한다. 그녀에게서 정신적 삶의 자양분을 얻기 때문이다. 1부를 그림으로 그린다면 램지 부인을 중심으로 다른 모든 인물이 동심원을 그리며 그녀와 하나가 되기 위해 그녀 주변으로 몰려드는 형상일 것이다. 그러나 엄밀한 의미에서 보면 그녀는 자아가 없다. 램지 부인은 자신을 밖으로 분산시킴으로써만 존재한다. 그녀에게는 대상과의 합일만이 있다. 그녀는 다른 사람들과 하나가 되며 그런 방식으로 그들과 함께 이 고통스러운 "의지"가 지배하는 삶에 맞서 싸워 승리하는 전사(warrior)가 되고자 한다.

　실을 가지고 양말을 짜는 것처럼, 즉 무에서 유를 만들어내는 것처럼 램지 부인은 쇼펜하우어의 "관조" 개념을 통해 세계를 새롭게 창조한다. 끔찍한 세계는 그녀의 "관조" 능력에 의해 견딜만하고 인간적으로 된다. 동화 속의 여주인공인 이사빌(Isabil)이 도다리(flounder)의 초월적 힘을 빌려서 자신의 소원을 파멸하기 직전까지 거의 다 이루는 것처럼 램지 부인의 삶 역시 자신의 "관조" 능력에 의해 마술처럼 주변 세계를 변모시켜나간다. 램지 부인이 뜨개질하는 장면은 그녀의 삶을 상징적으로 보여준다. 그녀가 짜고 있는 양말은 자기가 신을 것이 아니라 등대지기의 병약한 어린 아들에게 가져다줄 양말이다. 소설 내내 그녀는 제임스를 안고 뜨개질을 한다. 뜨개질은 그녀를 세계와 연결해주는 통로이다. 뜨개질을 통해 그녀는 자신을 무화하고 등대지기 소년과 하나가 된다. 그리하여 그녀는 소년을 위한 뜨개질을 한다. 그녀가 뜨개질하면서 아들 제임스에게 읽어주는 그림(Grimm) 형제의 동화 「어부와 그의 아내」("The Fisherman and His Wife")는 이러한 그녀의 자기희생적 삶을 미화하고 정당화시킨다. 동화 속의 이사빌은 성경의 구약에 나오는 아합(Ahab)의 아내 이사벨(Isabel)처럼 "의지"의 노예 상태에서 자신의 무한한 욕망만을 좇다가 파멸하는 여성으로 등장한다. 따라서 그러한 여성과 대척점에 서 있는 램지 부인은 동화가 던지는 "교훈"을 잘 내면화한다. 그녀는 이사벨과 달리 자신의 욕망은 죽인 채 다른 사람들을 위해 자신을 내던짐으로써만 존재한다. 그녀는 기꺼이 여덟 자녀의 감정 스펀지가 되어주고, 남편이 요구할 때는 하던 일을 중단하고 그와 산책해주며, 손님들에게도 그들의 필요를 채워주기 위해 모든 친절을 베풀고, 환자들 방문도 시간을 정해두고 적극적으로 한다. 그녀는 대상과의 합일을 통해 이 끔찍한 세계를 따뜻하고 인간적인 세계로 바꾼다. 그러나 그녀 역시 동화 속의 이사빌처럼 종말은 비극적이다.

만찬 파티가 열리는 17장에서 그녀의 "관조"는 최고조에 달한다. 그리고 그녀는 그 만찬 파티를 사람들의 기억 속에서 영원히 지워지지 않는 "루비"(114)처럼 빛나는 예술작품으로 만드는 데 성공한다. 그리고 이때 램지 부인의 무기는 다름 아닌 고통 가운데 처한 인간에 대한 동정이다. 그녀는 각기 자아에 매몰되어 서로 분리된 채 존재하는 "의지"의 희생자들을 한 자리에 모은 뒤, 마치 마술을 부리듯 그들을 하나로 통합시킨다. 램지 부인은 통합시키는 이 모든 역할이 자신에게 달려있다고 믿는다. "융합시키고 흘러가게 하고 창조하는 모든 노력이 그녀에게 의존했다"(91). 이 장면에서 램지 부인은 자기 자신의 이기심으로부터 완전히 벗어나 다른 인물들을 있는 그대로 받아들이며 거기에 참여한 다른 사람들 역시 그들만의 이기심에서 벗어나 비로소 램지 부인을 제대로 이해하게 되고 그녀와 공감하게 된다. 그리하여 이 순간 모든 것은 초월하며 그들은 진정한 합일에 도달한다. 그리고 램지 부인은 지복의 상태를 경험한다. 제임스 조이스(James Joyce)의 소설에서 작가가 인물들 너머에 존재하여 신처럼 눈에 보이지 않으면서 그들을 내려다보는 것처럼 그녀는 여기서 모든 인물의 마음을 다 이해하고 그들을 있는 그대로 받아들이는 진정한 의미의 "관조"의 상태에 도달한다. 작가는 이 장면을 시간적으로 고정해 놓으면서 참여한 여덟 명 모두의 내적인 상태를 그들의 관점에서 만화경처럼 병렬시켜 놓아 균형 잡힌 패턴을 만드는 데 성공하는데(Leaska, 1970: 107), 이 순간 예술가로서의 울프는 진정 대가의 경지에 도달한 듯하다. 램지 부인에 의해 주도되는 이 만찬 파티는 후에 모든 사람의 기억에 남아 그들에게 영향을 주는 영원한 예술작품이 된다.

말이 필요 없었다. 아무 말도 할 수 없었다. 그것은 온통 그들 주변에 있었다. 뱅크스 씨에게 특별히 연한 고기 조각을 먹도록 조심스럽게 도우면서 그녀는 그것이 영원성을 갖는다고 느꼈다. 그날 오후 이전에 무언가 다른 것을 그녀가 이미 한번 느꼈던 것처럼 사물에 조화가 있고 영속성이 있다. 다시 말하자면 무언가는 변화를 받지 않은 채 흘러가는 것, 쏜살같이 지나가는 것, 그리고 허깨비 같은 것의 면전에서 루비처럼 빛난다. 그리하여 오늘 밤 다시 그녀는 이미 한번 느꼈던 평화와 휴식의 느낌을 다시 가졌다. 이러한 순간들에서 이후에도 영원히 남는 것이 만들어진다고 그녀는 생각했다.

Nothing need be said; nothing could be said. There it was, all round them. It partook, she felt, carefully helping Mr. Bankes to a specially tender piece, of eternity; as she had already felt about something different once before that afternoon; there is a coherence in things, a stability; something, she meant, is immune from change, and shines out (she glanced at the window with its ripple of reflected lights) in the face of the flowing, the fleeting, the spectral, like a ruby; so that again tonight she had the feeling she had had once today already, of peace, of rest. Of such moments, she thought, the thing is made that remains for ever after. (114)

그러나 1부에서부터 이러한 램지 부인의 성취는 문제가 있는 것임이 암시된다. 그녀 자신이 자신의 친절한 행위들에 대해 가끔 회의하며(47), 남을 위한 삶이 가져다주는 신체적 피로와 불만족을 종종 느끼기도 한다(44). 주변 사람들 역시 그녀에게서 종종 위압적이고 명령적인 태도를 감지한다(55). 또한 파티가 끝나는 순간 모든 개별자는 다시 흔들리고 제각각 분리되는 것으로 묘사된다(122). 그러나 무엇보다도 가장 큰 문제점은 그녀가 갑자기 죽음으로써 2부부터 완전히 작품에서 소멸한다는 점이다. 그리하여 그녀를 사랑했던 남아있는 자들에게 정신적 충격과 상실감을 안겨준다.

3. 릴리의 거리두기: 울프의 모더니즘 미학

3부는 1부에서와는 달리 릴리의 의식이 가장 큰 비중을 차지한다. 1부로부터 비판적인 거리두기를 시도하는 3부에서 릴리의 시각이 1부에서 램지 부인의 시각보다는 더욱더 울프 자신의 견해에 가깝다는 게 필자의 생각이다. 릴리의 삶에 대한 인식론과 미학은 램지 부인이 보여준 것과는 아주 다르며, 2부 「시간이 흐르다」가 필요한 것은 아마도 두 사람 사이의 거리감을 상징하기 위해서도 필요한 부분인 듯하다. 3부에서 울프는 릴리를 통해 램지 부인이 보여준 합일이나 융합과는 다른 주체와 객체 사이의 거리감과 간극, 그리고 양자 사이의 자리바꿈의 필요성을 강조하며 삶에서의 대조, 모순, 역설 등이 예술이 다루어야 할 중요한 사항임을 피력한다. 10년이라는 기간이 상징하듯이 두 여성은 서로 다른 역사의 기간을 사는 인물이다. 릴리는 이제 램지 부인과는 달리 결혼하지 않고 화가로서의 삶을 살아가는 신여성이다. 이것은 어머니가 아닌 아버지처럼 살기로 작정한 울프 자신의 선택을 보여주는 것으로, 3부는 작품의 말미로 갈수록 자신을 아버지 레슬리 스티븐(Sir Leslie Stephen)과 동일시하는 울프의 모습을 보여준다. 3부에서 울프는 릴리를 통해 1부에서 램지 부인이 보여준 삶을 더욱 적극적으로 비판하며 해체하도록 한다. 1부에서 램지 부인이 다른 대상과의 합일과 융합을 통해 삶의 조화를 추구한다면, 신세대인 릴리와 캠(Cam)과 제임스(James)는 각각 거리두기를 통해 그렇게 한다. 1차 대전을 경험했고 블룸스버리 그룹의 구습 타파주의의 영향을 받은 바 있는 이 신세대는 구세대의 인물인 램지 부인이 추구하던 합일의 세계와는 다른, 대상으로부터의 거리두기를 통해 새로운 질서와 조화가 있는 삶을 살아가고자 한다.

　대상으로부터의 거리두기가 얼마나 중요한지는 작품에서 실제 공간
상 거리의 효과로 강조된다. A와 B 두 장소가 있다고 치면 내가 A 지점
에 있을 때 A의 모습이 있게 된다. 내가 장소를 이동해 A와 B 사이의 중
간 지점에 있게 되면 거기서 본 A의 모습은 앞에서 본 모습과 달라진다.
다시 내가 거리를 더 이동해 B의 지점에서 A를 바라보게 되면 그 모습은
또 앞엣것들과 다르게 나타난다. 즉 시공간의 제약을 받게 되는 우리는
A를 다 알 수가 없다. 진정한 A는 무수한 각도의 무수한 지점에서 바라
본 것의 총체일 터인데 그것은 불가능하다. 지금 이곳에서 나는 하나의
각도만으로 그것을 볼 수밖에 없기 때문이다. 이것은 내가 어느 순간에
도 A를 결코 알 수 없다는 것을 의미한다. 이 세계에서는 단 하나의 절대
적인 진리가 존재하지 않는다. 또한 A는 혼자서 존재할 수 없다. A는 B
와의 관계에서만 존재한다. 따라서 A는 B가 있어야 한다. A 지점에서 본
A의 모습과 B 지점에서 본 A의 모습은 서로 다를 뿐만 아니라 모순되고
상반될 수도 있다. 그러나 이러한 모순을 포함하는 게 삶이고 예술이라
는 게 울프의 시각이다. 삶이란 이처럼 불확실함, 불일치, 대조, 모순 등
으로 이루어져 있으며 예술은 이런 것들을 있는 그대로 모두 포착해야
한다는 것이 울프의 견해이다. 궁극적으로는 삶으로부터 가장 멀리 떠나
죽음의 관점에서 삶을 바라보는 것이기도 하다. 혹은 인간의 관점을 떠
나 사물의 관점을 취하는 것이기도 하다. 이러한 거리두기는 역으로 작
품의 말미에 캠이 깨닫듯이 현재에서 기쁨을 누리고 결국 지금 이곳, 바
로 이 순간을 놓치지 않는 것이 가장 중요하다는 결론을 가능하게 한다.
릴리와 캠과 제임스는 모두 이러한 거리두기와 현재의 중요성을 인식할

줄 아는 신세대의 인물이다.

위에서 언급한 A와 B의 장소를 각각 램지 네 여름 별장이 있는 헤브리디스(Hebrides) 섬과 그 맞은편에 있는 등대라고 보자. 마지막 섹션에서 제임스가 등대에 도착해서 본 등대의 모습과 섬에서 본 등대의 모습이 아주 상반된다는 사실에 놀라듯이 캠 역시 섬과 등대의 중간 지점인 만의 한가운데서 섬을 바라보며 신기해한다. 캠은 거리에 따라 달라지는 섬의 리얼리티를 놓치지 않는다.

> 그렇다면 섬은 그런 거였네 라고 캠은 다시 한번 손가락으로 파도를 가르며 생각했다. 그녀는 전에는 결코 바다로 멀리 나와서 섬을 본 적이 없었다. 그것은 바다 위에 그렇게 놓여 있었다. 그 중앙에는 움푹 파인 틈이 있고, 두 개의 가파른 바위가 있었다. 그리고 바다가 거기로 휙 밀고 들어와 섬의 양편으로 넓게 펼쳐졌다.

> It was like that then, the island, thought Cam, once more drawing her fingers through the waves. She had never seen it from out at sea before. It lay like that on the sea, did it, with a dent in the middle and two sharp crags, and the sea swept in there, and spread away for miles and miles on either side of the island. (204)

바로 뒤의 섹션 11에서는 완전히 바다에 잠긴 섬을 바라보면서 캠은 섬의 부재를 실감한다. 그러나 캠은 그곳에서 보낸 과거의 삶을 졸음이 몰려오는 가운데서도 생생하게 기억해낸다.

그러나 그 연약함 속에 그 모든 오솔길과 테라스와 침실 등 셀 수 없이 많은 것들이 있었다. 그러나 막 잠들기 전에 사물들 자체가 단순해져서 무수한 디테일 중 단지 한 가지만 남아있을 힘이 있는 것처럼 그녀는 졸음에 겨운 채 섬을 바라보면서 그 모든 오솔길과 테라스와 침실은 희미하게 사라지고 그중에서 단지 창백한 푸른색의 향로가 그녀의 머릿속에서 이리저리 리드미컬하게 흔들거리고 있다고 느꼈다.

Yet in its frailty were all those paths, those terraces, those bedrooms—all those innumerable things. But as, just before sleep, things simplify themselves so that only one of all the myriad details has power to assert itself, so, she felt, looking drowsily at the island, all those paths and terraces and bedrooms were fading and disappearing, and nothing was left but a pale blue censer swinging rhythmically this way and that across her mind. (221)

이러한 공간 지형이 암시하듯이 소설의 3부는 이곳 잔디 위에서 릴리가 램지 부인의 그림을 그리면서 기억을 통해 과거로 떠나는 여행이자 현실 속에서는 램지 씨가 자녀들을 데리고 등대로 향하는 여행 둘 다를 포함하고 있다. 소설은 섬의 반대편 쪽으로 이동하면서 섬에서 한때 살았던 램지 부인과 램지 씨, 그리고 그들이 구가했던 사랑과 결혼의 리얼리티에 관하여 아주 많이 달라지는 릴리의 감정과 생각을 지그재그식으로 기록하는 것이다. 릴리의 그림 완성과 램지 씨의 등대 도착은 거의 동시에 이루어진다. 이것은 릴리가 상상력을 통해 램지 씨와 함께 배를 타고 등대에 도착해 섬의 리얼리티를 보게 되었다는 것을 의미하기도 한다.

3부에는 1부와 무수한 대조가 있다. 책의 서두에서 등대에 무척 가고 싶어 했지만 아버지의 반대로 갈 수 없었던 제임스는 이제 가고 싶지 않은데 억지로 아버지의 손에 끌려 배에 오른다. 서두에서 램지 부인과 제임스가 등대에 가는 것을 날씨가 바뀔 것이라며 못 가게 막았던 램지 씨는 정반대로 이제 램지 부인이 그토록 소원하던 등대로 여행을 자신이 직접 주선한다. 그리고 그곳에 도착한다. 1부에서 무명의 작가여서 존재감이 없었던 카마이클 씨(Mr. Carmichael)는 이제 가장 성공한 시인이 되어 그림을 그리고 있는 릴리 옆에 누워 릴리와 무언의 대화를 나누는 중요한 인물로 부상한다. 레일리(Rayley) 부부는 1부에서 램지 부인에 의해 그녀가 추구하는 삶을 지속시켜 줄 중요한 인물들로 간주되었지만, 이제 3부에서는 각자의 불륜을 당연시하며 그들의 결혼을 위선적으로 유지할 뿐이다. 그들에게는 그것이 최선이기 때문이다(189). 램지 부부의 결혼도 1부에서와는 달리 서로 잘못 만난 "실수"로 그리고 "결코 축복만은 아닌 것"(215)으로 자리매김한다. 즉 1부에서 성스럽게 축조되었던 세계들이 해체된다. 특히 빅토리아 조의 전형적인 가정과 결혼의 이데올로기들이 붕괴된다. 3부에 등장하는 주요 인물들은 결혼하지 않았거나 결혼했어도 정상적인 결혼이 유지되지 못하고 있다.

램지 부인과 릴리의 관계 역시 3부에서 해체된다. 1부에서 램지 부인은 릴리에게 삶의 모든 신비가 담겨 있는 인물로 여겨졌다. 릴리는 항아리 속의 물이 서로 하나가 되는 것처럼 그녀와의 완전한 합일을 갈망했다. 릴리는 자신이 램지 부인에게 원하는 바를 다음과 같이 토로했다. "그녀가 원하는 것은 지식이 아니라 합일이었고, 명판에 기록된 비문들이 아니었다. 그것은 일찍이 인간이 알아 온 언어로 쓰일 수 있는 것이 결코 아니었고, 친밀함 그 자체였고 지식이었다"(57). 울프는 실제로 삶에서 다른 여성과의 친밀한 관계를 원하기도 했다. 이 소설을 쓰던 무렵 비타 색빌웨스트(Vita Sackville-West)와의 친밀했던 관계는 줄리아 브리그스(Julia Briggs)가 잘 파헤치고 있다(Briggs, 2005: 167-70, 177-79). 램지 부인은 릴리가 "원하나 갖지 못한"(194) 혹은 "원하고 원하나 갖지 못한"(219) 존재였고 그 사실은 릴리를 항상 고통스럽게 했었다. 그러나 3부에서 릴리는 램지 부인에 대해 우월감을 느끼기 시작한다. 램지 부인은 이제 릴리에 의해 그녀를 싫어했던 사람들도 실제로는 많았던 인물로 재평가된다. 램지 부인의 빼어난 미모도 그저 단조로웠을 따름으로 그 의미가 축소된다. 그녀의 박애주의는 그 본능을 같이하지 않는 자들에게 약간은 짜증나는 것이었다며 조롱당하기도 한다(212-13). 결혼만이 여성에게 최선의 삶이라며 뱅크스 씨와의 결혼을 주선하려던 램지 부인 앞에서 항상 주눅들어야만 했던 릴리는 이제 오히려 결혼하지 않기로 한 자신의 선택이 옳았다며 의기양양해진다(189).

3부는 1부의 세계를 해체할 뿐만 아니라 새로운 질서와 조화를 재구성한다. 그것은 거리두기를 통해서이다. 3부에서 가장 중요한 거리두기는 릴리가 램지 씨의 접근을 거부하는 데서 시작한다. 이 혼돈의 세계에서 가장 믿을 만한 것은 그림 그리기뿐이라고 생각하는 릴리는 그림을 방해하는 모든 것을 거부하고자 하는데, 바로 램지 씨가 얼씬거리기 때문에 그림에 집중할 수 없다고 판단한다. 그러나 더욱 분명하게는 램지 부인처럼 합일과 융합을 지향해서는 화가로서 제대로 살지 못할 뿐만 아니라 그 삶이 자멸적이라는 점을 인식한다. 릴리는 램지 부인의 이른 죽음을 초래한 장본인이 바로 램지 씨이며, 그가 부인에게 너무 많은 희생과 동정을 강요해 그렇게 되었다고 확신한다. 램지 부인은 남편이 매번 동정을 요구할 때마다 그것을 거부했어야 했다고 릴리는 생각한다. 결국 주고 또 주기만 하다가 죽게 되었다며 램지 부인의 삶을 문제가 있는 것으로 인식한다.

> 저 남자는 절대로 주지 않았지, 그녀의 분노가 내면에서 일면서 그녀는 생각했다, 저 남자는 취하기만 했어. 한편 램지 부인은 주도록 강요받곤 했었지. 그녀는 주었지. 주고, 주고, 또 주다가 그녀는 죽었고 이 모든 것을 남겼지. 정말로, 그녀는 램지 부인에게 화가 났다.

> That man, she thought, her anger rising in her, never gave; that man took. She, on the other hand, would be forced to give. Mrs. Ramsay had given. Giving, giving, giving, she had died—and had left all this. Really, she was angry with Mrs. Ramsay. (163)

그런데 3부의 서두에서 릴리는 자신이 죽은 램지 부인의 자리에 들어와 있는 것을 알게 된다. 작가는 아무렇지도 않은 듯이 이러한 자리바꿈의 상황을 만든다. 잔디 위에서 램지 부인을 그리고 있는 그녀에게 램지 씨가 다가온다. 릴리를 여자로 보고 자신의 슬픔에 동참하여 영혼을 달래주기를 바라는 것이다. 그는 내가 여기 있다, 자 나를 보라 하면서 자신의 외롭고 비참한 모습을 그녀에게 내보이며 동정을 호소한다(166). 램지 부인이 살아 있을 때 늘 그랬던 것처럼 그는 이제 부인이 죽고 없자 릴리에게 다가와서 남자로서 그것을 당연시하며 강요하는 것이다. 램지 부인은 항상 자신을 기꺼이 내어줌으로써 그와 합일을 이룸으로써 갈등을 해결했다. 그 두 사람이 하나 됨은 소설의 서두에서 어린 제임스의 눈을 통해 램지 씨가 부인을 죽이는 잔인한 "언월도"로, 그리고 "청동 부리"(44)로 각인된 바 있다. 그런데 릴리는 램지 부인과는 다른 방식으로 문제를 해결한다. 릴리는 그가 요구하는 동정을 주지 않기로 결심한다. 필리스 로즈(Phyllis Rose)의 지적대로 여자로서 화가로 살기 위해서는 나를 남에게 내어주면 안 되기 때문이다(Rose, 1978: 154). 꿈쩍도 하지 않고 자신의 자리를 지키는 릴리의 거리두기는 다소 희극적으로 다음과 같이 처리된다.

> 그의 엄청난 자기 연민과 동정의 요구는 쏟아져 내려와서 그녀의 두 발 밑에 웅덩이를 만들었고, 비참한 죄인인 그녀가 한 모든 것은 그녀가 젖지 않도록 스커트를 발목 주변으로 조금 더 가까이 끌어당기는 것뿐이었다.

> His immense self-pity, his demand for sympathy poured and spread itself in pools at her feet, and all she did, miserable sinner that she was, was to draw her skirts a little closer round her ankles, lest she should get wet. (167)

릴리가 그에게 해줄 수 있는 것은 램지 부인과는 달리 고작 그의 훌륭한 부츠를 칭찬해주는 일뿐이라고 생각하며 그녀는 그렇게 한다. 그런데 그녀의 거리두기는 놀랍게도 마술처럼 램지 씨에게 마음의 변화를 불러온다.

> 램지 씨는 대신 미소를 지었다. 그의 관도, 그의 휘장도, 그의 나약함도, 그에게서 떨어져 나갔다. 아아, 그래요, 그는 그녀가 잘 볼 수 있도록

그의 한쪽 발을 들면서 말했다. 이 부츠는 정말 일류급이어요. 영국에서 이처럼 부츠를 만들 수 있는 사람은 딱 한 사람밖에 없지요.

Instead, Mr. Ramsay smiled. His pall, his draperies, his infirmities fell from him. Ah yes, he said, holding his foot up for her to look at, they were first-rate boots. There was only one man in England who could make boots like that. (167-68)

그리하여 그는 릴리 앞에서 세 번이나 부츠 끈을 풀었다 맸다 반복하며 부츠 끈 매는 법을 가르쳐주는 자상한 사람으로 변모한다. 그는 실제로 램지 부인이 주었던 것과 같은 과도한 동정이 필요치 않았던 셈이다. 마침내 그는 더 이상 이기적인 욕망에 지배받지 않는 성숙한 사람이 되어 배에 오른다.

그는 염려와 야망, 동정에 대한 기대, 칭찬에 대한 갈망 등을 벗어던지고 다른 영역으로 진입해 들어간 듯했고, 마치 호기심에 의한 것인 양 무언의 대화—자신과 나누는 것이든 혹은 다른 사람과 나누는 것이든— 속으로 빠져든 듯했다. 그는 그 작은 행렬의 선두에서 우리의 시야에서 벗어나고 있었다.

[It] seemed as if he had shed worries and ambitions, and the hope of sympathy and the desire for praise, had entered some other region, was drawn on, as if by curiosity, in dumb colloquy, whether with himself or another, at the head of that little procession out of one's range. (170)

그런데 그가 배를 타고 멀어지면 멀어질수록 이번에는 릴리가 그가 그토록 원하던 동정을 주고 싶다고 생각한다. 대상으로부터의 완전한 분리가 이루어지는 순간 그 상대에 대한 진정한 공감이 있게 된다는 역설이다. 이처럼 3부에는 수많은 역설이 자리한다.

이제 배 안에서 세 사람 사이의 관계 문제가 중요해지는데 여기서도 캠의 거리두기에 의해 인물들 사이에 화해와 용서가 있게 된다. 만의 한가운데서 배가 정지하고 배 안의 사람들이 갑자기 더 가까워지면서 그들 사이에 위기가 찾아오는데, 제임스는 아버지가 왜 이리 속도가 더디냐며 화를 낼 것으로 생각한다. 그러면 그를 칼로 찔러 죽이겠다고 맹세한다(77). 그러나 배 위의 아버지는 책만 읽고 있다. 제임스는 캠에게 자신과 맺은 협정을 계속 상기시키면서 그녀의 공조를 압박한다. 그러나 캠은 항해를 좌절시킴으로써 아버지의 폭정에 맞서 복수하기로 했던 그와의 협정을 일방적으로 파기한다. 그리하여 캠은 어린 시절 어머니로부터 얻지 못한 것을 얻고자 하여 램지 부인처럼 순응하는 여성이 되어줄 것을 강요하는 제임스로부터 거리를 둘 줄 안다. 그녀 역시 릴리처럼 램지 부인과는 달리 처신하는 것이다. 섀넌 포브스(Shannon Forbes)의 주장대로 3부에서 제임스와 캠과 램지 씨의 관계는 1부 서두에서 제임스, 램지 부인, 램지 씨 사이의 관계를 변형시킨다(Forbes, 2000: 224). 캠은 달라진 아버지의 지금 모습에 집중할 것을 제임스에게 주문한다. 배 위에서 지금 책을 읽고 있는 아버지의 모습은 더 이상 폭군도 독재자의 모습도 아니라고 캠은 항변한다. 마침내 제임스는 섬에서 본 등대의 모습과 가까이서 본 등대의 모습이 상반되지만 둘 다 등대의 모습이듯이 아버지의 달라진 모습 역시 있는 그대로 받아들인다. 이윽고 아버지가 노를 잘 저었다며 그를 칭찬해주자 그동안의 모든 분노가 다 눈 녹듯이 사라진다. 배 위에서의 이러한 조화와 화합이 이루어질 때 뭍에서 릴리의 그림도 동시에 완성되는데, 이는 삶에서 이러한 질서와 조화가 있을 때 그것이 몰개성적인 예술로도 표현될 수 있다는 것을 말하기 위함으로, 이것은 삶이 곧 예술이고 예술이 곧 삶일 수 있다는 울프의 시각을 말해준다.

4. 현재의 삶 속으로

절대적인 단 하나의 진리가 존재하지 않는 가변적이고 다원적인 3부의 세계에서 화가인 릴리가 그림을 그리는 것으로 리얼리티에 도달하기란 거의 불가능하다. 따라서 릴리의 창작 과정은 매우 지난한 것으로 묘사된다. 그것은 지각하는 자와 지각하는 대상 사이의 심연 사이로 자신을 뛰어내리도록 하는 "도약"으로 묘사된다. 지각자는 지각하는 대상과의 합일 대신 양자 사이의 불가피한 간극을 인정할 수밖에 없다(Corner, 1981: 408). 그리하여 그 심연에 자신을 내던지는 모험을 감행해야만 그림이 그려질 수 있다. 그녀가 포착하고자 하는 리얼리티는 캔버스 위에서 그녀에게 "적수"로 등장한다. "세상 이야기, 삶, 인간 공동체에서 벗어나 이 오래된 적과 마주하게 되었으니—이 타자, 이 진리, 이 리얼리티가 갑자기 그녀를 붙잡고 외양의 뒤에서 불쑥 나타나서는 그녀의 관심을 사로잡았다"(172-73). 그러나 릴리는 이것을 회피하지 않고 직시한다. 그리하여 그녀는 높은 산봉우리에서 뛰어내리는 "도약" 혹은 널빤지 위에 홀로 서서 죽음의 바닷속으로 뛰어내려야만 하는 고통을 감내한다. "아무도 그녀가 작은 판자에서 소멸의 바다로 도약하는 것을 보지 못했다"(196). 그녀는 육체 이탈의 고통을 느끼기도 한다. "[그녀는] 태어나지 않은 영혼, 육체를 떠난 영혼이 어떤 바람 부는 산꼭대기에서 보호받지 못한 채 의심의 모든 폭풍에 노출된 것처럼 느꼈다"(173).

그런데 이러한 위태로운 모험들은 때로는 낙관적인 보상을 암시하기도 한다(195). 막상 그림 그리기가 시작되자 릴리는 몰아지경의 상태에 빠지며 과거의 장면들과 기억이 분수처럼 화폭 위에 뿜어져 쏟아진다고 느낀다. 이런 상태에서 릴리는 과거 기억 속의 램지 부인을 만나고, 그녀의 생각과 느낌은 화폭 위에 선과 덩어리와 색깔 등을 통해 표현된다. 왜냐하면 그녀의 거리두기의 미학은 대상들을 무한히 축소할 수 있고 이처럼 추상의 형태로도 많은 것을 표현할 수 있기 때문이다. 모든 것이 그녀의 생각 속으로 멀어지면서 그것들은 화폭 위에 추상적인 것으로 옮겨진다. 램지 부인으로부터 분리를 모색하는 동안 릴리는 다른 한편으로 보트를 타고 등대로 가는 램지 씨를 상상한다. 이제 릴리는 자신의 그림을 위해서는 그가 필요하다고 생각한다. 그를 자신의 예술세계에 끌어들임으로써 그녀의 예술은 더욱 충만해진다. 무엇보다도 물질을 상징하는 램지 씨를 자신의 그림에 끌어들임으로써만 릴리는 정신을 상징하는 램지 부인의 영향권에서 벗어나 일상적이고 기적 같은 현재로 나올 수 있게 된다. "여기 잔디 위에, 땅 위에"(210). 릴리는 본질적으로 사물들의 일상적인 세계에서 "공포와 절망, 소멸, 비실재로부터 보호해줄 부적"을 발견한다. 삶과 죽음, 자연과 시간에 의존하는 것에서 벗어나 그 절대적인 가치에 접근하는 것은 바로 사물들 그 자체라고 생각하게 된다(Froula, 2004: 147). "오늘 아침 모든 것은 최초이자 아마 마지막으로 벌어지고 있었다.

. . . 잔디는 세상이고 그들은 여기 이곳에 함께 있었다"(210). 릴리는 풀과 개미와 농원과 캔버스와 붓과 많은 생명체로 가득 찬 잔디밭 위의 세계에서 즉 본질적으로 사물들의 일상적인 세계에서 에피퍼니를 경험한다.

이런 상황에서 고대하던 죽은 램지 부인이 등장하자 릴리는 마침내 그녀를 무덤덤하게 대할 줄 알게 된다. 램지 부인은 단지 과거의 한 장면 속의 인물과 다름없다. 그녀는 릴리 자신처럼 이 세상을 살다 간 또 다른 존재일 뿐이다. 이제 릴리는 그녀로부터 완전한 분리를 경험한다. 릴리는 그림을 그릴 때마다 주체와 세계 사이의 심연 속으로 "도약"함으로써 그림을 그릴 수 있었다. 이제 램지 부인과 마주하는 이 장면에서도 릴리는 그녀만의 방식으로 대상으로부터 거리두기를 함으로써 서로 간의 존재론적인 차이를 인정한다(Froula, 2004: 226). 이제 램지 부인은 릴리에게 정신적인 고통을 가하는 존재가 아닐 뿐만 아니라 그저 일상적인 삶 속의 의자나 식탁과도 같은 사물의 수준으로 내려온다. 그녀는 램지 부인을 수용하지만 램지 부인의 정신 속에 함몰되거나 절대 용해되지 않는다. 이것은 자신이 현재의 자리를 지키고 램지 부인은 그녀의 자리, 즉 과거와 죽음의 세계로 되돌려 보내는 것이기도 하다.

'램지 부인! 램지 부인!' 그녀는 외쳤고 원하고 원했지만 가질 수 없었던 오래된 공포가 다시 찾아오는 것을 느꼈다. 부인은 여전히 이 고통을 가할 수 있단 말인가? 그러고 나서 조용히, 그녀는 마치 자제하기라도 하는 것 같았고, 그것 역시 일상적인 경험의 일부가 되어 의자, 식탁과 같은 수준이 되었다. 램지 부인-그것은 릴리에게는 완전한 선의 일부였다-이 아주 소박하게 거기 앉아 있었고, 의자에서 그녀의 바늘을 이리저리 휙휙 움직이고 있었으며, 붉은빛이 감도는 그녀의 갈색 양말을 뜨개질하고 있었고, 계단 위로 그녀의 그림자를 드리우고 있었다. 거기 그녀가 앉아 있었다.

'Mrs. Ramsay! Mrs. Ramsay!' she cried, feeling the old horror come back —to want and want and not to have. Could she inflict that still? And then, quietly, as if she refrained, that too became part of ordinary experience, was on a level with the chair, with the table. Mrs. Ramsy—it was part of her perfect goodness to Lily—sat there quite simply, in the chair, flicked her needles to and fro, knitted her reddish-brown stocking, cast her shadow on the step. There she sat. (219)

릴리는 이제 더 이상 상실된 과거에 대한 갈망 때문에 소모되는 삶을 추구하지 않게 된다. 그녀가 한때 램지 부인만이 줄 수 있다고 느꼈던 것을 이제는 세상이 그녀에게 무심코 아주 풍부하게 제공할 것이라고 믿고 있기 때문이다(Froula, 2004: 166-68).

5. 나가기

본 장에서는 램지 부인과 릴리가 삶에 대한 인식론과 미학에 있어 서로 다른 견해를 지니고 있다고 보아, 그것들을 비교 분석하고자 했다. 램지 부인은 다른 대상에게 자신을 던져 합일과 융합을 이루고자 하는 충동이 강렬한 인물로, 19세기의 초월적 이상주의 철학자였던 쇼펜하우어의 철학과 "관조"의 개념을 빌려 설명했다. 램지 부인은 "관조"의 능력으로 무질서하고 혼란스러운 현실로부터 질서와 아름다움이 있는 예술 작품처럼 삶의 순간을 영원히 인간의 기억 속에서 살아남게 만들 줄 아는 예술가로 등장했다. 그러나 그녀의 "관조"에 수반되는 주객 합일과 자아 소멸의 경향은 문제가 있는 것으로 분석했다. 한편 3부에서는 릴리에 의해 이러한 램지 부인에 대한 비판의 강도가 더욱 거세지고 1부의 세계가 해체되는 것으로 파악했다. 그리고 거리두기를 하는 릴리를 통해 새로운 질서와 조화의 세계가 재구성되는 것으로 분석했다. 본 장에서는 궁극적으로 대상으로부터의 거리두기를 강조하는 릴리의 견해가 합일과 융합을 강조하는 램지 부인의 견해보다 작가의 시각을 대변하는 것으로 접근했다. 릴리를 통해 울프가 지향하고자 하는 세계는 모든 개별자가 억압적인 관계에서 벗어나 서로 거리를 두고 자유롭게 존재하는 것이었다.

소설가가 다루는 소재의 리얼리티에 도달하는 것이 얼마나 어려운 일인가를 이 자서전 소설을 통해 울프는 여실히 보여준다. 어머니로부터의 완전한 분리를 통해 그것이 몰개성적인 예술작품 속에 성공적으로 담기기까지의 지난한 정신적 고통이 릴리라는 인물을 통해 생생히 전달되고 있다. 그러나 그 보상으로 울프의 작품은 아직도 우리에게 영향을 끼치는 주요한 예술작품으로 남아있다. 릴리는 타인에게 자신을 예속시키는 것을 거부함으로써 자신을 구제하며, 또한 상대방도 더 이상 폭군이나 독재자가 되지 않고 홀로 설 수 있도록 돕는다. 어쩌면 예술가 릴리는 "우리는 여성이면서 남성적 혹은 남성이면서 여성적이어야 한다"(Woolf, 1967: 156-57)라는 울프의 앤드로지니(androgyny) 정신을 구현한다.

| 인용문헌 |

박찬국. 「쇼펜하우어와 불교의 인간이해의 비교연구」. 『존재론 연구』 32 (2013): 107-38.

Bell, Clive. *Art*. New York: Capricorn, 1958.

Bridgwater, Patrick. *George Moore and German Pessimism*. Durham: U of Durham, 1988.

Briggs, Julia. *Virginia Woolf: An Inner Life*. London: Harcourt, Inc., 2005.

Corner, Martin. "Mysticism and Atheism in *To the Lighthouse*." *Studies in the Novel* 13.4 (Winter 1981): 408-23.

Daiches, David. *Virginia Woolf*. London: Editions Poetry, 1945.

Edel, Leon. *Bloomsbury: A House of Lions*. Philadelphia: Lippincott, 1979.

Forbes, Shannon. "'When Sometimes She Imagined Herself Like Her Mother': The Contrasting Responses of Cam and Mrs. Ramsay to the Role of the Angel in the House." *Studies in the Novel* 32.4 (Winter 2000): 46.

Froula, Christine. *Virginia Woolf and the Bloomsbury Avant-Garde: War, Civilization, Modernity*. New York: Columbia UP, 2005.

Gaipa, Mark. "An Agnostic's Daughter's Apology: Materialism, Spiritualism and Ancestry in Woolf's *To the Lighthouse*." *Journal of Modern Literature* 26.2 (2003): 1-41.

Leaska, Mitchell A. *Virginia Woolf's Lighthouse: A Study in Critical Method*. New York: Columbia UP, 1970.

Lefew, Penelope. *Schopenhauerian Will and Aesthetics in Novels by George Eliot, Olive Schreiner, Virginia Woolf and Doris Lessing*. Ph. D. dissertation. Northern Illinois University, 1992.

Magee, Bryan. *The Philosophy of Schopenhauer*. London: Penguin, 2001.

McGregor, Jamie Alexander. *Myths, Music & Modernism*. Ph. D. dissertation. Rhodes University, 2009.

Naremore, James. *The World Without a Self: Virginia Woolf and the Novel*. New Haven and London: Yale UP, 1973.

Park, Hee-Jin. *The Search beneath Appearances: The Novels of Virginia Woolf and Nathalie Sarraute*. Ph. D. dissertation. Indiana University, 1979.

Rose, Phyllis. *Woman of Letters: A Life of Virginia Woolf.* New York: Oxford UP, 1978.

Schopenhauer, Arthur. *The World As Will and Representation.* 2 Vols. Trans. E.J. Payne. New York: Dover, 1969.

Woolf, Virginia. "Read and Not to Read." *The Essays of Virginia Woolf. 1912-1918.* Vol. II. Ed. Andrew McNeillie. San Diego: Harcourt, 1987.

_____. *A Room of One's Own.* London: Hogarth Press, 1967.

_____. *To the Lighthouse.* Ed. Stella McNichol. London: Penguin Books, 2000.

4장

『모솔리엄 북』과『등대로』
"자기중심적 숭고함"에서 "집단적 숭고함"으로

1. 들어가기

　레슬리 스티븐(Sir Leslie Stephen)이 쓴『모솔리엄 북』[1](*The Mausoleum Book*, 1895~1903)과 버지니아 울프(Virginia Woolf)의 『등대로』(*To the Lighthouse*, 1927)는 거의 한 세대에 가까운 시간 차이를 두고 각각 아버지와 딸이 쓴 책으로, 주로 그들의 개인적인 가족사를 글의 소재로 삼고

---

1) 책의 제목에 나오는 '모솔리엄'의 뜻은 모솔러스(Mausolos) 왕의 아내, 즉 왕비가 세운 그의 웅장한 무덤을 가리킨다. 거대하고 치장이 많은 구조로 되어 있는 이 무덤은 소아시아 서남부 카리아(Caria)의 고대도시 핼리카나서스(Halicarnassus)가 그 소재지로 고대의 세계 7대 불가사의 중 하나로 꼽힌다. 실제 인간 줄리아의 모습은 온데간데없고 그녀에 대한 찬사로만 가득 찬 이 책을 자녀들이 조롱하기 위해 그렇게 불렀다(Zwerdling, 1986: 170).

있다. 전자는 아버지가 그의 두 번째 아내 줄리아 스티븐(Julia Stephen)의 이른 죽음에 충격을 받고 슬픔에 빠진 가운데 남겨진 자녀들[2])에게 어머니 이야기를 들려주는 서신 형태를 띠고 있고, 후자는 딸인 울프가 죽은 지 이미 20년 이상 된 부모를 소설 속의 인물로 형상화하고 있다.

전자에서는 줄리아가 중심인물이 되어야 하는데 스티븐 자신의 이야기가 많이 등장하며, 『등대로』에서는 램지(Ramsay) 부부의 관계보다는 램지 부인의 내면세계와 그녀와 릴리 브리스코(Lily Briscoe)와의 관계로 초점이 옮겨져 있다. 그러면서 두 작품 다 전기나 자서전이기보다는 외부와 자아 사이의 거리를 잘 유지하면서 만들어진 문학 작품의 성격을 지닌다.

전자의 경우 스티븐은 '성인'(saint)으로 살다 간 아내 이야기를 하면서도 그녀의 죽음에 어쩌면 자기의 잘못이 있을지도 모른다는 죄의식을 드러낸다. 자녀들에게는 헌신적으로 살다 간 어머니를 잊지 말아 달라며 아버지로서 가족 간 화합과 유대를 강조한다. 한편 『등대로』에서 울프는 어린 시절 가부장적인 아버지에게서 느꼈던 분노를 표출하며, 또한 한때 어머니에게 품었던 흠모를 고백하면서도 아버지에게 예속적이었던

---

2) 줄리아 잭슨(Julia Jackson)이 허버트 덕워스(Herbert Duckworth)와 결혼하여 낳은 세 명의 자녀인 조지(George)・스텔라(Stella)・제럴드(Gerald), 그리고 그녀가 레슬리 스티븐과의 재혼에서 얻은 네 명의 자녀인 토비(Thoby)・버네사(Vanessa)・버지니아(Virginia)・에이드리언(Adrian)을 의미한다. 스티븐이 첫 번째 아내 미니 새커리(Minnie Thackeray)에게서 낳은 딸 로라(Laura)는 여기서 제외된다. 줄리아가 낳은 이들 일곱 명의 자녀에게 보내는 서신 형식의 이 책은 1895년 5월 5일 줄리아가 죽고 대략 2주 뒤인 5월 21일부터 쓰이기 시작하여 스티븐 자신이 죽기 석 달 전인 1903년 11월 14일 글이 마무리된다. 이것이 정식 책으로 나온 것은 1977년이고, 이때 앨런 벨(Alan Bell)이 서문을 썼다. 서신 형식의 글이 끝나면 뒷부분에 스티븐의 지인들과 친척들의 사망을 알리는 내용이 길게 나오는데, 오랜 세월 저널리스트로 활약했던 그의 면모가 드러나는 셈이다.

그녀의 삶에 대한 원망을 드러낸다. 이 과정에서 울프는 근대화에 따른 개인의 소외 문제를 암시하며, 제임스 조이스(James Joyce), E. M. 포스터(Forster), T. S. 엘리엇(Eliot) 등과는 달리 여성의 관점에서 그 극복의 실마리를 찾고자 한다.

『등대로』를 발표할 무렵 울프는 이미 "협동조합 여성 길드"(Cooperative Women's Guild)의 지도자였던 마거릿 레웰린 데이비스(Margaret Llewelyn Davies)3)와 오랜 기간 교류를 나누었으며, "1917 클럽"(1917 Club)4)에서는 사회주의자들과 러시아 혁명을 논했고, 에멀린 팽크허스트(Emmeline Pankhurst)를 비롯한 여성 참정권자들의 활약으로 1918년 여성의 투표권이 국회에서 통과되는 것을 목격했다.5) 그리고 무엇보다 그녀는 1차 대전을 경험했다. 그녀는 부모 세대가 경험한 빅토리아 조와는 확연히 다른 새로운 감수성과 사상을 대변할 수밖에 없었다. 스티븐은 『18세기 영문학과 사회』(English Literature and Society in the Eighteenth Century)에서 "한 시대의 철학은 본질적으로 . . . 사회적 견해에 의해 결정되고"(Stephen, 1904: 2-3) "문학은 한 시대 철학의 가장 상상력이 풍부한 구현"(윗글: 12-13)이라고 주장한 바 있다. 스티븐과 울프의 작품을 살펴보는 일

---

3) 데이비스는 1889년부터 1921년까지 협동조합 여성 길드를 총괄했다. 여성 참정권을 포함한 사회개혁을 추진하는 등 사회주의와 페미니즘을 결합한 그녀의 견해는 길드의 방향을 정하는 데 결정적이었다.

4) 남편 레너드 울프(Leonard Woolf)가 사회주의자 친구들과 함께 만들었고 1932년까지 존재했다.

5) 1910년 국회는 몇몇 여성들(돈 많고 재산을 소유한 백만 명이 넘는 여성들)에게 투표권을 주자는 "화해 법안"(Conciliation Bill)을 제안했다. 이 법안은 1910, 1911, 1912년 세 차례에 걸쳐 하원의원들 앞에 상정되었는데, 모두 통과되지 않았다. 드디어 1918년 국회는 세대주이거나 세대주의 아내이고 나이가 30이 넘는 여성들에게는 투표할 권리를 허용하는 법안을 통과시켰다(Squier 1983: 201).

은 가부장제적·자본제적인 빅토리아 조에서 페미니스트적, 사회주의자적인 20세기로 넘어오는 과정을 지켜보는 것이기도 하다.

본 장에서는 각기 다른 세대를 대변하는 문인이면서 부녀지간이기도 했던 두 사람의 작품을 페미니즘 관점에서 고찰하고자 하는 것으로, 특히 남성의 관점과 여성의 관점이 어떻게 작동하는지 제인 마커스(Jane Marcus)의 "자기중심적 숭고함"(egotistical sublime)과 "집단적 숭고함"(collective sublime)(Marcus, 1981: 6-11)의 개념을 빌려 설명하고자 한다. 마커스에 따르면 가부장제 사회의 교육받은 중산층 남자들은 "자기중심적 숭고함"을 추구한다. 이들이 추구하는 "자기중심적 숭고함"은 본질적으로 가부장적이며 자본주의적인 속성을 지닌다. 근대화를 주도했던 이들은 자본주의 사회의 경쟁과 이윤추구, 성공 신화를 당연시하며 사회적 약자에 대한 배려를 고려하지 않는다. 반면 근대화에서 배제되어온 여성을 대변하는 울프가 지향하는 바는 "집단적 숭고함"이다. 마커스는 「우리의 어머니들로 거슬러 올라가 사고해보기」("Thinking Back Through Our Mothers")에서 울프 문학의 의미를 다음과 같이 설명한다.

버지니아 울프는 처음으로 여성으로서 "우리"를 말하기를 배웠다. 그것은 그녀가 에델 스미스에게 설명한 것처럼 그녀 자신의 에고로부터의 해방이기보다는 개인적인 불안의 고독감으로부터의 해방이었다. 그녀의 어머니들에게로 거슬러 올라가 사고하는 것은 그녀에게 최초로 집단적 정체성을 부여했으며 그녀의 창조적 능력을 강화해주었다. 그녀의 전반적인 커리어는 저자와 인물들과 독자들에게 픽션으로부터 에고를 제거하도록 훈련하는 것이었다. 그것은 결국 모든 소외된 그리고 억압받는 자들을 대변하기 위해 생겨난 과거와 미래의 여성 작가들의 세계에서 "우리"라는 단어를 확장하는 것으로, 『밤과 낮』에서 메리 다체트의 페미니즘이 국제적 사회주의로 확장하는 것과 같다.

Virginia Woolf first learned to say 'we' as a woman. It was not so much a liberation from her own ego, as she explained to Ethel Smyth, as a liberation from the loneliness of individual anxiety. Thinking back through her mothers gave her her first collective identity and strengthened her creative ability. Her whole career was an exercise in the elimination of the ego from fiction in author, characters and readers. It was the expansion of the word 'we' in a world of women writers past and future which grew eventually to speak for all the alienated and oppressed, as Mary Datchet's feminism expands in *Night and Day* to international socialism. (윗글: 11)

이런 맥락에서 마커스는 울프의 문학을 "어머니들과 여형제들과 같이 사고하는 집단적인 역사적 노력"이자 "사회주의자 페미니즘의 적극적인 정치적 노력"(Marcus, 1981: xiv)으로 보았다.[6] 또한 독자 역시 작가가 이러한 노력을 기울이는 동안 과거와 미래의 독자와 연결되어 베르톨트 브레히트(Bertolt Brecht)의 서사 극장에서처럼 자신을 스스로 집단적 관객의 일부로 바라보게 될 것으로 전망했다(윗글: 10). 본 장에서는 이러한 마커스의 주장을 토대로 『모솔리엄 북』과 『등대로』를 각각 분석하고자 한다.

---

6) 마커스는 영국과 유럽에서 점점 더 남녀 차별적이고 형식주의적이 되는 마르크스주의자를 보면서 자신은 더 이상 마르크스주의자 비평가가 아님을 분명히 했다(Marcus, 1987: xi-xii).

2. 『모솔리엄 북』: "자기중심적 숭고함"

　　빅토리아 조의 교육받은 중산층 남성들이 추구하는 "자기중심적 숭고함"은 『모솔리엄 북』에서 스티븐에 의해 전형적으로 드러난다. 그의 인식 세계에서는 다른 어떤 것도 중요하지 않고 오직 '나'가 강조되며, 나의 판단과 가치가 우선시 되며, 개인의 성공과 업적만이 중요하다. 주변 사람들은 이러한 자신의 "자기중심적 숭고함"을 위해 봉사해야 한다고 믿으며, 따라서 약자들에 대한 배려 없이 지배와 착취를 당연시한다. 겉으로 볼 때 『모솔리엄 북』은 여성에 대한 이상화의 특징을 보여주지만 이것은 여성을 '가정의 천사'로 만들어 남성의 "자기중심적 숭고함"에 봉사하도록 하기 위함으로, 결국 그 기저에는 남녀의 영역 분리를 당연시하는 가부장제적 성 이데올로기에 대한 믿음을 전제한다. 스티븐의 "자기중심적 숭고함"은 자신의 성공에 집착하도록 하여 자아 몰입과 자아 중심주의에 빠져들게 하며, 종국에는 자아에 갇혀 성공했으면서도 자기만족을 모르고 오히려 자기 비하에 사로잡히는 결과를 초래한다. 또한 도덕적인 안내자로서의 여성의 역할에 대한 그의 믿음은 결국 가족 간 결속을 강조하는 가운데 가부장제 사회를 공고히 하고자 하는 것에 불과하다. 본 장에서는 스티븐의 자아 몰입과 자아 중심주의, 그리고 여성에 대한 이상화를 추구하는 그의 "자기중심적 숭고함"과 관련하여 살펴보고자 한다.

1) 스티븐의 자아 몰입과 자아 중심주의

　　『모솔리엄 북』에서 스티븐은 전문 작가로서 항상 지적·학문적 업적을 쌓으려고 노력한다. 그러나 그러면 그럴수록 더욱 자아 몰입에 빠지고 자아 중심적이 되어 다른 사람과의 관계 맺기에 어려움을 느낀다. 서재에서 너무 많은 시간을 보낸 나머지 찾아든 문제점을 그 자신은 다음과 같이 분석한다.

나는 또한 나의 책이나 글에 관한 생각에 몰입하여 약간 멍한 경향이 있으며 가끔은 내 주변에서 벌어지는 일에 별로 관심을 기울이지 않는다. 내가 다소 이런 상태에 있을 때면 들은 말을 종종 잊어버리며 변명의 방식으로 들은 적이 없다고 선언해버리기도 하는데, 이것은 나를 사람들의 조롱거리로 만들었다. 나는 또한 자주 말을 하지 않는 경향이 있었고―"당신은 너무 말이 없어요."라고 그녀가 편지에서 말했다―공부방에서 너무 많은 시간을 보냈다. 특히 우울할 때면 안절부절못했고, 사교적 관점에서 나는 골치 아픈 존재였다. 나는 아주 쉽게 지루해하는 사람 중의 하나라고 생각한다. 멍청한 사람들과 오래 앉아 있는 것을 견딜 수 없어 했고 가족들과 있을 때도 가끔 하이에나처럼 불안해했다. 나는 미안하게도 몇몇 손님들에게는 매우 무료함을 느꼈던 것으로 기억한다. . . .

I am apt also to be a little absent in mind, absorbed in thoughts about my books or my writings, and occasionally paying very little attention to what is passing around me. I have so often forgotten things that have been told me, when I was more or less in this state, and declared by way of excuse that I had never been told, that it became a standing joke against me. I am inclined too to be often silent-'you don't know how silent you can be,' she says in a letter―and have spent too much time in my study. At the time of my nervous depression in particular I became fidgety and troublesome in a social point of view. I am, I think, one of the most easily bored of mankind; I cannot bear long sittings with dull people and even when alone in my family I am sometimes as restless as a hyena. I remember —and certainly not without compunction —how bored I was with certain guests of ours . . .[7]

세상은 항상 거기 있는데 그는 자아에 빠져 그것을 바라보지 못한다. 배움이 많은 남자가 종종 빠지는 한계를 그 자신이 분석한다. 개인의 성공을 인생의 목표로 삼는 스티븐의 "자기중심적 숭고함"은 이처럼 자아에 갇히게 하고 다른 사람과의 관계의 망을 형성하지 못하게 한다.

로라(Laura)와의 관계에서도 그는 딸을 제대로 바라보지 못한다. 로라는 어려서부터 이상증세를 보였지만 그는 전혀 눈치채지 못한다. 결국 그녀의 지적장애에는 그 자신의 책임도 있다는 것을 이 작품은 시사한다. 로라는 스티븐이 첫 아내 미니 새커리(Minnie Thackeray)와의 사이에서 얻은 딸로 17세 때 가족으로부터 격리되어 요양병원에서 생을 마감하는 비극적 인물로, 스티븐 인생의 가장 큰 치부라면 치부랄 수 있었다. 그런데 이런 로라를 다루는 데 나타난 그의 양육 방식을 보면 문제가 있음을 보여준다. 로라는 다섯 살이었을 때 그녀의 어머니가 죽었다. 그리고 로라가 여덟 살이었을 때 아버지는 재혼했다. 게다가 그가 재혼한 여성은 그녀의 첫 결혼에서 얻은 세 명의 자녀를 데리고 로라가 아버지와 함께 살고 있는 하이드 파크 게이트(Hyde Park Gate)로 들어왔다. 설상가상으로 그녀는 스티븐과의 사이에서 네 명의 자녀를 1879년부터 1883년 사

---

7) Sir Leslie Stephen, *The Mausoleum Book*, "Intro," Alan Bell (Oxford: Clarendon P, 1977), p. 89. 앞으로 이 텍스트의 인용은 괄호 안에 쪽수만을 기재한다.

이에 차례로 낳았다. 어머니를 일찍 여의고 아버지의 사랑마저도 이복형제들과 나누어 가져야만 했던 로라는 결국 거의 고아와 같은 신세가 되고 말았다. 그런데 스티븐은 로라가 처한 이러한 상황에 대해서는 정작 무심한 듯했다. 그의 상상력으로는 딸이 처한 어려움을 도저히 이해할 수 없었다. 그의 관심은 단지 딸이 책을 읽을 줄 아느냐 못하느냐는 것뿐이었다.

나는 이 문제가 1882년에 정점에 달했다고 생각한다. 내 편지에 그것에 관한 고통스러운 언급이 있다. 그 뒤 우리는 집에서 가정교사를 고용하려고 했고 그다음에는 시골에서 가정교사를 두려고 했다. 그러나 결국 그녀는 이스트우드로 보내어졌다. 거기서 로라는 매우 아팠다. . . . 나는 이 점에서 내 잘못이 없다는 말을 덧붙이고 싶다. 나는 로라를 가르쳤고 가르치는 데 상당한 역할을 했다. 1879~1880년 잭슨 여사(스티븐의 장모)의 발병 후 우리가 브라이턴에 있었을 때 내가 받은 충격을 잊을 수 없다. 우리는 로라를 유치원에 보냈었는데 여선생이 로라가 결코 읽기를 해낼 수 없다고 말했기 때문이다. 나는 내가 가르쳐보기로 작심하고 어느 정도 로라를 읽히는 데 성공했지만 나는 너무 자주 화를 냈고 너무 강제적이었다고 생각한다.

I think that the trouble culminated about 1882, when I find some painful references to it in my letters. We afterwards tried governesses at home, and then a governess in the country, but at last she was sent to Eastwood, where she has had a very serious illness. . . . I must add that in this matter I do not blame myself. I took a considerable part in teaching or trying to teach Laura. I shall never forget the shock to me, when we were at Brighton after Mrs. Jackson's illness of 1879-80, I think. We had sent Laura to a 'kindergarten' and the mistress told me that she would never learn to read. I resolved to try and succeeded in getting the poor child to read after a fashion, although I fear that I too often lost my temper and was overexacting. (92)

그의 자녀 양육 방식에는 지배와 통제가 암시된다. 부모가 자녀를 직접 책임지고 양육하는 대신 값싼 노동력의 가정교사에게 맡긴다든지, 먼 곳으로 보내 아이를 방치한다든지, 자신이 직접 개입 시 아이에게 강요하거나 학대하는 모습을 보여주고 있다. 그는 아빠로서 로라와의 관계에서도 이처럼 관계 맺기에 실패한다.

노엘 아난(Noel Annan)에 의하면 스티븐 가의 남성들은 모두 최고 수준의 엘리트 교육을 받은 "지식인 귀족들"이었다(Annan, 1984: 3). 이들은 19세기에 부상했던 중산층 집안의 아들들로 이튼(Eton)과 케임브리지 (Cambridge) 대학에서 교육받은 뒤 졸업 후에는 주로 변호사나 성직자가 되었다. 그 결과 이들은 오랫동안 귀족 못지않게 사회적 안정과 지위를 누릴 수 있었다. 스티븐의 아버지 제임스 스티븐(Sir James Stephen)은 전문 변호사였다가 식민지청의 공무원인 상시 차관(Permanent Under Secretary)으로 오래 근무했다. 케임브리지 시절 "사도들"(Apostles) 중의 한 사람으로 뽑힐 정도로 유능했던 스티븐의 형 제임스 피츠제임스 스티븐(Sir James Fitzjames Stephen, 1829~1894) 역시 영국법과 인도법의 법전 편찬자로 활동했으며, 후에 고등법원의 판사(Judge of the High Court, 1879~1891)가 되었다. 스티븐 자신도 엘리트 교육을 받아 전문 작가로서 성공 가도를 달린다. 그는 9세에 이튼에 들어갔고 1854년에 케임브리지 대학에서 학위를 받는다. 그는 종교적으로 회의론자로 영국 국교회에 맹세할 수 없다고 하여 케임브리지 대학의 교수직을 포기했다. 1865년 런던에 정착하여 『콘힐』(Cornhill) 편집장이라는 직함으로 글을 쓰기 시작했을 때 그는 전문 작가의 길로 들어서며, 그 후 그가 문인으로서 성취한 바는 모두가 인정하고 존경할 만한 것이었다. 특히 매슈 아널드(Matthew Arnold) 사후 그를 빅토리아 조 후반 최고의 지성으로 바라보는 견해가 당시 지배적이었다. 지식인으로서의 그의 위치를 아난은 한 책의 서문에서 다음과 같이 평가한다.

> 러스킨과 페이터 같은 현인이 있었고, 헉슬리와 틴들 같은 유창한 과학자도 있었고, T. H. 그린과 F. H. 브래들리, 헨리 시즈윅 같은 명성 높은 철학자도 있었다. 앨프리드 마셜 같은 위대한 사회 과학자도 있었고, J. A. 사이먼스와 헨리 메인 같은 새로운 주제들을 다룬 선구자도 있었다. 새로운 시대는 해설가를 요구하여 진지한 잡지 편집장들이 등장하게 되었던바 「포트나이틀리」의 몰리, 「스펙테이터」의 허튼, 그리고 이들 중 가장 독창적인 인물이었던 「이코노미스트」의 배젓이 있었다. 이들은 『콘힐』을 이끌었던 스티븐보다 더욱 성공적인 편집장들이었다. 그러나 이들 중 아무도 스티븐만큼 권위를 가지고 그토록 광범위한 주제들을 다루지는 못했다. 그는 사상을 다룬 역사가였고 최초의 영소설 비평가였으며 자기 시대의 해설가였고 매우 뛰어난 전기 작가였다. 그는 현인 중의 현인이 아니었다. 그는 현인들 사이를 권위를 가지고 서로 중재했다.

> There were sages such as Ruskin and Pater, eloquent scientists such as Huxley and Tyndall, and philosophers of the stature of T. H. Green, F. H. Bradley, and Henry Sidgwick. There was a great social scientists, such as

J. A. Symonds and Henry Maine. The new age demanded interpreters; and there appeared, as editors of the serious periodicals, Morley of the *Fortnightly*, Hutton of the *Spectator*, and—most original of all—Bagehot of the *Economist*. They were all more successful as editors than was Stephen with the *Cornhill*. Yet none of them covered such a wide range of topics with such authority as Stephen did. He was a historian of thought, the first critic to tackle the English novel, a commentator on his time, and a biographer of immense distinction. He was not a sage among the sages. He adjudicated between them with authority. (Annan, 1979: xi)

즉 스티븐은 "지식인 귀족"이 되는 데 성공했다. 아버지와 형이 법률가로서 성공했다면 그는 문인으로서 최고의 자리에 올랐다.

그런데 『모솔리엄 북』에서 스티븐은 자신을 지적인 낙오자로 인식한다. 그의 자기혐오와 자학적 태도는 책의 여러 군데 나타난다. 그는 1880년 이후 자신의 지식인으로서의 업적을 다음과 같이 소개한다. 그는 1882년 『윤리학』(*The Science of Ethics*)을 출판한다. 그는 이 책이 자신의 책 중에서 최고의 저서로 평가받을 것으로 예상했으나 당시 독자들의 반응은 좋지 않았고 결국 초판으로 끝난다. 그는 이 책 때문에 6년이나 시달려야 했다고 고백한다. 1884년에는 케임브리지 대학에서 영문학 강연을 20회에 걸쳐서 했고, 1885년에는 학부 시절의 친구였던 포셋(Fawcett)의 전기집을 출간하기도 했다. 『윤리학』 출판이 실패로 돌아갔던 1882년 그는 자신이 편집장으로 있던 『콘힐』의 인기마저도 시들해지자 같은 해에 결국 『영국 인명사전』(*The Dictionary of National Biography*, 1885~1901)의 편집장직 제안을 받아들인다. 그런데 이것은 그에게 개인적인 불행의 시작이었다. 그는 사전편찬 작업을 아주 힘들고 무엇보다도 골치 아픈 작업이었다고 기술한다(86). 1882년부터 시작된 이 지루한 작업은 1885년에 1권이 나오고, 1886년에 5권, 1887년에 9권이 나오는 식으로 해서 1891년 25권이 출간될 때까지 진행되는데, 이 작업으로 인해 그는 병을 얻었고, 결국 1891년에는 사전 작업에서 완전히 손을 떼게 되었다고 말한다. 『모솔리엄 북』에서 그는 자신이 지적 낙오자로서 열등감을 느낀다고 할 때 그것이 무엇을 의미하는지 『영국 인명사전』 작업과 연관시켜서 다음과 같이 설명한다.

> 나는 다음과 같은 방식에서 실패한 자이다. 나는 너무 많은 분야에 나 자신을 흩어놓았다. 나는 윤리적, 철학적 사고에 있어 진정 두각을 나타낼 정도로 나 자신 안에 무언가를 가지고 있었다고 생각한다. 불행하게도 나는 저널리즘과 『영국 인명사전』 때문에 너무 팔방미인이 되었고 한 가지 방향으로 홈런을 날리기보다 그것을 해낼 능력을 갖추고 있다는 것만을 보여주었다. 알다시피 나는 (나의 친구들도 인정했듯이) 이것이 크게 중요하다고는 생각하지 않는다. 그러나 만일 일찍이 금세기의 영국의 사상사가 쓰인다면 나의 이름은 아주 작은 글씨로 각주에 등장할 것으로 생각한다. 그러나 만일 나의 에너지가 더 잘 방향을 잡았었더라면 아주 큰 글씨체로 한 구절 혹은 챕터의 한 부분을 차지했을 것으로 생각한다.

> The sense in which I do take myself to be a failure is this: I have scattered myself too much. I think that I had it in me to make something like a real contribution to philosophical or ethical thought. Unluckily,

what with journalism and dictionary making, I have been a jack of all
trades; and instead of striking home have only done enough to persuade
friendly judges that I could have struck. I am far indeed from thinking
that this matters very much; but I do feel that if, for example, the history
of English thought in the nineteenth century should ever be written, my
name will only be mentioned in small type and footnotes whereas, had
my energies been wisely directed, I might have had the chapter all to
myself. (93)

철학 저서에서 자신의 이름이 겨우 작은 글씨로 각주에나 들어가게 되었
으니 패배한 자로서의 자괴감이 그를 사로잡는다는 것이다. 즉 그는 더
욱더 지적 성취에 몰입했었더라면 세상 사람들로부터 더 높은 평판을 받
았을 것이라면서 후회하고 있다. 그가 지식인으로서 이룬 성취는 앞에서
아난이 평가한 바와 같아서 오히려 그의 예상을 뛰어넘는 결과를 낳았다
고 보아야 옳다. 그러나 이처럼 스티븐은 성공에도 자학과 자기 비하에
빠지는 결과를 경험한다. 그의 "자기중심적 숭고함"에는 자기만족의 자
리가 없다. 성공이란 어차피 상대적인 개념이기 때문이다. 근대화의 주
역인 남성들에게도 이처럼 소외와 좌절은 남는다.

2) 스티븐의 여성에 대한 이상화

『모솔리엄 북』은 줄리아를 이상화하는 데 많은 부분을 할애한다.
그녀의 아름다움, 희생정신, 친절과 사랑, 모성 등을 찬미한다. 그러나
이것은 자신의 관점에서 줄리아를 축조한 것으로 자신을 서포트하기 위
한 이상화이자 당대의 가부장제적 성 이데올로기를 공고히 하고자 함일

뿐이다. 스티븐은 빅토리아 조 중반을 대표하는 지식인이었지만 1860년 대 이후 영국에서 활발하게 전개된 여성운동에 대해서는 전혀 관심을 보이지 않았으며, 이 책에서도 공적 영역에서 여성을 철저히 배제한 당대의 가부장제적 이데올로기에 대해서는 전혀 비판적인 태도를 보여주고 있지 못하다. 가정에서 줄리아의 주요한 역할은 고작 그의 자기 비하와 자기 불만족을 달래주는 것에 국한된다(93). 그 자신의 불모성과 내적 결핍에서 벗어나기 위해 아내의 격려가 필요했기 때문이다. 이처럼 여성이 가정에서 남성의 조력자로 봉사할 때 그녀에게 주어지는 보상은 가정 내의 하인들을 마음대로 다스릴 권한뿐이었다. 가부장제는 가정에서 가장에게 아내와 자녀를 다스릴 권한을, 그리고 아내에게는 집안의 하인들을 거느릴 권한을 부여했다. 문제는 이러한 가부장제가 가정 내에서는 가장에 의한 아내와 자녀들에 대한 억압을, 그리고 가정 밖에서는 노동자 계급에 대한 착취를, 나아가 대외적으로는 약소국가들에 대한 지배를 정당화하는 기제로 작용한다는 점이다. 빅토리아 조의 전형적인 중산층 신사에 의해 쓰인 『모솔리엄 북』은 가장이 그의 소왕국인 가정에서 어떻게 여성들을 사랑이라는 이름으로 지배하고 착취하는지를 예증하는 책이다.

스티븐은 우선 줄리아의 외적인 아름다움과 내적인 아름다움 사이의 균형을 강조한다. "그것은 정신과 몸의 완벽한 균형과 조화로, 내가 그녀를 볼 때면 그리스 조각의 걸작한테서 나오는 날카로운 예술적 감각이라고 생각되는 종류의 쾌락을 느끼도록 해준다"(32). 나아가 딸로서, 아내로서, 어머니로서 줄리아가 생전에 보여주었던 선함을 강조한다(75, 83). 한편 그녀가 주변 사람들에게 베푼 작은 친절과 사랑의 행위들에 대해서는 종교적 차원으로까지 찬미한다. 윌리엄 워즈워스(William Wordsworth)

의 「틴턴 애비」("Tintern Abbey")에 나오는 "선한 자의 삶의 가장 훌륭한 부분, 그의 수많은 기억되지 않은 작은 친절과 사랑의 행위들"을 인용하면서 "그것들은 순간의 충동으로 행해지는 분리된 사건들이 아니라 미리 생각하고 행해진 체계의 일부였다. 아마도 일종의 종교적 행위라고 말할 수 있다"(82)라고 단정한다. 그리하여 그녀는 그가 존경하고 숭배할 수밖에 없는 "성인"으로 신격화된다. 줄리아에 대한 이러한 자신의 숭고한 감정을 구체화하기 위해 구애 기간 그녀에게 보낸 자신의 편지를 직접 인용하기도 한다.

> '그리고,' 내가 말했다, '사랑뿐만이 아니라 존경이라고 부를 수 있는 그 무엇을 내가 당신에게서 느끼고 있고 항상 느끼리라는 것을 말하도록 허락해주시오. 내가 어리석다고 생각되면 그렇게 하시오. 당신이 나쁘다는 말은 하지 마시오. 그건 내가 견딜 수가 없소. 알다시피 나는 어떤 성인도 섬기고 있지 않소. 그리고 만일 나의 성인이 앉아 있어야 할 자리에 당신을 내가 앉힌다 해도 그대는 화를 내지 말아야 하오.' 그녀는 내게는 아주 많은 이유 때문에 거룩한 성모 마리아보다도 더욱 훌륭한 성인이었다.

> 'And', I said, 'you must let me tell you that I do and always shall feel for you something which I can only call reverence as well as love. Think me silly if you please. Don't say anything against yourself for I won't stand it. You see I have not got any Saints and you must not be angry if I put you in the place where my Saints ought to be.' She was for very sound reasons a better saint for me than the blessed Virgin. (53)

이처럼 줄리아에 대한 스티븐의 감정은 한 여성에 대한 단순한 사랑을 넘어 "존경" 혹은 "숭배"의 형태로까지 표현된다. 이것은 일차적으로 자신을 한없이 낮추어 아내와 자신의 관계를 신과 죄인, 주인과 종의 관계로 설정하기 위한 수사학적 전략이자 코번트리 패트모어(Coventry Patmore)의 '가정의 천사'만큼이나 남성중심적인 관점을 드러내는 것으로, 여성의 역할을 가정에 국한하는 당대의 가부장제적 성 이데올로기를 당연시하는 믿음이 전제된다. 월터 호턴(Walter Houghton)이 지적하듯이 19세기 중산층 남성들은 산업사회를 주도하는 주역으로서 공적 영역에서 공리주의적 이익 창출을 위해 복무했는데, 이들에게는 집안에서 그들을 정신적으로 위로해줄 '가정의 천사'가 필요했다(Houghton, 1957: 393). 여성은 '가정의 천사'가 되어 남편의 정신적 삶을 위로해줌으로써 그가 산업역군으로서 능력 있는 남자로 살아갈 수 있도록 도와주어야 했다.

아내가 죽은 지금 스티븐에게 절실하게 필요한 것은 남은 딸들이 자신을 위해 희생을 마다하지 않는 것이다. 이제 의붓딸인 스텔라(Stella), 그와 줄리아 사이에서 태어난 버네사(Vanessa)와 버지니아 등 딸들은 홀로 남은 자신을 위해 딸로서 의무를 다해야 한다는 이기적인 메시지가 이 책에는 담겨 있다. 주변 여성들을 자신의 필요를 충족시키기 위한 도구로서 어느 정도로 그가 잘 활용했는지는 이제 막 신혼여행을 떠난 스텔라에게 보낸 그의 긴 편지에 잘 나타나 있다. 그는 결혼해버린 스텔라에게 자신을 계속 돌볼 것을 강요한다. 이때 그는 "사랑"이라는 단어를 의붓딸에게 서슴없이 사용한다. "우리는 서로 사랑하고 계속 사랑하리라는 것을 나는 안다. 나를 위해 네가 할 수 있는 모든 것을 네가 할 것이고 네 남편도 도우리라는 것을 나는 안다"(Bell, 1977: xxvi-xxvii 재인용). 다시 말해 그는 줄리아 다음으로 자신을 위해 일할 또 다른 희생자로 스텔라를 지목하여 아내 역할을 대신해줄 것을 종용하는 것이다. 아난의 지적처럼 현실 속 줄리아의 모습은 성모 마리아처럼 스티븐의 숭배를 받은 것이 아니라, 그가 손짓하거나 부르면 언제고 달려가 시중을 들어야 했던 그의 노예였을 뿐이다(윗글: xix). 앞서 잠시 언급되었듯이 그는 사전편찬 작업으로 인해 여러 차례 발병하였는데 그때마다 밤잠을 자지 못하고 곁을 지키는 줄리아의 모습에서, 그녀의 이른 죽음에는 이러한 가정 내에서의 희생과 봉사 때문일 수 있다는 것을 암시한다. 그리고 스티븐 자신도 그것을 인정한다(88-89). 그러나 스티븐은 아내를 착취하고 희생시켰던 나쁜 지식인으로 평가받는 토머스 칼라일(Thomas Carlyle)과 헨리 본(Henry Vaughan)을 언급하면서, 자신은 이들과는 다르다며 적극적으로 자신을 변명하기도 한다(67-69). 즉 스티븐은 이 책에서 한 인간으로서 진정한 참회에 이르지 못하고 지식인으로서도 당대의 가부장제적 성 이데올로기에 대해 끝내 비판하지 못하는 한계를 보여주고 있다. 그가 추구하는 "자기중심적 숭고함"의 편협성 때문이다.

3. 『등대로』: "집단적 숭고함"

지금까지 『모솔리엄 북』을 분석해 보았다. 이 책은 겉으로는 여성에 대한 이상화를 말하고 있으나 당대의 가부장제적 성 이데올로기를 무비판적으로 수용하는 것에 불과했다. 또한 스티븐이 겪는 내적 소외와 좌절은 근대화의 주체인 남성들 역시 가부장제 사회의 희생자들일 수 있음을 암시한다. 이제 똑같이 줄리아 스티븐이라는 여성을 주인공으로 삼지만 완전히 다른 작품인『등대로』를 살펴보도록 하겠다. 울프가 제시하는 작품 속의 램지 부인은 스티븐이 묘사하는 줄리아와는 다르게 '가정의 천사'라는 당대의 이상화된 여성상을 해체할 뿐만 아니라, 가난한 사람들과의 연대를 적극적으로 지향하는 사회적 열망이 큰 인물로 다루어진다. 자아 몰입과 자아 중심주의를 보여주었던 스티븐과 달리 그녀는 자아 망각과 자아 소멸의 특징을 보여주는 인물로 다른 사람과의 관계를 잘 맺을 줄 알고 궁극적으로는 "집단적 숭고함"으로 나아간다. 1부에서 그것은 등대지기의 아들에게 줄 양말 짜기에서 상징적으로 구현되며, 만찬 장면에서는 그녀에 의해 성별과 계급을 초월하여 모든 개체가 하나가 되는 연대 능력을 부각한다. 램지 부인의 예술적 창조는 어머니로 대변되는 과거의 억압받았던 여성을 딸인 울프가 소환하는 것이자 여성 문제를 과거의 어머니 세대와 함께 같은 여성으로서 집단적으로 사고해보고자 함이다.

1) "집단적 숭고함": 램지 부인

『모솔리엄 북』은 아내를 신격화하고 자신은 그녀를 섬기는 종의 신분으로 낮추었지만, 본질적으로 남성을 위해 여성을 희생시키고 착취하는 가부장제적 시각을 보여주었다. 그러나『등대로』에서는 여성의 관점을 취하며 페미니즘의 시각에서 어머니를 재조명하여 여성과 여성, 여성과 노동자 계급 간 연대를 추구하는 급진적 페미니즘을 지향한다. 『등대로』에서 울프는 램지 부인의 내면으로 들어가서 램지의 "자기중심적 숭고함"을 비판하며, 이상화된 '가정의 천사'라는 아버지가 만들어낸 견고한 여성의 정체성을 해체한다. 어머니는 더 이상 아버지가 생각하는

'가정의 천사'도 아니고 도덕적 안내자도 아니고 이상적인 희생자도 아님이 드러난다. 『모솔리엄 북』에서의 줄리아와는 대조적으로 램지 부인은 자아 소멸 혹은 자아 망각을 통해 다른 대상과의 관계 맺기를 쉽게 한다. 그리고 그녀는 궁극적으로는 "집단적 숭고함"으로 나아간다. 앞의 스티븐의 이상화된 줄리아와는 대조적으로 램지 부인은 가정을 벗어나는 확장된 관계를 적극적으로 추구한다. 그녀의 관계 맺기는 주로 사회적 약자인 피지배계급의 사람들에게로 향한다. 이것은 그녀가 가정에서 억압받는 여성이기 때문에 가능하다.

우선 램지 부인은 자아를 망각하고 자아를 소멸하는 가운데 자유를 느낀다. 램지 부인은 등대 불빛과 하나가 되고 꽃과 나무와 하나가 되는 데서 영혼의 자유로움을 느낀다.

> 종종 그녀는 일감을 손에 든 채 앉아서 바라보고 또 앉아서 바라보고 있는 자신을 발견했는데 마침내 그녀는 자기가 바라보고 있는 것이 되었다. 예를 들면 그녀는 저 불빛이 되었다.

> Often she found herself sitting and looking, sitting and looking, with her work in her hands until she became the thing she looked at — that light for example.[8]

이러한 자아 망각과 자아 소멸을 통해 램지 부인은 만족감을 얻는다. 그녀가 경험하는 이러한 상태는 하루 일이 끝난 후 혼자만의 명상에서 얻

---

8) Virginia Woolf, *To the Lighthouse* (London: Penguin Books, 1992), p. 70. 앞으로 이 텍스트 인용은 괄호 안에 쪽수만을 기재한다.

는 것으로 "이것은 엄숙히 자기 자신으로 오그라드는 것, 쐐기 모양의 어둠의 핵, 다른 사람 눈에는 보이지 않는 그 무엇이 되는 것이었다"(69)로 표현된다. 그녀의 자기 망각 혹은 자아 소멸은 『모솔리엄 북』에서 스티븐이 빠져드는 자기 몰입 혹은 자아 중심과는 대조적인 것으로 다른 사람과 진정한 관계를 맺을 수 있는 출발점이 된다. 철학 교수인 램지 씨는 자아만의 세계에 갇혀 학자로서 결코 R로 나아가지 못하는 딜레마를 경험하는데,―그는 인간의 사고는 알파벳과 같은 것으로 생각하고 자신은 Q 즈음에 도달했다고 보았다―램지 부인은 그가 처한 이러한 고민을 이해할 수 없다. 그녀는 "자기중심적 숭고함"을 추구하지 않기 때문이다.

그동안 램지 부인의 사회의식은 크게 주목받지 못했다. 그러나 그녀는 비평가들이 파악하는 것보다 훨씬 더 사회에 대해 폭넓은 이해를 하고 있다. 공적 영역에서 여성을 배제하는 가부장제적 이데올로기에 순응하는 것이 아니고 병원과 하수도, 그리고 우유를 생산하는 낙농업에 대해서까지 생각하는 공적 영역에 대한 사회적 관심을 표출한다. 소설의 서두에서 램지 부인의 자녀들은 찰스 탠슬리(Charles Tansley)와 각을 세우는데, 이들을 지켜보는 램지 부인의 생각은 다음과 같이 묘사된다. "이 순간에 그녀가 생각하고 있었던 것은 빈부의 차이, 신분상의 높고 낮음의 차이의 문제였다"(13). 그리고 뒤이어 그녀가 어느 정도로 좀 더 넓은 세계에 관해 관심이 있는지가 나온다.

[그녀는] 빈부의 문제와 매주, 매일, 여기 혹은 런던에서 그녀의 두 눈으로 직접 보았던 것들을 좀 더 심오하게 생각해보았다. 그녀는 팔에 가방

을 끼고 노트와 연필을 들고서 이 미망인, 혹은 힘들어하는 저 아내를 몸소 방문했고, 공들여 노트에 줄을 치며 각각의 칸에다 임금과 지출, 고용과 실업 상태를 연필로 적었다. 이렇게 함으로써 그녀는 자신의 자선이 반은 그녀만의 분노를 달래주고 반은 그녀의 호기심을 만족시키는 그러한 사사로운 여인이 되는 것을 그만두고 그녀가 감탄해 마지않는 자신의 훈련되지 않은 정신으로 사회문제를 푸는 탐구가가 되고자하는 희망에서 그렇게 행했다.

[but] more profoundly she ruminated the other problem, of rich and poor, and the things she saw with her own eyes, weekly, daily, here or in London, when she visited this widow, or that struggling wife in person with a bag on her arm, and a note-book and pencil with which she wrote down in columns carefully ruled for the purpose wages and spendings, employment and unemployment, in the hope that thus she would cease to be a private woman whose charity was half a sop to her own indignation, half a relief to her own curiosity, and become, what with her untrained mind she greatly admired, and an investigator, elucidating the social problem. (13)

소설은 그날 그녀가 한 여인을 만나기 위해 시내의 작은 집을 방문하여 잠시 이 층으로 올라가는 장면을 탠슬리의 관점에서 묘사한다. 이 장면에서 탠슬리는 자신처럼 하층민 출신에게 관심을 두는 램지 부인을 보고 모처럼 자긍심을 느껴본다(19). 탠슬리 외에도 램지 부인의 관계 맺기는 가난한 화가 지망생 릴리, 그리고 하녀 마리(Marie)에게까지 이어진다(33). 그녀는 그들이 처한 곤경과 어려움을 잘 헤아릴 줄 안다. 소설은 그녀의 관계 맺기를 "그녀는 항상 말이 없었다. 그런데 그녀는 알고 있었다. 그녀는 결코 배운 적이 없었지만 말이다. 그녀의 단순함은 영리한 사람들이 놓치는 것을 깊이 있게 이해할 수 있도록 해주었다"(34)로 설명하지만, 그녀의 공감 능력은 그녀가 가정에서 억압받는 여성이라서 가능하다. 억압받는 자로서의 그녀의 지위는 그녀가 계급과 성별 구분 없이 모든 이들과 관계 맺기를 잘할 수 있게 해준다.

램지 부인은 여성으로서 자신의 한계와 무기력함을 인식한다. 그러면서 동시에 다른 사람의 한계와 약점도 간파한다. 이러한 인식능력은 그녀의 "집단적 숭고함"이 다른 사람에 대한 무조건적인 공감이나 이상화가 아님을 분명히 한다. 그녀는 모든 상황을 올바로 보고 그러한 상황에서 올바른 관계 맺기를 추구하고자 한다. 특히 그녀는 인간의 불완전성과 나약함, 그리고 인간관계의 불완전성을 종종 인식한다. 남편과의 관계에서도 그녀는 여러모로 그가 이해가 가지 않는다고 생각한다. 왜 자기가 필요할 때만 수시로 와서 그녀에게 "동정"을 강요하는지 의아해한다. 사회적으로 자신보다 비교가 되지 않을 정도로 탁월한 사람이 왜 하찮은 자신에게 그토록 매달리는 건지 이해가 가지 않는다(45). 이러한 램지 부인의 내면 묘사는 램지 씨를 비판적으로 제시한다. 그녀가 남편과의 관계에서 느끼는 불만은 이들 부부를 지켜보는 막내아들 제임스(James)의 아버지에 대한 분노를 통해 더욱 증폭된다. 자신이 필요할 때마다 아내를 찾아와 그녀로부터 정서적인 자양분을 빼앗아 가는 아버지 램지의 모습은 거의 강간에 가까운 것으로, 제임스에 의해 다음과 같이 난폭한 것으로 묘사된다.

편안한 자세로 앉아서 팔로 아들을 감싼 램지 부인은 몸을 긴장시켰고
몸을 반쯤 돌려 힘겹게 자신을 일으켜 세우는 듯했다. 그리고 즉시 똑
바로 서서 대기 속으로 에너지의 비와 물보라의 기둥을 쏟아내는 듯이
보였고, 동시에 그녀는 마치 그녀의 모든 에너지가 힘으로 용해되어 불
타고 빛을 발하기라도 하는 것처럼 (비록 조용히 앉아서 그녀의 양말을
다시 들고는 있었지만) 생동감 있고 생명력이 있어 보였다. 그리고 남성
의 치명적인 불모성이 이 맛 좋은 비옥함, 삶의 샘과 물보라 속으로, 비
생산적이고 헐벗은 놋쇠로 된 새의 부리와도 같이 돌진해 들어갔다.

Mrs. Ramsay, who had been sitting loosely, folding her son in her arm,
braced herself, and, half turning, seemed to raise herself with an effort,
and at once to pour erect into the air a rain of energy, a column of
spray, looking at the same time animated and alive as if all her energies
were being fused into force, burning and illuminating (quietly though she
sat, taking up her stocking again), and into this delicious fecundity, this
fountain and spray of life, the fatal sterility of the male plunged itself,
like a beak of brass, barren and bare. (42-43)

램지 부인은 이런 식으로 남편에 의해 희생되고 착취당한다. 나이 어린
제임스를 통해 가장으로서의 아버지의 폭력성과 전제주의는 가차 없이
고발되는데, 이것은 곧 울프 자신이 어린 시절 아버지로부터 받았던 억
압을 형상화한다고 볼 수 있다. 울프는 어머니가 죽고 야수 같은 아버지
밑에서 언니 버네사와 함께 자신이 당했던 경험을 「과거의 스케치」에서
고발한다(Woolf, 1985: 107).

『등대로』의 1부에서 램지 부인이 보여주는 주요 행위로는 첫째, 등

대지기 솔리(Sorley)의 아들에게 건네줄 양말을 뜨개질하는 것, 둘째, 제임스에게 동화를 읽어주는 것, 셋째, 만찬 장면을 주도하는 것 등이다. 우선 그녀의 뜨개질하는 행위부터 살펴보자. 등대로 가고자 하는 그녀의 열망은 소설의 서두에서 다음과 같이 묘사된다. "만약 오늘 밤 이 양말 뜨개질을 끝내서, 마침내 그들이 등대에 가게 되면 이 양말을 등대지기 아들에게 줄 것이었다"(8). 램지 씨가 내일은 등대로 가지 못할 것이라고 제동을 걸지만, 램지 부인은 제임스의 다리를 잣대 삼아 양말 뜨는 일을 멈추지 않는다. "결국 그들은 등대에 가게 될지도 모르고, 그녀는 양말의 다리 부분을 일 혹은 이 인치 더 떠야 할지를 살펴보아야 했기 때문이다"(31). 이 양말 뜨기는 램지 부인을 집안에 가두려는 램지 씨에 대한 저항의 수단이 되기도 한다. "내일 그들이 등대에 갈 가능성은 눈곱만큼도 없다고 램지 씨는 화가 나서 말을 내뱉었다. 어떻게 알아요? 그녀가 물었다. 바람은 종종 방향을 바꾸었다"(37). 등대에 가고자 하는 그녀의 열망은 1부의 첫 섹션부터 마지막 섹션 19까지 언급된다. 마지막 섹션 19에서 램지 부인은 만찬을 끝내고 남편의 방에 들어가는데 거기서도 그녀는 뜨개질을 계속한다. 아니 뜨개질을 계속할 수밖에 없다. "그녀는 남편을 바라다보았다. (양말을 집어 들고 뜨개질을 시작하면서) 그리고 그가 방해받기를 원치 않는다는 사실을 알아차렸다. 그것은 분명했다"(127). 즉 그는 독서하고 있었고 자기 일에 몰두하고 있었던 것이다. 그는 아내로 인해 방해받고 싶지 않았다. 이때 램지 부인의 내면 묘사는 남편이 추구하는 지적 성취나 학문적 성취를 냉소적으로 바라봄을 보여준다. "그는 끊임없이 자신의 저서에 관해서 걱정하고 있을 것이었다. 읽힐 것인지, 질이 우수한지, 왜 좀 더 낫지 못한지, 사람들이 그에 관해서 어떻게 생각하는

지?"(128) 그러면서 램지 부인은 그런 게 무엇이 그리 중요한지 이해할 수 없다는 반응을 보인다. "그녀는 이것은 전혀 문제가 되지 않는다고 생각했다. 위대한 인간, 위대한 책, 명성―누가 그것을 판정할 수 있단 말인가?"(128) 이처럼 소설은 여성의 내면으로 들어가서 가부장적 남성이 추구하는 "자기중심적 숭고함"을 비판한다. 1부의 마지막 섹션은 램지 씨가 부인에게 "꼭 한 번만 당신이 나를 사랑한다고 말해주지 않겠소?"라고 생각하는 부분과 "하지만 그녀는 그럴 수 없었으니 그 말을 할 수 없었다"(134)라는 부분이 대비를 이루며 끝나는데, 왜 램지 부인은 남편에게 사랑한다고 말할 수 없는지 그 직전의 장면이 설명해준다고 본다. 여기서 결국 아내에 대한 램지의 태도가 평소 가혹했음이 드러난다. 따라서 램지 부인이 등대 방문을 포기하는 것은 남편의 강압에 의한 것임을 시사한다.

'당신은 오늘 밤 그 양말을 끝내지 못할 것이오,' 라며 그는 그녀가 짜고 있는 양말을 가리키면서 말했다. 그녀가 원하던 말이다. 그녀를 꾸짖는 그의 목소리에는 퉁명스러움이 있지 않은가. 비관적인 건 잘못이야, 라고 그가 만일 말한다면 아마 그건 잘못일 수도 있다고 그녀는 생각했다. 어쨌거나 결혼생활은 아무 문제도 없게 될 것이었다.

"네, 맞아요." 그녀는 무릎 위의 양말을 평평히 하면서 말했다. "끝내지 않도록 할게요."

'You won't finish that stocking tonight,' he said, pointing to her stocking. That was what she wanted-the asperity in his voice reproving her. If he says it's wrong to be pessimistic probably it is wrong, she thought; the marriage will turn out all right. 'No,' she said, flattening the stocking out upon her knee, 'I shan't finish it.' (133)

램지 부인은 그와의 관계가 악화할까 봐 더 이상 등대 방문을 고집하지 않기로 하지만, 결국 그에게 사랑한다고 말하지 않음으로써 그의 강압적 제지에 침묵으로 복수한 셈이다. 램지 씨는 부인이 뜨고 있는 양말의 의미를 모른다. 그에게는 "나"만이 있고 "집단적 숭고함"이 부재하기 때문이다. 1부의 제목은 「창」("The Window")이지만 실제 제목은 「양말 짜기」라고 볼 수 있다. 1부는 램지 부인이 등대에 가고 싶었으나 결국 남편의 뜻에 부응하여 가지 않기로 하며 끝난다. 등대 방문으로 상징되는 램지 부인의 사회적 열망은 실현되지 않은 것으로 막을 내린다. 이처럼 1차 대전이 임박하기 직전의 영국은 램지 부인의 등대 방문이 좌절되는 것과 연관된다. 램지 부인이 힘겹게 유지하고자 했던 1부에서의 "집단적 숭고함"은 2부 「시간이 흐르다」("Time Flows")에서 전쟁으로 인해 완전히 파산 선고를 맞는다.

여기서 램지 부인의 동화 읽기와 관련하여 말하자면, 그림(Grimm) 형제의 동화 「어부와 그의 아내」("The Fisherman and His Wife")는 권력이 부부 중 어느 한쪽으로 기울었을 때의 파국을 다룬다. 권력이 남성에게만 집중된 램지 부부의 문제점을 계속 상기시켜주는 역할을 하여 결국 가부장제 사회에 대한 램지 부인의 내적인 저항을 암시한다. 남성과 여성의 역할이 뒤바뀌어 있지만, 그럼에도 불구하고 이 동화는 여성이 권력을 추구하면 안 된다는 교훈을 던지는 게 아니고, 권력이 어느 한쪽에 일방적으로 쏠릴 때 그 결혼은 비극으로 치달을 수밖에 없다는 것을 예증한다. 자기가 원하는 것을 아내와 자녀에게 계속 강요하는 램지 씨는 남편이 도다리를 만나도록 계속 부추겨 결국 신이 되고자 하는 동화 속 어부의 아내와 기본적으로 닮아있다.

램지 부인이 주도하는 만찬 장면과 관련해서는 일반 비평가들이 바라보듯이 램지 부인의 모성을 강조하는 것이기보다는 가난한 시인, 가난한 화가 지망생, 가난한 학자, 중산층인 민타 도일(Minta Doyle)과 폴 레일리(Paul Rayley) 등 다양한 계층의 사람들을 하나 되게 하는 그녀의 통합 능력을 보여주는 데 의미가 있다고 본다. 그녀는 개체들을 있는 그대로 수용하며 그러한 상태에서 하나로 통합시킨다. 이러한 관계 맺기는 그녀에게 "자기중심적 숭고함"이 없으므로 가능하다. 그리고 구성원들 역시 각각 자아를 버려야 하는데 그녀를 통해 그 모든 것이 가능해진다. 만찬 장면에서 개체들은 그녀가 초대하는 하나의 집합체 속으로 통합된다. 이것이 그녀를 통해 형상화되는 "집단적 숭고함"의 가치다. 그것은 마치 어떤 영원한 예술작품의 성격을 지닌 것 같기도 하다(106). 이런 경우 개체들은 자신의 에고를 벗어던지고 모두가 몰개성적인 상태에 도달한다. 여기서 계급이나 성별 등의 차이는 문제가 되지 않는다. "남성적이고 공격적이며 남을 지배하고자 하는" 우리 안의 에고가 사라지면 모든 개체는 이처럼 각자 자신이면서 또한 하나 됨 속에서 황홀을 경험하게 된다. 다시 말해 각자 분리되었으나 서로 같이 있게 된다.

2부 「시간이 흐르다」에서는 하찮은 청소부 맥냅 부인(Mrs. McNab)을 주인공으로 하여 그녀와 바스트 부인(Mrs. Bast) 등 청소부들이 황폐해진 램지 부부의 집을 제 모습으로 갖추도록 하는데, 이로써 울프는 전쟁 이후의 혼돈과 무질서에 삶의 활력을 제공할 대상으로 노동자 계급을 제시한다. 맥냅 부인은 노동을 하면서도 시종 기쁨을 만끽한다(142-43). 그녀는 「베넷 씨와 브라운 부인」("Mr. Bennett and Mrs. Brown")에서 울프가 언급했던 더 이상 빅토리아 조의 요리사가 아닌 새로운 종류의 조지 조 시대의 요리사로 그녀는 소설의 2부에서 단순한 배경으로 남는 것이 아니라 진정한 주인공으로 활약한다. 이것은 계급 없는 미래 사회를 꿈꾸었던 울프의 급진적인 비전이 있었기 때문에 가능하다. 2부는 노동자 계급이 지닌 생명력과 원천적인 힘을 강조하는 것으로, 이러한 설정은 3부에서 가난한 화가 지망생인 릴리와 램지 부인의 연대를 용이하게 해주는 하나의 연결고리로 작용한다. 이 작품에서 울프가 릴리를 램지 부인의 친딸로 설정하지 않은 것은 두 사람 사이의 연대가 지닌 사회적 확장성을 강조하기 위한 것으로 보인다.

2) 연대: 릴리와 램지 부인

1부에서 울프는 램지 부인의 내면으로 들어가 어머니의 관점에서 아버지를 비판하는 관점을 보여주었다. 또한 램지 부인은 더 이상 아버지가 생각하는 '가정의 천사'가 아니고, 오히려 가정 밖으로 관계의 확장을 추구하는 인물이었다. 1부에서 램지 부인의 "집단적 숭고함"은 3부에서 릴리와의 연대를 통해 더욱 넓은 개념으로 확장된다. 램지 부인의 "집단적 숭고함"의 성격을 릴리가 간파하며 그것에 강렬하게 이끌려 그녀는 자신의 예술 속에 그것을 형상화하고자 한다. 그러나 그것은 램지 씨로의 예속을 거부할 때만 가능하다. 릴리는 램지 부인 같은 가부장제 사회에 대한 공모자나 동조자로서가 아닌, 억압받는 다른 여성들과의 연대를 통한 모두가 평등한 미래 사회를 지향한다.

여기서 릴리와 램지 부인의 연대가 지닌 의미를 살펴보기 위해 남성의 폭력에 대항하는 여성 간 공모의 예로 인용되는 그리스 신화 속의 프로크네(Procne)와 필로멜라(Philomel) 자매 이야기를 살펴보겠다. 특히 로마의 시인 오비드(Ovid)의 『변신』(Metamorphoses) 4권에서 각색된 것으로 살펴보겠다. 아테네를 해방한 트라키아(Thrace)의 테레우스(Tereus) 왕은 아테네 왕의 딸 프로크네와 결혼한다. 결혼한 지 5년 후 프로크네는 테레우스에게 여동생 필로멜라를 보게 해달라고 간청한다. 테레우스는 배를 타고 아테네로 가서 필로멜라를 데리고 오는데 정작 정욕에 사로잡혀 그녀를 강간한다. 그리고 그녀의 혀를 자른다. 감금당한 필로멜라는 베를 짜는데 테레우스가 저지른 형벌을 그 안에 담는다. 그리고 그것을 언니에게 전달한다. 그것을 받아본 프로크네는 무슨 일이 벌어졌는지를 직감하고 그녀의 유일한 아들인 이티스(Itys)를 살해하여 남편의 저녁 식사로 내어놓는다. 분노한 테레우스는 자매를 죽이고자 하지만 그들은 새가 되어 달아난다. 뒤쫓던 테레우스 역시 새로 변한다. 오비드의 『변신』 중에서 프로크네와 필로멜라가 등장하는 이 부분은 전체의 이야기 중에서 가장 잔인하고 그로테스크한 부분으로 속임수와 강간과 신체 절단 외에도 아동 살해와 식인 풍속을 다룬다. 이러한 것들이 한 가정 내에서 벌어진다는 점에서 더욱 끔찍하다. 남편과 아내, 언니와 동생, 형부와 처제, 어머니와 아들, 아버지와 아들 사이의 관계가 모두 망가진다. 그런데 이 와중에 예술은 하나의 소통방식이 되어준다. 동생 필로멜라는 말할 능력을 잃게 되자 베 짜기라는 기예를 통해 자신의 억압을 표현한다. 그녀의 이러한 노력은 궁극적으로 그녀를 감옥으로부터 해방시킨다. 이때의 베 짜기 기예는 필로멜라에게 자기표현의 수단이 되어주며 고통받는 자들을 대변하는 예술에 비유된다. 억압의 이야기를 직조하는 베틀이 내는 소리는 자유를 염원하는 필로멜라의 목소리로, 그것은 피압제자의 정치적 저항으로 감금의 장소에서 들려오는 고통 어린 목소리이다. 그러나 언니 프로크네의 목소리는 필로멜라가 짠 태피스트리의 의미를 해독하는 독자의 목소리로, 타자로 살아가는 여성들을 대신하여 사회적 정의를 부르짖는 페미니스트들의 목소리이다. 마커스는 울프의 『자기만의 방』(*A Room of One's Own*)을 다루는 글에서 울프가 『막간』(*Between the Acts*)에서 이 오비드의 두 자매 이야기를 언급한다면서, 울프를 동생이 짠 태피스트리에서 남성에 의한 강간을 해독해낼 줄 아는 독자, 즉 언니 프로크네로 보아 "사회주의자 페미니스트 비평가"로 지칭한다(Marcus, 1988: 215-18). 그런데 이러한 마커스의 입장은 『등대로』에서도 적용될 수 있다고 본다.

다시 『등대로』로 돌아가 보자. 릴리는 가부장제 사회에서 램지 부인이 겪는 억압과 학대를 이해한다. 그녀의 위치는 마치 프로크네가 필로멜라의 태피스트리를 보고 그동안 무슨 일이 벌어졌는지를 직감하는 것과 같다. "저 남자는 결코 주는 법은 없고 취하기만 한다고 생각했다. 부인은 계속 주었다. 주고, 주고 또 주다가 그녀는 결국 죽고 이 모든 것을 남겨놓았다"(163). 그녀는 램지가 형상화하는 "자기중심적 숭고함"의 전제주의와 폭력성을 강한 어조로 비난한다. "그리고 이것이 비극이라는 생각이 그녀에게 갑자기 들었다. 관도, 시체도, 수의도 비극이 아니었다. 아이들이 강요당하고, 그들의 정신이 진압당하는 것, 이것이 비극이라고 생각했다"(162-63). 램지 씨의 강요에 굴복한다는 것은 그의 세계에 자신을 종속시킴을 의미한다. 폭군은 노예를 필요로 하기 때문이다. 그녀는 자신에게서 "동정"을 강요하는 램지 씨를 단호히 거부한다. "[사실성 계속해서 그가 생각하고 있는 것은 나를 생각하라, 내 생각을 하라, 라는 것이었다"(166). 그의 강요에 굴복하는 순간 그녀는 화가로서 자기 일에 집중할 수 없다. 하지만 그녀는 이 세상에서 그림 그리는 일이 가장 소중하다고 생각한다. 그리하여 그녀는 램지 부인과는 달리 램지 씨에로의 종속을 거부한다. 즉 램지 씨의 세계에 함몰되지 않기 위해서는 여성으로서의 자신의 정체성을 지킬 필요가 있다. 그렇게 함으로써만 여성으로서의 정체성인 "집단적 숭고함"의 가치를 공적인 영역으로까지 확장할 수 있다. 릴리가 죽은 램지 부인을 회상할 때 그녀에게 계시처럼 떠오른 장면은 다음과 같이 해변에서 본 램지 부인의 모습이다.

거기 앉아 바위 밑에서 글을 쓰고 있는 저 여성은 모든 것을 단순함으로 녹여버렸다. 이 분노와 초조함을 낡은 누더기처럼 벌어져 나가도록 만들었고, 그녀는 이것과 저것 그리고는 이것을 한군데로 다시 모아서는 그 처참한 어리석음과 악의로부터 (말다툼하고 서로 치고받곤 했던 그녀와 찰스는 어리석었고 악의에 차 있었다) 무언가를 만들었는데 예를 들면 해변 위의 이 장면, 우정과 호감의 이 순간이었다. 그것은 이 모든 세월이 흐른 뒤에 완전히 살아남을 것이어서 그녀는 그곳에 깊이 빠져들어 그에 대한 그녀의 기억을 다시 재구성했고, 그것은 거의 예술작품처럼 마음속에 남았다.

That woman sitting there, writing under the rock resolved everything into simplicity; made these anger, irritations fall off like old rags; she brought together this and that and then this, and so made out of that miserable silliness and spite (she and Charles squabbling, sparring, had been silly and spiteful) something—this scene on the beach for example, this moment of friendship and liking—which survived, after all these years, complete, so that she dipped into it to re-fashion her memory of him, and it stayed in the mind almost like a work of art. (175)

이것은 램지 부인의 "집단적 숭고함"을 릴리가 간파하는 장면이다. 그곳에는 성별과 계급과 종족에 따른 차별과 배제가 없다. 램지 씨가 지지했던 이분법적 세계가 아니다. 마지막으로 릴리 앞에 직접 등장하는 죽은 램지 부인의 환영은 등대지기 아들에게 건넬 양말을 짜는 모습으로 나타나는데, 이것은 램지 부인이 추구하던 사회적 열망이 릴리에 의해 연결되고 포착되었다는 것을 의미한다.

> 램지 부인이 거기 아주 소박하게 의자에 앉아서—이것은 릴리에게는 완전한 선함의 일부였다.—바늘을 이리저리 퉁기면서 붉은빛이 감도는 갈색 양말을 짜고 있었고 계단 위에 그녀의 그림자를 드리우고 있었다. 거기 그녀가 앉아 있었다.

> Mrs. Ramsay—it was part of her perfect goodness to Lily—sat there quite simply, in the chair, flicked her needles to and fro, knitted her reddish-brown stocking, cast her shadow on the step. There she sat. (219)

램지 부인이 추구하던 "집단적 숭고함"은 이처럼 릴리와의 연대를 통해 더욱 확장되고, 릴리의 예술을 통해 완성된다. 릴리는 가정에 갇히는 것을 전면적으로 거부하며 결혼하지 않고 화가로 살기로 함으로써 빅토리아 조의 '신성한' 결혼 개념과 성 이데올로기를 거부하는데, 그녀가 예술과 삶에서 추구하는 것은 바로 어머니가 지향한 "집단적 숭고함"으로 그녀는 이제 화가로서 그것을 공적 영역에서 실현하게 될 것이다. 여기서 릴리는 울프 자신의 관점을 대변한다. 울프는 이처럼 가부장제를 살아가는 다른 억압받는 여성들에게 손을 내밀며 그들 편에서 그들과 함께 가부장제에 저항함으로써 그들을 억압에서 해방시키고자 한다. 그것은 과거의 어머니들을 해방시키는 것이자 현재의 자신을 해방시키는 것이기도 하다. 또 다른 피지배계급인 노동자 계급과의 연대 역시 마찬가지로 유효하다. 그리고 이때 그녀의 페미니즘은 여성해방뿐만이 아니고 성별과 계급을 초월하여 모두가 평등하고 조화를 이루는 계급 없는 민주적 사회를 지향한다.[9]

4. 나가기

본 장에서는 스티븐과 울프의 작품을 페미니즘 관점에서 고찰하고자 하는 것으로, 특히 남성의 관점과 여성의 관점이 어떻게 작동하고 있는지 마커스의 "자기중심적 숭고함"과 "집단적 숭고함"의 개념을 차용하여 설명하고자 했다. 스티븐의 『모솔리엄 북』은 주인공을 통해 마커스가 언급한 "자기중심적 숭고함"을 전형적으로 보여준다고 보아, 그의 자아 몰입과 자아 중심주의, 그리고 여성에 대한 이상화를 그가 추구하는 "자

---

[9] 김희정은 "자꾸만 경계를 짓고 벽을 쌓고 구분하려는 가부장적 사회 속에서 울프의 문학이 지니는 의미는 바로 그 '대립 넘기'와 '경계 허물기', '대립된 현실 세계를 동시에 포착하기'에 있다고 할 수 있다"(김희정, 2017: 20)라고 말하기도 한다.

기중심적 숭고함"과 관련하여 살펴보았다. 스티븐은 "자기중심적 숭고함"을 추구한 나머지 자아 몰입과 자아 중심에 빠지고 결국 다른 사람과의 관계 맺기에 실패하는 것으로 드러났다. 그는 자신을 종의 신분으로 낮추는 한편 여성을 계속해서 이상화하지만 그것은 여성을 남성에게 복종시키기 위한 것으로, 궁극적으로는 남녀의 역할 분리에 대한 믿음을 전제하는 가부장제적 성 이데올로기를 공고히 하는 것이었다. 그리고 그 세계에서는 열심히 일하면 할수록 소외와 좌절감만이 남는다.

울프의 『등대로』의 경우는 같은 소재를 다루지만 여성의 내면으로 들어가 남성의 관점이 해체되고 비판적으로 조망되는 것을 분석했다. 램지 씨의 "자기중심적 숭고함"은 램지 부인에 의해 철저히 해체되며, 램지 부인은 램지 씨와는 대조적으로 자아 망각과 자아 소멸을 통해 "집단적 숭고함"을 추구하는 인물로 제시했다. 특히 본 장에서는 램지 부인의 등대지기 아들에게 건네줄 양말 짜기 행위를 중시하여 거기에 담긴 억압받는 낮은 계급과 하나가 되고자 하는 램지 부인의 급진적 열망을 부각하였으며, 그녀가 집 밖으로 관계의 확장을 시도한다는 점에서 스티븐이 제시한 '가정의 천사'와는 거리가 먼 여성으로 분석했다. 개인의 성취만을 좇느라 자아에 갇혀 다른 사람과의 관계 맺기에 실패하는 스티븐과는 대조적으로 램지 부인의 "집단적 숭고함"은 피압제자들과 수평적 관계를 지향하며, 릴리를 통해 그 의미가 더욱 분명해지고 마침내 릴리의 예술을 통해 완성되는 것으로 평가했다.

본 장에서 『모솔리엄 북』을 『등대로』와 나란히 분석한 것은 『등대로』를 이해하려면 작가 아버지의 책이 필수적이라는 생각에서였다. 벨의 지적처럼 『모솔리엄 북』의 많은 부분이 울프의 소설 속에 그대로 녹아있다(Bell, 1977: xxx). 단지 울프는 그런 것들을 페미니스트의 관점에서 다르게 바라본다는 것뿐이었다. 『모솔리엄 북』에서 스티븐의 자아분석이나 줄리아에 대한 생생한 기록이 없었더라면 어쩌면 『등대로』는 존재하지 않았을지도 모른다. 『등대로』의 탁월성을 이루는 데 아버지의 책이 중요한 역할을 했음이 틀림없다. 울프는 남성들이 이룩한 문학적 자산을 자신에게로 끌어와서 여성들의 편에서 여성해방에 도움이 되는 방향으로 재창조했다고 볼 수 있다. 그리고 그것은 남성해방에도 기여하는 것이었다. 울프는 우리 여성 독자들에게도 자기 작품에서 그러한 의미들을 해석해낼 것을 촉구한다.

| 인용문헌 |

김희정. 버지니아 울프 입문서. 서울: 일곡문화재단, 2017.

Annan, Noel. "Editor's Introduction." *Leslie Stephen: Selected Writings in British Intellectual History*. Ed. Annan Noel. Chicago and London: U of Chicago P, 1979.

_____. *Leslie Stephen: The Godless Victorian*. Chicago: U of Chicago P, 1984.

Bell, Alan. "Introduction." *The Mausoleum Book*. Oxford: Clarendon P, 1977.

Houghton, Walter. *The Victorian Frame of Mind: 1830-1870*. New Haven: Yale UP, 1957.

Maitland, Frederic William. *The Life and Letters of Leslie Stephen*. Honolulu: U of P of the Pacific, 2003.

Marcus, Jane. *Art and Anger: Reading Like a Woman*. Columbus: Ohio State UP, 1988.

_____. "Introduction." *New Feminist Essays on Virginia Woolf.* Ed. Jane Marcus. Lincoln: U of Nebraska P, 1981.

_____. "Looking Back through Our Mothers." *New Feminist Essays on Virginia Woolf.* Ed. Jane Marcus. Lincoln: U of Nebraska P, 1981.

_____. *Virginia Woolf and the Languages of Patriarchy.* Bloomington & Indianapolis: Indiana UP, 1987.

Squier, Susan. "A Track of Our Own: Typescript Drafts of *The Years.*" *Virginia Woolf: A Feminist Slant.* Ed. Jane Marcus. Lincoln and London: U of Nebraska P, 1983.

Stephen, Sir Leslie. *English Literature and Society in the Eighteenth Century.* London: Duckworth, 1904.

_____. *The Mausoleum Book.* London: Clarendon P, 1977.

Woolf, Virginia. "Mr. Bennet and Mrs. Brown." *The Captain's Death Bed and Other Essays.* San Diego: A Harvest/HBJ Book, 1978.

_____. "A Sketch of the Past." *Moments of Being.* Ed. Jeanne Schulkind. San Diego: A Harvest Book, 1985.

_____. *To the Lighthouse.* London: Penguin Books, 1992.

Zwerdling, Alex. *Virginia Woolf and the Real World.* Berkeley: U of California P, 1986.

5장

『올랜도』
레즈비어니즘과 제국주의 비판

1. 들어가기

1918년 노엘 펨버턴 빌링(Noel Pemberton Billing)은 오스카 와일드
(Oscar Wilde)의 극『살로메의 환영』(*Vision of Salome*) 공연 중에 모드 앨런
(Maud Allan, 1873~1956)이 보여준 춤을 "클리토리스의 숭배"(The Cult of the
Clitoris)라며 그녀가 레즈비언임을 시사했다. 이에 앨런은 빌링이 자신과
감독의 명예를 훼손했다는 이유로 빌링을 고소했다. 그러나 그녀는 재판
에서 패소한다. 당시 여성 간 동성애는 남성 간 동성애와는 달리 불법이
아니었기 때문에 그녀는 와일드처럼 구속당하지는 않았다. 그러나 재판
결과 그녀는 수모를 당했고 배우로서의 경력을 포기해야만 했다(Cramer,
2010: 187-88). 1921년 국회에서는 영국 역사상 최초로 레즈비어니즘을 불

법으로 만들려는 시도가 있었다. 20세기 초엽 「도덕적 사회적 위생을 위한 연맹」(Association for Moral and Social Hygiene)의 단체들은 몸 파는 어린 소녀들을 보호하기 위한 목적으로 그들의 승낙 연령을 높이는 법을 제정하고자 했다. 그리하여 "1921년 형사법 개정안"(Criminal Law Amendment Bill)이 생겨났는데, 이 개정안에 "여성 간 추잡한 행위"(gross indecency between females)라는 죄명을 추가할 것을 주장하는 반페미니스트들의 움직임이 있었다. "여성 간 추잡한 행위"라는 죄명은 남성 간 동성애 행위를 불법화했던 "1885년 형사법 개정안 11항"(Section 11 of the Criminal Law Amendment Act 1885)만큼이나 레즈비언들을 처벌받도록 하는 게 목적이었다. 그러나 이들의 시도는 무산되었다.

레즈비언 문학 역시 이 당시 사회적 지탄과 혐오의 대상이었다. 1924년 비타 색빌웨스트(Vita Sackville-West, 1892~1962)는 『도전』(*Challenge*)을 출간하고자 했다. 이 소설은 비타가 바이얼릿 케펠(Violet Keppel)과 연애 중이던 1919년에 쓴 것으로 그녀는 자신과 바이얼릿의 이름을 줄리언(Julian)과 이브(Eve)로 바꾸고, 장소는 그리스 섬으로 고쳐서 출간하고자 했다. 그러나 두 사람의 가족은 이들이 누구인가를 곧 알아차렸고 영국에서의 책 출판을 반대했다. 그리하여 이 소설은 영국에서는 출간되지 못하고 그해 미국에서 출판되었다(Knopp, 1988: 27). 1928년 래드클리프 홀(Radcliffe Hall, 1880~1943)은 자전적 소설 『고독의 우물』(*The Well of Loneliness*)에서 레즈비언인 스티븐 고든(Stephen Gordon)의 삶을 다루었는데 이 소설은 당시 큰 파문을 일으켰고, 결국 런던의 바우 스트리트(Bow Street)에서 이 '외설스러운' 소설을 두고 재판이 열렸다. 사법경찰은 여성 간 사랑을 "부자연스러운 죄"(unnatural offences)로 간주하여 해당 소설을 모두 없애도록 지시했다. 이 재판은 여자 동성애자들에 대한 사회적 적대감을 증폭시켰다. 그리고 레즈비어니즘을 다루는 문학은 영국에서 출판될 수 없다는 사실을 재확인했다(Cramer, 2010: 189).

이처럼 여성 간 사랑에 대한 사회적, 법적 제약이 엄중하던 1920년대에 버지니아 울프(Virginia Woolf, 1882~1941)는 그녀의 동성애자 파트너였던 비타의 전기를 『올랜도』(Orlando)라는 소설 형식으로, 래드클리프 홀의 소설이 출판된 것과 같은 해인 1928년에 출간했다. 그런데 이 소설은 사회로부터 비난이나 공격을 받지 않았을 뿐만 아니라 놀랍게도 『등대로』(To the Lighthouse, 1927)가 1년 안에 팔린 부수보다 두 배 더 많은 부수를 출간 후 6개월 안에 판매하는 기록을 남겼다(Knopp, 1988: 28). 몇몇 비평가는 울프가 실제로 동성애자였는가에 대해서는 논란의 여지가 있다고 말한다. 가령 매들린 무어(Madeline Moore)는 울프가 레너드 울프(Leonard Woolf)와 결혼했기 때문에 레즈비언은 아니었을 것으로 짐작한다. 비타와의 사랑이라는 맥락에서 『올랜도』가 잉태되었으나 울프에게 글을 쓰도록 안정감을 준 결혼은 그녀가 레즈비언으로 사는 것을 금했다고 주장한다(Moore, 1984: 112). 그러나 울프의 편지나 일기를 보면 그녀가 비타로부터 남자에게서 느꼈을 감정을 경험했다는 데는 이론의 여지가 없다(Cramer, 2010: 185).[1] 울프는 비타와 관계를 유지하던 1920년대에 자신의 걸작들인 『댈러웨이 부인』(Mrs. Dalloway, 1925), 『등대로』, 『올랜도』, 『자기만의 방』(A Room of One's Own, 1929) 등을 차례로 출간했다. 울프와

---

1) 울프는 귀족 여성인 비타를 1922년 처음 만났으며 1925년 그녀와 사랑에 빠졌다. 그들의 관계는 1928년까지 지속되었고 1935년이 되어서야 울프는 그녀에게서 벗어날 수 있었다 (Love, 1980: 193-200).

비타의 관계를 필리스 로즈(Phyllis Rose)는 다음과 같이 말한다. "버지니아에게 그것은 기쁘고 활기찬 경험이었고 최초의 위대한 열정이었다. 40대에 그녀에게 다가왔지만 그녀는 그것을 환영했다"(Rose, 1978: 176).

『등대로』를 완성하고 난 후 『파도』(The Waves, 1931) 집필에 들어가기 전에 "농담" 삼아, "소극"(WD, 105)으로, 그리고 진지한 소설 쓰기로부터의 "도망"(WD, 124)으로 시도되었던 『올랜도』는 쓰기 시작한 후 1년 안에 꽤 빠른 속도로 완성한 작품으로 알려져 있다. 그만큼 이 소설은 울프가 자신의 사상을 피력하는 데 별다른 어려움을 느끼지 않았던 것으로 보인다. 이 작품에서 울프는 젠더와 관련하여 혁명적인 견해를 밝힌다. 남성과 여성은 이분법적으로 구분되는 게 아니고 그 경계가 불확실하며2) 서로 횡단이 가능한 유동적인 것으로 파악했다. 따라서 섹슈얼리티에 있어서도 이성애와 동성애 사이의 경계가 불확실해진다. 양쪽은 서로 횡단이 가능하며 어느 한쪽이 우월하거나 열등하지도 않다. 그리하여 이 작품에서는 남성/여성, 남성성/여성성, 이성애/동성애라는 이항적 대립항 사이의 엄격한 구분이 깨진다. 젠더의 경우 남자 안에도 여성성이 있고, 여자 안에도 남성성이 있다는 주장으로 남녀 모두에게 양성성이 이상적 가치로 제시된다. 섹슈얼리티에 있어서도 양성애가 섹슈얼리티의 이상이 된다. 나아가 소설은 영국민과 이민족 사이의 인종적 경계를 허물기도 한다. 영국민과 이민족은 둘이 아니고 하나이며, 어느 한쪽이 우월하거나 열등하다는 인종차별적이고 국수주의적 개념을 깨뜨린다. 캐

---

2) 남성과 여성이 같다는 뜻은 아니며, 여성이 남성과 같아지려고 하는 경향에 대해 울프는 경계했다. 울프는 일기에서 여성은 "남성과 다르며 그들의 다름을 공개적으로 두려움 없이 표현해야 한다"(Minow-Pinkney, 1985: 5 재인용)라고 말했다.

시 필립스(Kathy J. Phillips)는 『올랜도』 분석에서 "[울프는] 부분적으로 제국주의적, 군사적, 경제적 목적을 위해 만든 사회적 축조물로서의 젠더의 전반적인 개념을 해체한다"(Phillips, 1994: 185)라며 젠더 이슈와 제국주의를 연결한 바 있다.

본 장에서는 레즈비어니즘에 대한 울프의 주장이 당시의 가부장제적 편견으로부터 어느 정도로 벗어나 있는지를 알아보기 위해 비타의 아들 나이절 니컬슨(Nigel Nicolson)이 1972년 펴낸 『결혼의 초상』(Portrait of a Marriage)을 먼저 분석하고자 한다. 『올랜도』는 많은 연구가 있었던 작품인 데 반해 비타의 일기는 국내에서 거의 연구되지 않았던바, 본 장에서는 비타의 일기와 연관시킴으로써 『올랜도』의 사회적 맥락에 대한 인식을 높이고자 한다. 비타는 자신의 일기에서 동성애를 부정적인 것으로 다루는데 필자는 이러한 비타의 관점을 당시 헤이블록 엘리스(Havelock Ellis, 1859~1939)나 지크문트 프로이트(Sigmund Freud, 1856~1939) 같은 남성 학자들이 내세우는 가부장제적 성 이데올로기와 연관시키고자 한다. 반면 울프는 『올랜도』에서 동성애를 가부장제적 사회체제 내에 배치하는 것을 거부하는데, 필자는 이것을 그녀의 양성성과 관련짓고 그녀가 동성애를 판타지라는 매개체를 통해 효과적으로 제시하는 것으로 접근하고자 한다. 이런 식으로 『결혼의 초상』에 나오는 일기 속 비타의 자전적인 삶과 『올랜도』에 나오는 소설 속 울프가 재현하는 비타의 삶을 서로 비교 분석함으로써 레즈비어니즘에 대한 비타와 울프의 각기 다른 접근을 조망해 보고자 한다. 끝으로 울프가 『올랜도』에서 보여주는 영국 제국주의에 대한 비판을 살펴봄으로써 울프의 레즈비어니즘이 당시 영국 사회 내외의 상황에 대한 비판으로 어떻게 이어지고 있는지를 분석해 보도록 하겠다.

2. 비타의 일기: 수치스러운 것으로서의 레즈비어니즘

카를 하인리히 울리히스(Karl Heinrich Ulrichs, 1825~1895), 리처드 폰 크라프트-에빙(Richard von Krafft-Ebing, 1840~1902), 카를 프리드리히 오토 베스트팔(Karl Friedrich Otto Westphal, 1833~1890) 등 19세기 성과학자들은 동성애를 선천적인 결함의 결과로 진단했다. 가령 크라프트-에빙은 동성애를 생물학적으로 비정상인 것으로 보아 임신 기간 중 배아 단계에서 시작하여 두뇌의 "성도착"으로 진화한다는 동성애 이론을 제안했다(Cramer, 2010: 190). 이와 대조적으로 20세기의 프로이트는 1925년 에세이 「성별 사이의 해부학적 구분의 몇 가지 심리적 결과」("Some Psychical Consequences of the Anatomical Distinction Between the Sexes")에서 "모든 인간은 양성적 성향과 교차 결합의 결과로 그들 안에 남성적, 여성적 특질 모두를 지니며 순수한 남성성과 여성성은 불확실한 내용의 이론적 축조로 남는다"(Freud, 1990~ 1993: 342)라고 강조했다. 그럼으로써 프로이트는 성적 분리 그 자체의 불확실성을 대변했다(Mitchell, 1982: 12). 그렇지만 프로이트는 「히스테릭한 판타지와 그것의 양성애와의 관계」("Hysterical Phantasies and Their Relation to Bisexuality", 1908)에서 동성애를 치유할 수 있는 정신적인 질병으로 간주했다.

한편 울프 당대에 가장 영향력 있는 성과학자였던 엘리스는 프로이트와는 달리 동성애를 선천적이고 치유할 수 없는 것으로 파악했다. 그리고 그것이 반드시 질병이나 광기, 범죄 행위 등과 연관된다고는 보지 않았다. 한편 엘리스와 그의 추종자들은 여자 동성애자의 "과학적" 모델을 남성적인 것으로 축조했다. 그들에게 여자 동성애자는 "성도착자"(invert)에 불과했다(Knopp, 1988: 29). 『고독의 우물』에 나오는 남자 같은 여성인 스티브 고든은 이러한 여성 "성도착자"에 대한 엘리스의 버전을 확인시켜 주었다. 1928년 래드클리프 홀의 재판과 함께 "남자 같은 레즈비언"은 영국에서 여자 동성애자에 대한 부정적인 이미지를 생산했다. 이처럼 엘리스와 프로이트는 가부장제적 권위를 앞세워 여성의 섹슈얼리티에 대한 지속적인 편견을 제공했다. 이들은 여성의 건강을 위해서는 이성애 주의와 결혼, 모성애는 필수적이라고 주장했고 여성의 성적 수동성과 마조히즘은 선천적임을 강조했다(Cramer, 2010: 181).

1962년 비타가 죽자 그녀의 아들은 시싱허스트(Sissinghurst)[3] 꼭대기 방의 거실에서 비밀 노트를 발견한다. 그 비밀 노트는 작가였던 비타가 자신의 레즈비언적 삶에 대해 기록해놓은 것이었다. 그것은 자신이 죽기 전에 열어봐서는 안 되는 금기의 노트였다. 아들은 그녀의 비밀 노트를 읽었다. 그 노트는 일기 형식으로 써 내려갔는데 최초의 날짜는 1920년 7월 23일로 되어 있다. 즉 비타가 28세 때였는데, 이 시점은 큰아들 베네딕트(Benedict)가 태어난 지 6년이 지났고 나이절이 태어난 지는 3년이 지났으며 해럴드 니컬슨(Harold Nicolson)과 결혼한 지는 7년이 지난 뒤였다. 일기의 마지막 날짜는 1921년 3월 28일이다. 그러니까 이것은 비타가 8개월에 걸쳐 쓴 일기 형식의 자서전이다. 이 당시 그녀의 남편은 외교관으로 콘스탄티노플(Constantinople)에 대사로 나가 있었다.

『결혼의 초상』에는 비타의 자서전적 일기만을 포함하는 것이 아니라 어머니의 삶에 대한 아들의 해설도 들어가 있다. 비타의 글이 76쪽을

---

3) 비타와 해럴드는 1930년 이곳으로 입주했다. 이 성은 아름다운 정원으로 유명했다. 비타는 성 전체가 내려다보이는 엘리자베스 탑의 작업실에서 1946~1961년 동안 *Observer* 지에 식물 관련 원예 칼럼을 기고했다(Sackville-West & Raven, 2014: xi-xii).

차지한 데 반해 나이절의 글은 156쪽이나 된다. 비타의 일기가 파트 I과 파트 III을 차지하고, 파트 II, IV, V는 나이절의 보완적 설명과 논평이 자리한다. 따라서『결혼의 초상』은 비타 자신과 다른 여성의 사랑에 관한 묘사와 함께 이에 대한 아들의 해설로 구성되어 있다. 그리고 그것은 한마디로 어머니가 비록 레즈비언으로서의 삶을 살았다 하더라도 아버지와의 관계는 항상 진실했기 때문에 그들의 결혼은 흔들림이 없었다는 것을 강조한다. 그리하여『결혼의 초상』에서 전통적인 결혼은 옹호되고 이성애만이 정상적이며 자연스러운 섹슈얼리티로 정당화된다. 한편 비타의 레즈비언적 사랑은 일시적인 감정에 불과한 것으로 시간이 지나면 사라질 부질없는 것으로 처리된다(Nicolson, 1973: ix). 1920년 7월 23일, 7월 25일, 7월 26일, 8월 1일, 9월 27일, 9월 29일, 10월 5일, 10월 21일, 10월 22일, 10월 26일, 1921년 3월 28일로 진행되는 비타의 일기는 회고 형식으로 그동안 자신에게 벌어졌던 이야기를 들려주는데, 그녀의 고백은 부모와 증조부까지 거슬러 올라갔다가 자신의 결혼 이야기와 두 아들의 출산 등 4대에 걸친 가족 내 이야기들을 모두 포함한다. 그런데 핵심은 자신이 십 대 때부터 여성들을 사랑했다는 것이고, 그들과의 관계가 이성애보다 더 격렬하고 열정적이었다는 것이다. 그러나 비타가 자신의 일기를 끝내 숨겨놓았다는 사실에서 짐작할 수 있듯이 그녀는 바이얼릿 케펠이나 로저먼드 그로스베노르(Rosamund Grosvenor)에 대한 자신의 사랑을 부끄러워했고, 남자와 여자를 둘 다 사랑하는 자신의 정체성에 대해 매우 혼란스러워했다(Rose, 1978: 179).

이러한 정체성의 혼란은 비타가 일기에서 축조하는 여자 동성애자에 관한 초상이 성과학자들이 주장하던 남성성이 우세한 여성이라는 "성도착자"의 고전적인 특징을 갖는 데서 엿보인다. 그녀의 어린 시절은『고독의 우물』에서 스티븐 고든의 그것처럼 그녀는 "위험스러운 일들"을 한 것으로 묘사된다. "나는 나약함을 통제하고 용감해지고자 했으며 남자아이 같아지려고 최대한 노력했다"라고 묘사된다. 그것은 다음과 같이 계속된다.

> 나는 다른 아이들에게 잔인했다는 것을 안다. 왜냐하면 그들의 콧구멍을 퍼티 가루로 틀어막았고 뾰족한 쐐기풀로 남아들을 두들겨 팼던 것을 기억하기 때문이다. 나는 그런 종류의 방식으로 거의 모든 친구를 잃었다. 마침내 지역 아이들 중 아무도 나와 차를 마시러 오지 않았고, 고작 나와 동맹을 맺거나 부하로 처신하는 아이들만 왔다.

> I know I was cruel to other children, because I remember stuffing their nostrils with putty and beating a little boy with stinging-nettles, and I lost nearly all my friends in that kind of way, until none of the local children would come to tea with me except those who had acted as my allies and lieutenants.[4]

그리고 나서 비타는 바이얼릿 이야기로 넘어간다. 그녀는 열두 살 때 열 살인 바이얼릿을 알게 되었다고 고백한다. "친구가 생겼다. 친구 사귀는 데 젬병인 내가 바이얼릿 케펠(후에 트레퓨지스가 됨)을 만나자 금방 우정이 생겼다. 거의 즉각적이었다(정확하게는 두 번째 보았을 때였다)"(21). 그녀는 최초로 우정을 경험한다.

---

4) Nigel Nicolson, *Portrait of a Marriage: Vita Sackville-West & Harold Nicolson* (Chicago: Chicago UP, 1973), p. 5. 앞으로 이 텍스트 인용은 괄호 안에 쪽수만을 표기하기로 한다.

나는 이 모든 부분을 매우 나쁘게, 매우 당혹스럽게, 적고 있다고 느낀다. 매우 어렵다. 왜냐하면 청소년기에 갖는 다소 히스테릭한 우정으로 시작해서 끝났을 것을 내가 너무 진지하게 다루게 될까 봐서이다. 그러나 그 안에는 단순히 건강하지 못한 히스테리아보다 훨씬 더 강렬한 요소가 있다고 나는 주장한다. (23-24)

이어 그녀는 이 감정이 히스테릭한 우정을 넘어서는 여성 사이의 성적 매력임을 인정한다. "솔직해지고 싶다. 나는 남자들이 매력을 주지 못했다고 생각한다. 그들을 그런 식으로 생각해보지 않았다. 여자가 흥미를 불러일으켰다"(29). 비타는 해럴드와의 구애 기간에도 첫 번째 동성애자 파트너였던 로저먼드와의 육체적 관계를 지속한다. 해럴드에 대해서는 다음과 같이 말한다. "당시 나는 해럴드를 사랑하지 않았다. 로저먼드가 있었다. 그러나 나는 친구로서, 동무로서, 그리고 그의 두뇌와 멋진 취향 때문에 그 누구보다도 그를 좋아했다"(30). 해럴드와 결혼했지만 그에게서는 로저먼드에게서 느꼈던 육체적 열정을 느끼지 못했다고 고백한다(39).

비타는 남성적인 특질과 여성적인 특질이 균형 잡힌 양성성을 지향하고 있지 않다. 파트 3에서는 해럴드와의 결혼 이후에도 바이얼릿과 동성애 행각을 벌이는데 비타는 이 모든 것을 기록하는 이유를 "변명"에서 다음과 같이 밝힌다.

나는 이것을 재미 삼아서 쓰고 있는 게 아니라 내가 설명하게 될 아래의 몇 가지 이유 때문에 쓴다. 첫째, 내가 시작할 때 말한 것처럼 나는 완전한 진리를 말하고 싶기 때문이고 둘째, 그런 [동성애적] 관계의 진리에 가득 찬 기록을 알지 못하기 때문이다. 즉 독자의 사악한 취향에 호소하려는 갈망 없이 쓴 글이다. 셋째, 나는 세월이 흐르면서 남녀 간 유사성이 커져서 두 성별이 더욱 가까워져 그러한 [동성애적] 관계가 아주 광범위하게 자연스러운 것으로 간주될 것이며 비록 육체적인 측면에서가 아니라 하더라도 적어도 지적인 측면에서는 그것이 훨씬 더 나은 것으로 이해될 것으로 확신하기 때문이다. (이미 러시아에서는 경우가 그렇다) 그렇다면 나와 같은 사람의 심리는 흥미로움을 불러일으키게 될 것으로 믿으며, 나와 같은 유형의 사람들이 현재의 위선의 체제 하에서 보다 더욱 많이 존재하게 될 것으로 믿는다.

I am not writing this for fun, but for several reasons which I will explain. (1) As I started by saying, because I want to tell the entire truth. (2) Because I know of no truthful record of such a connection—one that is written, I mean, with no desire to appeal to a vicious taste in any possible readers; and (3) because I hold the conviction that as centuries go on, and the sexed become more nearly merged on account of their increasing resemblances, I hold the conviction that such connections will to a very large extent cease to be regarded as merely unnatural, and will be understood far better, at least in their intellectual if not in their physical aspect. (Such is already the case in Russia.) I believe that then the psychology of people like myself will be a matter of interest, and I believe it will be recognized that many more people of my type do exist than under the present-day system of hypocrisy is commonly admitted. (105-06)

비타는 "남녀 간 유사성이 커져서" 자신과 같은 인물이 지적으로 이해되리라고 믿었지만, 동성애자가 느끼는 육체적 매력이 더 이해받게 될 것이라고는 생각하지 않았다. 성과학자들이 관습적인 사회적, 법적, 도덕적 제재를 잘못된 것으로 바라볼 수 있는 길을 열어주었지만, 이처럼 그들이 성적 "도착"에 병리학이라는 레벨을 붙였기 때문에 또 다른 장애를 제공했다(Knopp, 1988: 29-30).

비타는 여자 동성애자를 제시하는 데 있어 성적 "도착"을 병적인 장애로 보는 관점을 벗어나지 못한다. 비타는 로저먼드와 바이얼릿에 대한 자신의 사랑에 대해 가부장제의 배치를 받아들이며, 따라서 그것은 수치스럽고 창피한 감정이 된다. 그리하여 그것은 "나의 변태적인 성격"으로 간주되며, 해럴드와의 "수년간의 결혼"을 통해 헌신이 가능한 "천사 같고 유아 같은" 측면과 대조되는 것으로 "장갑 마차처럼" 해럴드를 "타고 올라갈" 그녀의 "잔인하고 강경하며 야만적인"(34) 측면과 연결된다. 비타는 해럴드와 로저먼드를 향한 사랑을 다음과 같이 두 개의 서로 다른 사랑으로 분류한다.

> [나는] 나의 사랑을 두 개로 분리한다. 변함없고 영원한 최고의 사랑인 해럴드가 있다. 그의 본성에 완전히 밝은 순수만이 있었듯이 해럴드에 대한 나의 사랑에는 완전한 순수만이 있지 다른 것은 없었다. 한편 나의 왜곡된 본성이 있다. 그것은 로저먼드를 사랑하고 짓밟고는 아무런 고통 없이 그녀를 내치고는 돌이킬 수 없이 바이얼릿에게로 가는 것으로 끝났다.

> [I] separate my loves into two halves; Harold, who is unalterable, perennial, and best; there has never been anything but absolute purity in my love for Harold, just as there has never been anything but

absolute bright purity in his nature. And on the other hand stands my
perverted nature, which loved and tyrannized over Rosamund and ended
by deserting her without one heart-pang, and which now is linked
irremediably with Violet. (34)

바이얼릿은 격렬한 사랑의 대상인 비타에 대해 "지킬 박사와 하이드" 같
은 이중적인 성향을 지적한 바 있다. 그녀는 비타에게 다음과 같은 쪽지
를 남겼다. "네 얼굴의 절반 윗부분은 아주 순수하고 진지해서 거의 어린
아이 같다. 그리고 아래 반쪽은 아주 폭군 같고 관능적이고 거의 잔인하
다"(34). 이러한 바이얼릿의 평을 비타는 "직관적인 심리학자"(35)의 것으
로 받아들인다. 그렇지만 이런 평가는 기존의 심리학자들이 동성애자를
변태적으로 보는 평가를 반복하는 것이다. 그녀가 기대하는 최고의 것은
"그러한 인물"과 "그것에서 비롯되는 [동성애적] 관계"에 종지부를 찍는
게 아니라, "단지 불가피한 악으로서 인정"(106)하는 것이다. 3부에서 비
타는 다음과 같이 결론짓는다.

> 따라서 나는 완전히 받아들여지고 있는 이론을 제안하는바 그것은 여성
> 적인 요소와 남성적인 요소가 번갈아 가며 우세한 이중적인 개성의 경
> 우들이 존재한다는 것이다. 나는 이것을 몰개성적이고 과학적인 정신으
> 로 제안한다. . . .
>
> I advance, therefore, the perfectly accepted theory that cases of dual
> personality do exist, in which the feminine and the masculine elements
> alternately and scientific spirit . . . (106)

비타는 가부장제 사회와 가부장제적 정신의학의 바로 면전에서 자신과 같은 인물과 그에 수반되는 "[동성애적] 관계"를 부끄러워한다(35). 크라프트-에빙과 다른 성과학자들이 묘사하듯이 레즈비어니즘은 선천적인 결함일 수 있으며, 프로이트가 제시한바 정지된 발달이 약화한 경우이거나, 혹은 엘리스가 주장하듯이 여성이 자신 안의 남성성을 억압시키지 못한 남성 같은 여성의 형태로서 자연스럽고 정상적인 섹슈얼리티와는 거리가 먼 것임을 비타는 암시한다.

이렇다고 볼 때 비타가 제시하는 동성애는 가부장제의 배치를 그대로 받아들인 것이다. 비타는 쾌락 자체를 추구한다. 그녀에게는 쾌락의 감각만이 중요하고 그것을 좀 더 넓은 경험의 차원으로 확대하지 못한다. 그리하여 동성애 경험이 정체성의 변화를 가져오거나 자아 성장의 동인이 되지 못한다. 그것은 비타가 가부장제 사회체제 내의 동성에 배치를 그대로 받아들이기 때문이다. 여기서는 체제 내에서 쾌락의 증가만이 있을 뿐이며, 가부장제적 체제의 윤리에 비추어 갖게 되는 죄책감과 후회만이 남는다.

3. 여성 간 사랑에 대한 긍정

연대기적이고 사실주의적인 비타의 일기와 달리 울프의 『올랜도』는 판타지를 사용함으로써 가부장제적 젠더 개념으로부터 자유로운 주인공을 제시한다. 울프는 판타지라는 장치를 거침으로써 여성 간 동성애를 시간상 역사의 영역으로 확대하고 동시대라는 시간의 틀 내에서도 국가와 세계라는 공동체의 네트워크로 확대한다. 또한 당대의 젠더 가치인 남성과 여성 자질의 극단적인 대조를 비판하고, 남녀 모두 양성성을 바람직한 것으로 제시함으로써 가부장제 내에 배치된 동성애와는 성격이 다른 동성애를 제시한다. 그것은 주인공에게 인식의 확대와 자아의 해방을 가져다준다. 우선 올랜도의 성전환 장면은 이 소설의 세 번째 장에서 등장한다. 콘스탄티노플의 대사로 지내던 중에 어느 날 올랜도는 깊은 잠에 빠져든다. 그가 혼수상태에 빠진 지 이레째 되는 날 폭동이 발생하지만 그는 계속 잠을 잔다. 다음 날 깨어났을 때 놀랍게도 그는 자신이 여자로 변해 있음을 발견한다. 다음은 그의 성전환 장면이다.

> 그는 몸을 쭉 폈다. 그는 일어났다. 그는 우리 앞에 완전히 벗은 채로 똑바로 섰다. 그리고 트럼펫이 진리! 진리! 진리!, 하고 외쳤을 때 우리는 그가 여자임을 고백하는 것 외에 다른 방도가 없다. 나팔 소리가 희미해지고 올랜도는 홀라당 벗은 채로 서 있었다. 세상이 시작된 이래로 더 매력적으로 보인 인간은 없었다.

> He stretched himself. He rose. He stood upright in complete nakedness before us, and while the trumpets pealed Truth! Truth! Truth! we have no choice left but confess—he was a woman. The sound of the trumpets died away and Orlando stood stark naked. No humna being, since the world began, has ever looked more ravishing.[5]

---

5) Virginia Woolf, *Orlando: A Biography* (Orlando: A Harvest Book, 2006), p. 102. 앞으로 텍스트 인용은 괄호를 사용하여 쪽수만을 기재하도록 한다.

프란츠 카프카(Franz Kafka)의 『변신』(*The Metapmorphosis*, 1915)에서 주인공이 자고 일어나니 벌레로 바뀌어 있듯이 남자이던 올랜도도 자고 일어나니 여자로 변해 있다. 그레고리 잠자(Gregor Samsa)는 벌레로 바뀐 자기 몸에 경악을 금치 못하지만, 올랜도는 자기 몸의 변화를 기꺼이 받아들인다. 잠자의 몸이 벌레로 바뀌지만 여전히 인간으로서 사유하는 것과 마찬가지로 올랜도 역시 남자에서 여자로 바뀌지만 본질적으로 같은 정체성을 지닌 인간이란 점이 강조된다.

> 올랜도는 여자가 되었다. 그것을 부정하기란 불가능하다. 그러나 모든 다른 점에 있어서는 올랜도는 그가 남자였을 때와 정확하게 똑같았다. 성별의 전환은 비록 그것이 그들의 미래를 바꾸었다 하더라도 그들의 정체성을 조금이라도 바꾸어놓지는 못했다.

> Orlando had become a woman—there is no denying it. But in every other respect, Orlando remained precisely as he had been. The change of sex, though it altered their future, did nothing whatever to alter their identity. (102)

울프의 독창성은 남녀의 자질이 극단의 이분법적으로 대조된다는 당대의 가부장적 가치와는 달리 남녀의 자질이 서로 횡단이 가능한 유동적인 것임을 강조한 데 있다. 잠자가 인간으로 되돌아가지 못하고 벌레로서 비극적인 최후를 맞이한다면, 올랜도는 다시 이전의 남자로 돌아가지 못하지만 남자 못지않은 자유를 구가하는 남성-여성이라는 새로운 양성적 존재로서 살아간다. 즉 양성성의 이상을 구현한 인간으로서 산다. 여자가 된 것을 올랜도는 다음과 같이 긍정한다.

> 두 팔을 쭉 펼치면서 . . . 그녀는 하늘에 감사했다. 군마를 타고 화이트
> 홀로 달려가지 않아도 되고 한 인간에게 사형선고를 내리지 않아도 되
> 다니. "여성의 검은 의상인 가난과 무지의 옷을 걸치는 게", 그녀는 생
> 각했다, "나아. 세상의 통치와 훈계는 다른 이들에게 맡기는 게 더 낫지.
> 군인으로서의 야망, 권력에 대한 사랑, 그리고 다른 모든 남성적 욕망은
> 포기하는 게 더 낫다고. 만일 그렇게 해서 인간의 정신에 알려진 가장
> 고매한 기쁨들을 더욱 충만히 누릴 수만 있다면 말이지. 그런 것들로는"
> 그녀는 깊이 감동되었을 때 그녀의 습관이 그러하듯이 큰 소리로 말했
> 다, "명상과 고독, 그리고 사랑이지."

> Stretching her arms out . . . she thanked Heaven that she was not
> prancing down Whitehall on a war-horse, not even sentencing a man to
> death. "Better is it," she thought, "to be clothed with poverty and
> ignorance, which are the dark garments of the female sex; better to
> leave the rule and discipline of the world to others; better to be quit of
> martial ambition, the love of power, and all the other manly desires if
> so one can more fully enjoy the most exalted raptures known to the
> human spirit, which are," she said aloud, as her habit was when deeply
> moved, "contemplation, solitude, love." (119)

올랜도가 자신 안의 남성성을 여성성과 결합하여 마침내 자아 성장과 자
아 해방에 이른다는 것이 이 소설의 요지이며, 그녀는 가부장제 사회에
서 여성으로서 목소리를 낼 줄 아는 작가로 발전한다.

이 소설의 또 다른 판타지적 요소는 올랜도가 36세가 되기까지 342년이 넘는 긴 시간을 살아간다는 것이다. 작가는 올랜도를 17~20세기로 데려간다. 엘리자베스 여왕 시대에는 귀족 남성으로, 17세기 초엽에는 터키의 대사로, 여자로 바뀐 18세기에는 알렉산더 포프(Alexander Pope)와 조너선 스위프트(Jonathan Swift)와 존 드라이든(John Dryden)의 친구로, 19세기에는 결혼해야만 하는 여성으로, 20세기에는 성공한 여성 작가로 올랜도를 묘사한다. 그리하여 40년에 가까운 한 인간의 생애가 3세기 이상에 걸쳐 길게 펼쳐진다. 대저택 놀 하우스(Knole House)에서 벌어지는 색빌(Sackville) 가의 3세기가 넘는 긴 역사가 비타라는 한 사람의 역사로 치환되는 셈인데, 그렇게 봐도 무방하다는 울프 특유의 시간 개념이 작용한다. 즉 색빌웨스트 1세 − 색빌웨스트 2세 − 색빌웨스트 3세 − 비타 색빌웨스트로 이어지는 세대 간 그리고 인물 간의 사실주의적 구분이 실제로는 별 의미가 없다는 것이다. 이러한 비현실적인 시간의 변화로 인해 올랜도는 남성의 삶과 여성의 삶을 충분히 경험할 수 있게 된다. 그리하여 남성성과 여성성은 한 사람 안에서 자연스럽게 결합한 양성적 존재가 창조된다. 소설 속 시간의 세계가 얼마나 비현실적인가는 올랜도 혼자만 300년이 넘는 긴 시간을 살아가는 게 아니고 닉 그린(Nick Green), 해리 대공(Archduke Harry) 등 다른 인물들 역시 그렇게 오래 사는 것으로 제시됨으로써 더욱 그것은 강조된다.

판타지적 요소를 통해 울프는 남자 같은 여자라는 기존의 레즈비언상을 정면으로 동시에 경쾌하게 비판한다. 이 소설은 남자의 몸에 갇힌 여자의 이야기도 아니고 여자의 몸에 갇힌 남자의 이야기도 아니다. 올랜도는 원래 남자였다 30세에 여자로 바뀌어 그 후 줄곧 여자인 채로 남는다. 그러므로 올랜도는 남자이고 여자이다. 『올랜도』는 비타가 로저먼 드와 바이얼릿을 사랑했던 그녀의 "야만적" 측면을 소설의 전반부에서 르네상스기 귀족 청년의 낭만적 감정으로 바꾼다. "수년간의 결혼 세월" 을 가능하게 한 비타의 "천사 같고" "유아 같은"(Nicolson, 1973: 34-35) 여성 적 측면은 소설의 후반부에서 19세기 여성 행동 기준상 모두에게 존경받 으며 마마듀크 본스롭 셸머딘(Marmaduke Bonthrop Shelmerdine)과 결혼하는 빅토리아 조 여성으로 바꾼다(Knopp, 1988: 30).

올랜도는 남자로서 모든 경험을 해본 뒤 여자가 되므로 그녀 안의 남성성은 자연스럽고 정상적인 것이 된다. 울프는 이렇게 비현실적인 성 별의 변화, 시간의 변화라는 판타지를 통해 레즈비언이 변태라는 사회적 편견을 효과적으로 깨뜨린다. 소설에서 올랜도의 양성성의 조건은 크라 프트-에빙과 다른 의학자들이 묘사했던 선천적인 장애도 아니고, 프로이 트가 말한 것처럼 정지된 발달의 비정상적인 경우도 아니다. 그것은 셰 익스피어 극에서 남자로 변장하거나 여자로 변장했을 때의 효과와 마찬 가지로 독자들에게 놀람과 웃음을 선사할 뿐이다. 작가는 올랜도의 성전 환을 처리하는 데 어떻게 한 사람이 남자였다 여자로 변하느냐는 사실성 에 의문을 제기하지 말라고 말한다. 올랜도의 경험이 그녀 자신에게 어 떤 놀람도 고통도 일으키지 않는다는 사실을 안다면 다른 누구도 그것에 대해 고민할 필요가 없다고 주장한다. "그러나 다른 사람들로 하여금 성 별과 성애를 다루게 하자. 우리는 그러한 기이한 주제를 최대한 빨리 그 만두자"(103). 이런 식으로 소설은 "전기"라는 부제가 붙어 있지만 판타지 를 매개로 함으로써 기존의 사실주의적 전기와는 다른 새로운 형식의 전 기를 실험한다.

남자였을 때 올랜도가 사랑했던 사샤(Sasha)－러시아 대사의 딸－는 올랜도가 여자가 된 후에도 기억에서 떠나지 않는다. 사샤가 남자 올랜도의 열정을 지배하는 것만큼이나 여자 올랜도의 열정을 사로잡는다. 여자 올랜도의 기억에 과거의 연인인 사샤가 살아있기 때문이다. 사샤와 사랑에 빠진 올랜도에게 르네상스기의 소년 시절을 제공함으로써 작가는 여자가 된 올랜도 내면의 남성적 성향을 정당화시킨다. 이런 식으로 울프는 여자 올랜도의 남성적 성향을 정상적인 것으로 제시한다.

> 그리고 모든 올랜도의 연인이 여자였기 때문에, 지금, 관습에 적응하는 데 있어 인간 몸의 죄 많은 느림보 성향 탓에 비록 그녀 자신이 여자였지만 여전히 그녀가 사랑한 것은 여자였다. 그리고 만일 동성이라는 의식이 조금이라도 어떤 효과가 있다면, 그것은 그녀가 남자로서 가졌던 그런 감정을 자극하고 진하게 만들어 줄 것이었다.

> And as all Orlando's loves had been women, now, through the culpable laggardry of the human frame to adapt itself to convention, though she herself was a woman, it was still a woman she loved; and if the consciousness of being of the same sex had any effect at all, it was to quicken and deepen those feelings which she had had as a man. (119)

그리하여 여자 올랜도가 여자를 사랑하는 것이 전혀 이상하지 않게 된다. 그것은 즐거운 경험이 된다. 이미 남성의 경험을 한 그녀 안에 남성성이 자리 잡고 있어서 당대의 레즈비언적 사랑이라기보다는 양성적 인간의 자연스러운 감정이 된다. 만일 젠더의 변화, 시간의 변화라는 판타

지적 요소가 없었다면 이러한 효과는 제대로 주어지지 않았을 것이다.

　이제 여자가 된 올랜도는 여성의 의상을 걸칠 뿐 그것이 자기의 모든 정체성을 표현할 수 없다는 것을 알게 된다. 남자로서 올랜도는 여자로 변장할 필요가 없었다. 그러나 여자로서 올랜도는 남자였을 때의 자신의 취향을 버릴 수 없다. 그리하여 이 소설 중 가장 희극적인 4장에서 올랜도는 남자로서 가졌던 경험의 자유와 범위를 되찾기 위해 남장한다. 여기서 복장 도착은 그녀 안의 남성성을 드러내기 위함이지 단순히 남성 흉내 내기가 아니다. 그녀는 까만 벨벳 옷을 골라 입고 귀공자로 변신한다. 남자처럼 런던의 레스터 광장(Leicester Square)을 밤에 혼자 걷는다. 그때 젊은 여인이 올랜도를 유혹한다. 올랜도는 그녀의 안내를 받는다.

> 그녀는 올랜도를 자신의 숙소인 제라드 가의 방으로 안내했다. 그녀가 자기의 팔에 가볍게 그러나 애원하는 자처럼 매달려 있는 것을 느끼는 것은 올랜도 안에 남자에게 어울릴 모든 감정들을 불러일으켰다. 그녀는 남자처럼 보였고 느꼈고 말했다. 그러나 아주 최근에 그녀 자신이 여자였기 때문에 그녀는 그 아가씨의 수줍음, 머뭇거리는 대답들, 걸쇠의 열쇠를 만지작거리는 바로 그것, 그녀의 망토의 주름, 그녀의 손목의 늘어짐은 자기의 남성다움을 만족시키기 위해 모두 가장된 것은 아닌가 하고 생각되었다.

> She led Orlando to the room in Gerrard Street which was her lodging To feel her hanging lightly yet like a suppliant on her arm, roused in Orlando all the feeings which become a man. She looked, she felt, she

talked like one. Yet, having been so lately a woman herself, she
suspected that the girl's timidity and her hesitating answers and the very
fumbling with the key in the latch and the fold of her cloak and the
droop of her wrist were all put on to gratify her masculinity. (158)

욕망이 올랜도를 지배하자 그녀는 넬(Nell)에게 자신이 여성임을 밝힌다.
그러자 넬 또한 자신의 동성애적 욕망을 밝힌다. "전혀 유감스럽지 않아
요. . . . 사실인즉 저는 오늘 밤 남자 손님을 받을 기분이 아니에요"(159).
놀랍게도 올랜도는 넬과 함께 있으면서 시간 가는 줄 모르고 즐거움에
도취한다. 천한 표현으로 넘쳐나는 넬과의 대화는 세련된 표현에 익숙한
올랜도에게 포도주 같은 달콤함을 느끼게 해준다. 넬은 올랜도에게 프루
(Prue)와 키티(Kitty), 로즈(Rose) 등 다른 창녀들을 소개해준다. 이 "불쌍
한"(160) 아가씨들은 올랜도를 자기들 일행에 넣어주고, 지금처럼 살게
된 파란만장한 삶의 이야기들을 들려준다. 여기서 올랜도의 동성애는 예
외적이자 변태적인 것이 아니고 다른 여성들과 자연스러운 교류의 경험
이 된다.

4장에서 창녀들의 등장은 동성애 포르노 소설인 잭 솔(Jack Saul)의
『평지 위 도시들의 죄』(The Sins of the Cities of the Plain; or, The Recollections
of a Mary-Ann, with Short Essays on Sodomy and Tribadism, 1881)를 연상시킨다.
잭 솔의 작품에서 남자 주인공-그는 중산층 출신의 신사로 등장한다-
은 런던 거리를 활보하는데 그때 어린 남창이 그를 유혹한다. 그들은 곧
관계를 맺는다. 그 뒤 남창으로부터 그가 어떻게 현재의 직업을 갖게 되
었는지를 듣는다. 이 남창을 통해 그는 그 직업의 세계와 그의 동료 남창

들을 소개받음으로써 런던 지하의 남자 동성애자들의 삶에 대한 생생한 정보를 접한다.

한편 『올랜도』에서는 1710년대에 올랜도가 남장하고 런던 거리를 활보하며 창녀들에게 접근하는 것으로 나온다. 거기서 올랜도는 포프와 드라이든, 스위프트 같은 남자 지식인들과의 만남에서 그녀가 경험할 수 없었던 그녀만의 자유를 만끽한다. 당대의 문인들인 토마스 애디슨(Thomas Addison)과 새뮤얼 존슨(Samuel Johnson)을 올랜도는 관객의 신분으로 커피하우스에서 만날 수 있었다. 그러나 여성은 적극적인 대화에서 배제되었다. 그곳에서 청중으로 존재하려면 여자들은 남자 지식인의 대화에 동조해야만 했다. 이런 측면에서 울프의 레즈비어니즘은 정치적 전략이기도 하다. 올랜도와 창녀들의 일치감은 울프의 반가부장제와 반이성애중심주의, 그리고 반제국주의를 드러내면서 "그들만의 사회"(a society of their own)라는 여성 간 연대의 가능성을 암시한다(Fernald, 2006: 106-07). 가부장제 사회에서 여성에게 진정한 공감이란 여자들과의 관계에서만 가능하다. 남자와의 관계에서는 종속적일 수밖에 없기 때문이다. 여성 간 연대를 통해서 남성 중심 사회에서 벗어나 그들만의 기관, 학교, 단체를 만들자고 울프는 『3기니』(*Three Guineas*)에서 제안한 바 있다.

섹스의 부재를 암시하는 올랜도와 셸머딘의 '비정상적인' 결혼은 역으로 레즈비어니즘에 대한 가장 강력한 옹호가 될 수 있다. 올랜도는 탐험가 셸머딘을 만나자마자 진정한 영혼의 동반자를 만났다고 확신한다. 셸머딘 역시 양성성을 지닌 인물로 등장한다. 셸머딘은 올랜도가 자신을 너무 잘 이해하는 것을 보고 여자인 게 맞느냐고 묻는다. 올랜도 역시 여느 남성들과 다른 셸머딘에게 남자인 게 맞느냐고 의아해한다. 그리하여 남녀가 만나는데 서로 다른 성으로 상대방을 부르는 이들의 결합은-그녀도 그도 없다-고정된 젠더 역할 및 감수성을 극복한 미래상을 보여준다. 나아가 결혼식 후 각자의 일을 향해 곧장 분리되는 이들의 결혼은 섹스가 배제될 것임이 암시된다.

> 그녀는 결혼했다. 맞다. 그러나 만일 누군가의 남편이 항상 케이프 혼 주변을 항해하고 있었다면 그것은 결혼이었나? 만일 누군가 그를 좋아했다면 그것은 결혼이었나? 만일 누군가 다른 사람들을 좋아했다면 그것은 결혼이었나? 그리고 마지막으로 만일 누군가 세상에서 그 어떤 것보다 시 쓰기를 여전히 원했다면 그것은 결혼이었나? 그녀는 의심이 들었다.

> She was married, true; but if one's husband was always sailing round Cape Horn, was it marriage? If one liked him, was it marriage? If one liked other people, was it marriage? And finally, if one still wished, more than anything in the whole world, to write poetry, was it marriage? She had her doubts. (195)

울프는 레너드 울프와 섹스가 거의 배제된 결혼생활을 했다. 울프에게 이상적인 결혼이란 비타와 해럴드의 관계처럼 존경과 우정과 거리감에 기초하는 것이었다. 이 소설에서 결혼은 울프와 비타 같은 창조적인 여성들을 위한 일종의 사회적 가면으로 제시된다(Moore, 1984: 108-10). 이들에게 결혼은 5장에 나오는 것처럼 "시대정신"(172)에의 굴복을 통해 그들만의 자유로운 공간을 확보해주는 수단이 되어줄 뿐이다.

4. 제국주의에 대한 비판

　이 작품은 레즈비어니즘에 대한 고정관념을 비판하는 데서 시작하여 바람직한 인간상에 대한 고찰로 나아간다. 울프의 탐색은 이 바람직한 인간상을 판타지를 통해 영국의 역사와 연관시킴으로써 제국주의 비판에 이른다. 영국의 역사는 여성뿐 아니라 이민족을 타자화시킨 것이기도 했다. 이 소설이 궁극적으로 지향하는 지점은 인종 간 경계를 허물어 인류는 하나여야 한다는 명제이다. 플롯에 있어 대영제국의 유아기라고 볼 수 있는 르네상스기에 시작되어 그것이 광범위하게 가동되는 18세기 초에 주인공을 여성의 몸으로 변하게 하여, 그녀를 제국주의 역사의 전개로부터 배제하는 전략을 보여준다. 올랜도의 성전환은 "군사주의적, 폭력적, 제국주의적 남성성의 한계를 거부하는 과정을 극화"(윤혜준, 2004: 116)하는 것으로 볼 수 있다. 즉 올랜도는 여성이 됨으로써 영국 역사의 주류에서 비주류로 이동하여 남성적 가치에 기반을 둔 영국의 인종적, 국수주의적 우월성을 비판할 수 있게 된다.

　우선 영국 사회의 외부에 집시와 같은 이민족을 등장시켜서 주류 영국 사회의 가치를 비판한다. 3장에서 집시들은 경쟁과 지배, 물욕과 위계질서를 당연시하는 영국의 지배계급과 대조된다. 소설의 서두부터 올랜도는 자신의 신분과는 맞지 않는 낮은 계급의 사람들과 더 잘 어울리는 성향을 보여주었다. 그리하여 3장에서 여자가 된 올랜도는 평소 동경하던 집시 무리에게로 가 그들과 같이 생활하는데, 거기서 그녀는 영국적인 가치들이 얼마나 부질없고 어리석은 것인지를 깨닫는다. 그전부터 올랜도는 선조들의 타민족에 대한 폭력성을 알고 있었다. 물론 그는 그것에 대해 무비판적이었다. "올랜도의 선조들은 아스포델의 들판과 돌투 성이의 들판과 기이한 강이 흐르는 들판을 말을 타고 달렸고, 다양한 피 부색을 가진 수많은 사람의 머리통을 쳐서 어깨에서 떨어져 나가게 했고 그것들을 가져와 서까래에 대롱거리게 매달았다"(11). 그는 선조들의 무 용담을 다루는 최초의 시인이 되리라 맹세한다. 2장에서는 이민족에 대 한 선조들의 무자비함이 좀 더 구체적으로 언급된다. "(선조들의 이름과 업 적을 낭송하면서) 보리스 경이 전쟁터에서 페이님 족속을 무찔러 살해했으 며, 거웨인 경은 터키인을, 마일즈 경은 폴란드인을, 앤드루 경은 프랭크 족속을, 리처드 경은 오스트리아인을, 조던 경은 프랑스인을, 허버트 경 은 스페인 사람을, 모두 무찔러 죽였노라"라고 그는 말한다(60). 3장에서 여자가 된 후에야 올랜도는 이민족들과 자신을 동일시할 수 있게 된다. 여자가 된 후 그녀는 자발적으로 집시 집단에 들어간다. 자기 집에 침실 이 365개나 되고 그 집을 소유한 지는 400~500년이 되었으며 그녀의 조 상들은 백작이거나 공작이었다는 사실을 자랑하는 올랜도를 보며 집시 들은 그녀를 도저히 이해하지 못한다는 표정을 짓는다. 올랜도의 자랑에 러스텀 엘 사디(Rustum el Sadi)를 비롯한 집시들의 예상 밖 반응에 그녀는 영국 귀족의 어리석음과 부조리를 깨닫는다.

집시의 관점에서 볼 때 공작은 폭리를 탐하는 자이거나 강도일 뿐이라 고 올랜도는 생각했다. 그는 땅과 돈을 중요하지 않으며 침실 하나면 족할 때 365개의 침실을 짓는 것을 탐탁지 않게 여겨 결국 침실은 없는 편이 낫다고 생각하는 사람들에게서 땅과 돈을 강탈한 것이었다. 올랜 도는 자기 조상들이 들판과 집과 명예를 끊임없이 축적해나갔다는 것을 부정할 수 없었다. 그러나 그들 중 누구도 성자이거나 영웅이거나 인류에게 혜택을 준 위대한 인물은 없었다.

Looked at from the gipsy point of view, a Duke, Orlando understood, was nothing but a profiteer or robber who snatched land and money from people who rated these things of little worth, and could think of nothing better to do than to build three hundred and sixty-five bedrooms when one was enough, and none was even better than one. She could not deny that her ancestors had accumulated field after field; house after house; honour after honour; yet had none of them been saints or heroes, or great benefactors of the human race. (109-10)

『댈러웨이 부인』(*Mrs. Dalloway*)에서 국회의원 부인인 댈러웨이 부인의 여성으로서의 외부자적 관점을 통해 영국의 중심부가 해체되듯이, 이 소설 역시 올랜도가 집시의 외부자적 태도를 보임으로써 그녀가 속한 귀족 계급의 모순들이 폭로된다. 영국의 제국주의는 착취와 침탈을 당연시하는 남성적 정복을 국가의 이데올로기로 이상화했지만, 올랜도가 만난 집시들에 따르면 영국의 귀족은 "인류에 큰 은혜를 베푼" 적이 없고 다른 나라의 착취와 수탈에 기생하는 종족일 뿐이다.

올랜도가 사랑했던 사샤나 결혼하게 되는 셸머딘 역시 작가의 제국주의 비판을 공유한다. 영국의 대관식에 참석하기 위해 대사 일행으로 와 있던 사샤는 프랑스어로 말하며 영국 궁정에 대한 혐오감을 처음부터 드러냈고, 올랜도와 함께 궁정을 빠져나가기 일쑤였다. "왜냐하면 공주는 갑자기 발을 동동 구르며 소리치곤 했기 때문이다. '날 데리고 나가줘요, 당신네 영국인 무리가 싫어요.' 여기서 영국인 무리란 영국 궁정 자체를 의미했다. 그녀는 그것을 더 이상 견딜 수 없었다"(32). 셸머딘 역시 영국인이지만 영국 밖을 떠도는 탐험가로 등장한다. 그는 강풍을 무릅쓰고 항상 케이프 혼 주변을 항해하는 것으로 나온다. 그의 활동성은 유난히 강조된다. "돛대가 뚝 하고 부러졌으며 돛은 찢어져 늘어졌다(그녀는 간신히 그로부터 시인을 받아내야만 했다). 가끔 배는 가라앉았고 유일한 생존자로 그는 비스킷을 든 채 뗏목 위에 남겨졌다"(185). 그가 제국주의자들로부터 얼마나 거리가 먼 인물인가는 아래의 "거대한 짐승들"로 비유되는 런던의 부호·권력자들과 그를 비교하면 잘 알 수 있다.

> [영국의] 부와 권력을 지닌 사람들은 조각처럼 모자와 망토를 쓰고 사두마차와 2인승 마차 그리고 대형 사륜마차에 앉아 있었다. 그것은 마치 파크 레인을 가로질러 황금빛 강이 응고되어 금덩어리들로 무리를 이루고 있는 것 같았다. 부인들은 손가락 사이로 카드 상자를 들고 있었다. 신사들은 그들의 무릎 사이로 금칠한 지팡이를 쓰러지지 않게 세웠다. 그녀는 두려움을 느낀 채 거기 응시하고 감탄하며 서 있었다. 한 가지 생각만이 그녀를 괴롭혔다. 그것은 큰 코끼리 혹은 엄청나게 큰 고래를 본 모든 사람에게는 익숙한 생각으로 그것은 곧 힘든 일, 변화, 활동이 분명히 혐오스러운 이들 덩치 큰 자들이 어떻게 그들의 자손을 번식시키는가이다. 위엄 있고, 까딱하지 않는 얼굴들을 바라보면서 아마도 그들의 번식 철은 끝났을 것이라고, 이것이 그 결실이고, 이것이 그 완성이다, 라고 올랜도는 생각했다. 그녀가 지금 바라본 것은 한 시대의 승리였다.

> [The] wealth and power of England, sat, as if sculptured, in hat and cloak, in four-in-hand, victoria and barouche landau. It was as if a

golden river had coagulated and massed itself in golden blocks across Park Lane. The ladies held card-cases between their fingers; the gentlemen balanced gold mounted canes between their knees. She stood there gazing, admiring, awe-struck. One thought only disturbed her, a thought familiar to all who behold great elephants, or whales of an incredible magnitude, and that is how do these leviathans to whom obviously stress, change, and activity are repugnant, propagate their kind? Perhaps, Orlando thought, looking at the stately, still faces, their time of propagation is over; this is the fruit; this is the consummation. What she now behold was the triumph of an age. (212)

위의 장면은 여전히 케이프 혼 주변을 항해하고 있을 남편을 생각하며 올랜도의 눈에 들어온 런던 거리의 묘사이다. 등장하는 부호와 권력가들은 작가의 조롱과 풍자의 대상이 됨이 틀림없다. 이 부분은 『댈러웨이 부인』의 마지막 파티 장면에 등장하는 화석 같은 인물들로 묘사되는, 상상력의 부재를 한껏 보여주는 런던의 상류층 사람들의 모습과 다르지 않다. 캐시 필립스(Kathy J. Phillips)는 『올랜도』 분석에서 의미 있는 정치적 견해를 보여주면서도 셸머딘을 식민지 경영자로 해석하고 올랜도를 영국의 제국주의 확장을 위한 남편의 공모자로 보지만(Phillips, 1994: 199), 울프가 그려내는 셸머딘은 그녀의 남편 레너드 울프와 가깝다. 레너드 울프는 철저한 반제국주의자적 태도를 밝힌 바 있다. "남아프리카나 케냐가 백인 남자의 나라로 영원히 바뀔 수 있다는 생각은 정치적 광기의 꿈이다. 꿈꾸는 자들의 광기는 3세대, 4세대의 자녀들 머리 위에 머물 것이다"(Woolf, 1928: 180-81).

식민지 사람들의 반란 장면을 올랜도 자신이 직접 목격하기도 한다. 올랜도의 성전환 장면 바로 앞에 원주민들의 소요와 터키인들의 폭동 장면이 나온다. 다음은 올랜도가 대사에서 공작으로 작위가 수여되는 날 원주민들의 소요 장면이다.

마침내 놀라운 위엄과 우아함의 제스처로 처음엔 몸을 깊숙이 구부려서 그리고는 자긍심으로 반듯이 세우고는 올랜도는 딸기 잎 모양의 금으로 된 둥근 장식을 받아들었고, 본 사람이 있다면 아무도 잊을 수 없는 제스처로, 그것을 그의 이마 위에 올려놓았다. 이때 최초의 소요가 시작되었다. 일어나지 않았지만 사람들은 기적을 기대했거나—몇몇 사람은 금 소나기가 하늘에서 떨어지리라 예언되었다고 말한다—혹은 이것은 공격 시작을 알리기 위해 정해진 신호였다. 아무도 알지 못하는 듯하다. 그러나 작은 관이 올랜도의 이마 위에 놓이자 큰 함성이 터졌다. 종들이 울리기 시작했다. 예언가들의 거친 외침이 사람들의 외침보다 더 컸다. 많은 터키인이 땅에 납작 엎드렸고 이마를 땅에 댔다. 문이 활짝 열렸다. 원주민들이 연회실로 몰려왔다. 여자들이 비명을 질렀다. 올랜도에 대한 사랑이 죽을 지경이었던 한 귀부인은 촛대를 붙잡고 그것을 땅에 내리쳤다. 만일 에이드리언 스크로프 경과 대영제국의 수병 분대가 등장하지 않았더라면 무슨 일이 벌어졌을지 모를 사람이 없다. 그러나 해군 대장은 나팔이 울리도록 명령을 내렸고 백 명의 수병은 즉각 차려 자세를 취했다. 혼란이 진압되었다. 그리고 현장은 적어도 당분간은 고요했다.

At length, with a gesture of extraordinary majesty and grace, first bowing profoundly, then raising himself proudly erect, Orlando took the golden circlet of strawberry leaves and placed it, with a gesture which none that saw it ever forgot, upon his brow. It was at this point that the first disturbance began. Either the people had expected a miracle — some say a shower of gold was prophesied to fall from the skies — which did not happen, or this was the signal chosen for the attack to begin; no body seems to know; but as the coronet settled on Orlando's brows a great uproar rose. Bells began ringing; the harsh cries of the prophets were heard above the shouts of the people; many Turks fell flat to the ground and touched the earth with their foreheads. A door burst open. The natives pressed into the banqueting rooms. Women shrieked. A certain lady, who was said to be dying for love of Orlando, seized a candelabra and dashed it to the ground. What might not have happened, had it not been for the presence of Sir Adrian Scrope and a squad of British bluejackets, nobody can say. But the Admiral ordered the bugles to be sounded; a hundred bluejackets stood instantly at attention; the disorder was quelled, and quiet, at least for the time being, fell upon the scene. (97)

올랜도가 제국 지배의 중요한 일원이 되는 순간 소란이 일어난 것은 제국과 식민지 사이의 긴장이 언제라도 터질 수 있음을 보여준다는 점에서 중요하다. "한 귀부인은 촛대를 붙잡고 그것을 땅에 내리쳤다"에서 보듯이 영국인이 자랑하는 합리성은 전혀 찾아볼 수 없다. 제독이 지휘한 소란의 진압은 제국의 식민지 진압의 한 전형으로 제시된다. "백 명의 수병은 즉각 차려 자세를 취했다. 혼란이 진압되었다"에서 나타나듯이 부동자세 외에는 어떠한 구체적인 내용도 알 수 없지만, 그 침묵의 간극이 비이성적인 폭력으로 가득 찼을 것임은 충분히 상상할 수 있다. 또한 "적어도 당분간은 고요했다"란 제국의 지배가 겉보기처럼 안정된 것이 아니고, 이 긴장이 언제든 격화되어 폭발할 수 있음을 암시한다.6)

터키는 실제로 해럴드 니컬슨이 1911년 콘스탄티노플의 대사관에서 근무했던 곳이며, 레너드 울프의 지적처럼 제1차 세계대전의 불씨가 되었던 장소이다. 오스만 제국의 약화는 크리미아 전쟁(1853~1856) 동안 영국과 러시아의 탐욕의 무대가 되었고, 유럽 권력층은 대군주로부터 벗어나려는 지역 그룹을 격려하기보다 스스로 전리품을 챙기려고 싸움을 부추겼다. 레너드 울프는 이 도시를 두고 벌인 제국주의적 경쟁을 1차 세계대전을 일으킨 원인 가운데 하나로 보았고 미래의 불안을 가중하는 것을 막기 위해 이 도시의 국제화를 제안하기도 했다(Phillips, 1994: 189). 그렇다고 볼 때 17세기 터키 내 반란의 진압은 오스만 제국의 쇠퇴로 생긴 권력의 공백을 이용하려는 19, 20세기 영국의 제국주의적 욕망을 반영하는 것이다.

이 소설은 이러한 대영제국의 경영을 위해서는 국내에서 여성들에 대한 착취가 불가피하다고 전제한다. 5장에 가면 제1회 세계만국박람회가 열렸던 1851년의 런던이 무대가 되는데, 제국주의가 가장 번성했던 이 기간을 작가는 가장 암울한 시기로 규정한다. 일단은 런던이 구름에 가려 한기와 냉기가 집의 안과 밖을 모두 지배한다고 묘사한다. 그리고 이러한 습기를 막을 수 없는 사람이 예민하다면 자살할 수밖에 없다며 전기 작가 에우세비우스 처브(Eusebius Chubb)를 예로 든다. 특히 울프는 한 여성이

---

6) 1921년 당시 대영제국은 전 세계 인구의 1/4에 해당하는 인구와 지구 육지 면적 1/4에 해당하는 영토를 차지했으나 1차 세계대전과 2차 세계대전을 거치면서 많은 영토가 독립해 나갔다.

15~18명을 출산하는 영국의 다산 정책을 노동력 창출을 위한 국가 정책의 일환으로 분석한다. 그리고 그것을 대영제국의 탄생과 연관 짓는다.

> 평균적인 여성의 삶은 출산의 연속이었다. 그녀는 19세에 결혼하여 서른 살이 될 무렵이면 15명에서 18명의 자녀를 낳았다. 쌍둥이가 많았기 때문이었다. 이렇게 해서 대영제국이 탄생하였다. . . .
>
> The life of the average woman was a succession of childbirths. She married at nineteen and had fifteen or eighteen children by the time she was thirty; for twins abounded. Thus the British Empire came into existence . . . (168)

미셸 푸코(M. Foucault)처럼 울프 역시 이성애중심주의를 국가 이데올로기와 연관 지어 이해했다. 20세기 후반 푸코의 동성애 혐오 사회에 대한 비판의 맹아를 20세기 초 이 작품에서 찾아볼 수 있다. 울프는 자국의 번영만을 우선시했던 영국 문명의 이기심이 빚어낼 전 지구적 위기를 앞서서 보여주었다. 자국민만을 위한 국가경영이 외부로는 제국주의를 낳고 내부로는 여성 착취를 당연시하는 가부장제를 존속시켰다. 울프에게 가부장제와 제국주의 경영은 뗄 수 없는 불가분의 연결고리로 묶여 있었다. 남성과 여성이 이분법적으로 대립하는 둘이 아니고 서로 횡단할 수 있는 하나인 것과 마찬가지로, 영국인과 이민족 역시 어느 한쪽이 우월하거나 열등한 것이 아닌 서로 연결된 하나임을 강조한다. 울프의 문학은 이처럼 이항 대립 항목 사이의 경계를 넘나들면서 분리의 메커니즘을 타파하고 양쪽을 자유롭게 횡단 가능한 것으로 제시한다.

5. 나가기

본 장은 비타의 일기와 울프의『올랜도』를 비교 분석하고자 하는 시도에서 출발했다. 비타의 일기는 당대 남성 지식인들의 영향을 받아서 레즈비어니즘에 대한 부정적 견해를 내면화하여 자신의 레즈비어니즘을 수치스러운 것으로 접근했음을 보여주었다. 한편 울프의『올랜도』에서는 판타지를 사용하여 올랜도 내면의 남성성을 자연스럽고 정상적인 것으로 제시하는 데 성공함으로써 양성적인 올랜도의 레즈비어니즘을 즐거운 경험으로 역전시켰다고 보았다. 나아가 이 소설은 영국 밖의 요소들을 과감하게 끌어들여 인종적 경계를 해체함으로써 영국의 자국민 우월주의와 국가주의, 그리고 제국주의를 비판하고 있음도 지적했다.

사실『올랜도』는 작가에 의해서 가벼운 작품으로 치부되었고 여러 비평가도 그러한 작품으로 간주하는 경향이 있었는데, 본 장에서는 울프의 젠더에 대한 개념이 매우 혁명적이고 그것은 마치 20세기 후반의 해체주의자나 포스트 구조주의자들의 견해와 일맥상통하는, 시대를 앞선 것임을 알 수 있었다. 울프는 젠더와 섹슈얼리티의 개념을 전복시켰을 뿐만 아니라 젠더의 이상으로 양성성을 대안으로 제시했다. 그러니까 울프는 양성성의 가치를 구현하는 주인공을 통해 젠더의 한계를 극복한 인물로 제시했다. 특히 올랜도와 셸머딘의 결혼을 통해 젠더의 고정관념을 극복한 미래의 이상적인 새로운 결혼관을 선보였다. 섹슈얼리티에 있어서도 이성애와 동성애 둘 다를 포함하는 양성애가 섹슈얼리티의 대안임을 시사했다.

다른 울프의 소설처럼 이 소설에는 죽음과 고독, 그리고 인생이란 무엇인가, 그리고 자아의 정체성은 무엇인가 등 실존적인 문제들을 다루고 있지만, 이 작품에서는 여느 작품들과는 달리 생명 예찬으로 가득 차 있고 죽음의 요소는 거의 나타나지 않는다. 가부장제와 제국주의를 공격하고 있지만 파편적일 뿐 찰스 디킨스(Charles Dickens)나 D. H. 로런스(Lawrence)처럼 체제에 대한 전면적인 비판이나 공격을 하진 않는다. 전체적으로 이 소설은 희극이며 뒤죽박죽인 판타지의 세계이다. 오히려 뒤죽박죽의 세계를 자연스럽게 그리는 판타지라는 장치를 통해 당대 금기시되었던 레즈비어니즘이나 제국주의 비판이라는 급진적인 정치사상을 자유자재로 다루었다. 이 작품은 남자와 여자, 남성성과 여성성, 이성애와 동성애, 제국과 식민지 사이의 이분법적 경계를 해체하고 모두가 하나로 통하고 서로 연결되는 수평적인 평화 체제를 지향한다. 전쟁과 폭력을 양산하는 가부장제와 제국주의가 아닌 모두가 평등하고 차별이 없는 유토피아적 세계를 꿈꾼다.

| 인용문헌 |

윤혜준. 「1930년대의 버지니아 울프: 제국과 파시즘의 문제」. 『안과밖』 16 (2004): 107-27.

Cramer, Patricia Morgne. "Virginia Woolf and Sexuality." *The Cambridge Companion to Virginia Woolf*. Ed. Susan Sellers. Cambridge: Cambridge UP, 2010.

Fernald, Anne E. *Feminism and the Reader*. New York: Palgrave Macmillan, 2006.

Foucault, Michel. *The History of Sexuality: An Introduction.* Trans. R. Hurely. Harmondsworth, Middlesex: Penguin, 1987.

Freud, Sigmund. "Some Psychical Consequences of the Anatomical Distinction Between the Sexes." *The Penguin Freud Library*, vols 1-15. Trans. J. Strachey. London: Penguin, 1990~1993.

Knopp, Sherron E. "'If I Saw You Would You Kiss Me?': Sapphism and the Subversiveness of Virginia Woolf's *Orlando.*" *PMLA* 103.1 (1988): 24-34.

Kraft-Ebing, Rihard von. *Psychopathia Sexualis.* Stuttgart: Enke, 1886.

Love, Jean O. "*Orlando* and Its Genesis: Venturing and Experimenting in Art, Love, and Sex." *Virginia Woolf: Revaluation and Continuity.* Ed. Ralph Freedman. Berkeley: U of California P, 1980. 189-218.

Minow-Pinkney, Makiko. *Virginia Woolf and the Problem of the Subject: Feminist Writing in the Major Novels.* Edinburgh: Edinburgh UP, 1987.

Mitchell, Juliet. *Women: The Longest Revolution: Essays on Feminism, Literature and Psychoanalysis.* London: Virago, 1984.

Moore, Madeline. *The Short Season Between Two Silences: The Mystical and the Political in the Novels of Virginia Woolf.* Boston: George Allen & Unwin, 1984.

Nicolson, Nigel. *Portrait of a Marriage.* Chicago: U of Chicago P, 1973.

Phillips, Kathy J. *Virginia Woolf against Empire.* Knoxville: U of Tennessee P, 1994.

Rose, Phyllis. *Woman of Letters: A Life of Virginia Woolf.* New York: Oxford UP, 1978.

Sackville-West, Vita, and Sarah Raven. *Sissinghurst: Vita Sackville-West and the Creation of a Garden.* New York: St. Martin's P, 2014.

Saul, Jack. *Sins of the Cities of the Plain.* Paris: Olympia Press, 2006.

Woolf, Leonard. *Imperialism and Civilization.* New York: Harcourt, 1928.

Woolf, Virginia. *The Diary of Virginia Woolf.* 5 vols. Ed. Anne Oliver Bell and Andrew McNeillie. New York: Harcourt, 1977~1984.

_____. *Orlando: A Biography.* Intro. Maria DiBattisa. Ed. Mark Hussey. Orlando: A Harvest Book, 2006.

_____. *Three Guineas.* Orlando: A Harvest Book, 2006.

6장

『존재의 순간』
자서전과 여성주의 시각

1. 들어가며

본 장에서는 버지니아 울프(Virginia Woolf, 1882~1941)의 자서전 모음
집인 『존재의 순간』(*Moments of Being*)을 페미니즘적 관점에서 살펴보고자
한다. 1907년에 쓴 「회상」("Reminiscences")에서부터 1939~40년에 쓴 「과거
의 스케치」("A Sketch of the Past")에 이르기까지 총 30년 이상 광범위한 기
간에 걸쳐 쓴 자서전들을 그녀가 쓴 소설과 연관 지어보면, 최초의 작품
『출항』(*The Voyage Out*, 1915)을 썼던 무렵부터 마지막 소설 『막간』(*Between
the Acts*, 1941)을 썼던 때를 총망라한다. 『존재의 순간』에서 페미니스트로
서의 울프는 여성의 경험과 특질에 입각한 여성성의 이상이 현대 문명의
문제를 해결할 수 있는 대안이 될 수 있음을 시사하는 것으로 보고자 한
다. 빅토리아 조의 전통적인 사실주의를 답습하던 초기의 모습에서부터

실험적인 모더니스트 작가가 되기까지 빅토리아 조의 "교육받은 남성의 딸"(Woolf, 2006: 16)이라는 여성으로서의 자기 정체성에 따라 가부장제적 성 이데올로기를 해체하는 한편, 억압받는 여성들에게서 삶의 창조적 가능성을 발견한다. 초기의 자서전에서는 다른 여성들과의 동일시를 통해 가부장제 사회의 남성 중심 문화에 대한 대안을 탐색하는 동안 자신은 관찰자에 머무는 태도를 보여준다면, 「과거의 스케치」에서는 본격적인 자아 분석을 통해 점점 폭력으로 치닫는 현대 문명의 문제점을 가부장제와 관련하여 진단하는 것으로 접근하고자 한다.

20세기 초엽에 등장한 모더니즘 문학은 개인의 내면세계에 천착한 나머지 더 넓은 사회에 대한 역사적, 사회학적인 접근에는 도달하지 못했다고 하는 인식이 한때 팽배했었다. 죄르지 루카치(György Lukács)와 베르톨트 브레히트(Bertolt Brecht)의 논쟁에서 부각되었듯이 19세기 리얼리즘 작가의 측면에서 보면, 모더니즘 작가들은 이전의 작가들과는 다르게 백일몽적인 공상에 빠져 객관적인 세계와 적극적인 교류를 제시하지 못한다고 지적했다. 그들이 창조하는 인물이나 상황은 전형성을 지니지 못하고 오히려 지나치게 사적이며 병리적인 측면을 보여주는바, 이러한 모더니즘 문학의 폐해는 극복되고 지양되어야 할 문제로 지적받았다(Jameson, 1977: 11-13).[1] 이런 측면에서 울프의 모더니즘 문학 역시 기교나 형식적인 측면에서 접근되었으며 적극적인 정치적, 사회적 담론의 견지에서 분석된 것은 1970~80년대 들어 페미니즘 비평이 도입되면서부터였다. 이 무렵 방대한 양의 울프의 일기와 서신, 에세이, 회고록 등이 출판

---

1) 프레더릭 제임슨(Frederic Jameson)은 독일 표현주의에 대한 루카치 추종자들의 대대적인 공격이 1937년에 시작되었다고 보았다(Jameson, 1977: 11).

되면서 울프에 대한 새로운 견해들이 생겨났고, 그중의 하나가 페미니즘적 접근이었다. 이러한 비평 경향은 여성 작가로서 울프의 대표성과 상징성에 주목했고, 결국 그녀의 문학 전반을 가부장제 사회에 대한 비판적 저항 담론으로 분석하도록 도와주었다. 이러한 시각은 울프의 '시적' 산문이 단순한 백일몽적인 내적 토로가 아니라 그녀가 살다 간 시대에 대한 강렬한 사회참여의 한 방식임을 보여주는 데 기여했다. 울프에 대한 다양한 페미니즘 논의 가운데 본 장의 요지와 같은 견해를 취하는 1970년대 이후에 발표된 몇몇 비평을 살펴보면 다음과 같다.

필리스 로즈(Phyllis Rose)는 세인트 아이브스(St. Ives)와 켄싱턴(Kensington)에서의 어린 시절과 블룸스버리(Bloomsbury)의 기간을 거쳐 첫 소설『출항』을 쓸 무렵이면 울프는 여성의 세계를 긍정하게 되고, 그녀의 예술의 독특함은 바로 인간의 나약함에 대한 인식에서 비롯되었다고 주장한다. 울프는 여성임으로 해서 자신이 받은 사회적 배제를 받아들였고, 그 불리함과 마찬가지로 이점도 있다는 것을 알고 궁극적으로는 여성으로서 자신의 정체성을 긍정하고 그것과 화해한다고 강조한다(Rose, 1978: 35-42). 또한 루안 매크래컨(LuAnn McCracken)은 울프의 작가적 관심이 어머니로부터의 분리를 중시하던 초기의 작품에서는 그녀 자신이 보이지 않은 상태에서 분리를 시도한다면,「과거의 스케치」에서는 결국 분리가 중요하지 않다는 것을 알고 오히려 자기 자신과 어머니와의 관계에 주목하고 그것을 긍정하기에 이른다고 주장한다. 낸시 초더로(Nancy Chodorow), 에스텔 제리넥(Estelle C. Jelinek), 매들린 무어(Madeline Moore) 같은 남성과 여성의 다름에 천착하는 평자들의 이론을 도입하는 매크래컨은 대니엘 올브라이트(Daniel Albright) 같은 남성중심적인 정전적 비평가들의 분석은 울프에게는 맞지 않다며 그러한 견해들을 경계한다 (McCracken, 1990: 60-72). 마지막으로 나오미 블랙(Naomi Black)은 울프의 페미니즘은 여성과 남성의 유사성에 기반을 둔 리버럴이나 막시스트, 혹은 사회주의자 페미니즘이 아니고 남성과 여성의 차이에 주목하며 여성의 독특한 경험과 특징을 중시하는 "소셜 페미니즘"(Black, 2004: 10)이라고 규정한다. 페미니스트로서 울프의 목표는 사회로부터 남성과 동등한 대접을 받는 것 이상으로 여성의 "문명"을 사회적, 정치적 변화의 기반으로 보아 사회 변화의 주체로서 여성의 능동적 역할을 중시한다는 것이다. 블랙은 논의를 『3기니』(Three Guineas, 1938)에 국한했는데 그녀의 이러한 주장은 울프의 자서전 모음집에도 적용될 수 있다고 본다.

이러한 울프에 대한 기존의 페미니즘 비평의 논의들을 바탕으로 울프의 『존재의 순간』을 고찰해보고자 한다. 진 스쿨킨드(Jeanne Schulkind)가 1976년 편집한 자서전 모음집을 보면 다루어진 기간에 따라 「회상」, 「과거의 스케치」, 「하이드 파크 게이트 22번지」("22 Hyde Park Gate"), 「올드 블룸스버리」("Old Bloomsbury"), 「나는 속물인가?」("Am I a Snob?")의 순서로 나와 있다. 본 장에서는 울프의 페미니즘을 여성으로서 그녀의 정체성 발달과 관련하여 살펴보기 위해 글을 썼던 순서에 맞춰서 논지를 펼쳐나가고자 한다. 그리하여 「회상」, 「하이드 파크 게이트 22번지」(1920), 「올드 블룸스버리」(1922), 「나는 속물인가?」(1936), 「과거의 스케치」 등의 순서로 다루어보고자 한다. 울프가 가부장제 사회에서 억압받는 다른 여성들과의 동일시를 통해 가부장제 사회를 대체할 대안을 탐색하는 초기의 단계에서 그녀 자신은 주로 주변 세계에 대한 관찰자로 남는다면, 「과거의 스케치」에서는 본격적인 자아 분석을 통해 현대 문명의 문제점을 진단한다. 그녀의 페미니즘은 결국 사적인 것과 공적인 것을 연결하며, 여성의 경험과 특질에 입각한 여성성의 가치만이 폭력과 전쟁으로 치닫는 현재의 남성중심적 문명을 바꿀 대안이 됨을 시사한다.

2. 다른 여성들과의 동일시를 통한 대안 탐색

스티븐 가의 자서전 쓰기는 4대에 걸쳐 계속되었다. 1세대에는 제임스 스티븐(Master James Stephen, 1758~1832)이 쓴 『자녀들의 용도를 위한 제임스 스티븐의 회고록』(*The Memoirs of James Stephen by Himself for the Use of His Children*, 1819~1825)이 있고, 2세대에 가면 제임스 스티븐(Sir James Stephen, 1789~1859)이 쓴 「1846년 일기」("Diary, 1846"), 그리고 조지 스티븐(Sir George Stephen, 1794~1879)이 쓴 『노예제도 폐지 회상』(*Anti-Slavery Recollections*, 1854), 『케임브리지의 예수회』(*Jesuit at Cambridge*, 1847), 『고 제임스 스티븐에 대한 회고록』(*A Memoir of the Late James Stephen*, 1875) 등이 있다. 1세대 자서전은 사적인 것으로, 2세대 자서전은 주로 공적인 성격을 지닌 것으로 평가받는다. 3세대에 가면 레슬리 스티븐(Sir Leslie Stephen)이 이러한 자서전 전통을 이어받아 사적인 자서전으로 『모솔리엄 북』(*Sir Leslie Stephen's Mausoleum Book*, 1895~1903)과 『제임스 피츠제임스 스티븐의 삶』(*The Life of Sir James Fitzjames Stephen*, 1895)을, 공적인 자서전으로 『몇 개의 어린 시절의 인상』(*Some Early Impressions*, 1903)을 썼다(Dahl, 1983: 177-79). 스티븐 가 남성들의 자서전 쓰기 전통은 사적이면 여성을 남성의 조력자로 삼는 가부장제적 성 이데올로기를 당연시했으며, 공적이면 남

성들이 구가하는 공적 업적을 찬양하기 위한 것이 대부분이었다. 스티븐 가의 남성들은 19세기에 부상하던 중산층 부르주아 계급의 이익을 대변하던 세력이자 신분이 보장되던 지식인 전문가 출신들로, 비록 그들이 정치적으로는 노예제도 폐지 등 개혁적이고 리버럴한 태도를 보였지만, 영국의 식민지 건설과 노동자 탄압에 앞장서는 등 공고한 지배계급의 질서를 대변했다. 또한 이들은 당시의 "여성 문제"에는 눈감은 채 여성을 공적 영역에서 배제한 철저한 여성 혐오론자들이었다(Marcus, 1981: 69-74).

한편 울프는 이러한 스티븐 가의 남성들에 의한 자서전 전통을 여성인 자신이 계승하되 여성의 관점으로 바꾼다. 그녀가 속한 가족과 계급과 국가가 단지 여성이라는 이유만으로 자신을 아웃사이더로 만들었다는 인식으로 여성의 관점에서 기존의 자서전과는 다른 새로운 서사를 만들어간다. 그녀는 작중의 여성 인물들과 하나가 되며 남성 인물들에 대한 공격을 당연시한다. 그리하여 스티븐 가의 아들들은 아예 작중에서 부재한 경우가 많으며 존재하더라도 종종 비판과 조롱의 대상이 된다. 한편 그들의 희생자였던 가정 내 여성들은 공감의 대상이 된다. 울프의 글쓰기는 이처럼 기존의 남성 자서전 작가들의 시야에서 벗어나 있던 가정 내 중산층 여성들을 주목하고 그들을 자서전의 주인공으로 삼는다.

어린 시절의 집을 빅토리아 조의 하나의 소우주로 묘사하는 첫 자서전 「회상」은 가장 레슬리 스티븐이 왕처럼 통치하는 가부장제적 소왕국에서 여성들이 처한 삶의 어려움을 적나라하게 드러낸다. 알렉스 즈워들링(Alex Zwerdling)의 지적대로 가사노동이 여성들에 의해 전수되는 과정이 실감 나게 묘사된다(Zwerdling, 2003: 175). 줄리아 스티븐(Julia Stephen), 스텔라 덕워스(Stella Duckworth), 버네사(Vanessa) 등 집안의 여성 인물들에 의해 차례로 승계되는 스티븐 가의 가사노동은 여덟 명의 아이를 돌보아야 하고, 성미가 까다로운 가장인 레슬리 스티븐의 비위를 맞추어야 하며, 친척과 친구들 방문 시 이들을 위해 티 테이블을 준비해야 하고, 일곱 명의 하인과 하녀를 관리해야 하는 등 그야말로 엄청난 규모의 양이다. 이러한 '가정의 천사' 역할을 도맡던 줄리아 스티븐이 49세의 나이로 죽자 그녀가 남긴 공간을 26세의 의붓딸인 스텔라가 채운다. 하지만 스텔라도 이내 2년 후에 죽자 이번에는 18세의 버네사가 그 빈자리를 메운다. 이들에게 주어지는 힘겨운 가사노동에 대한 묘사는 줄리아와 스텔라의 이른 죽음이 그들이 해내야 했던 이러한 가정 내 육체적 노동과 무관하지 않음을 보여주며, 이들을 노예처럼 부리는 가장 레슬리 스티븐의 자기중심주의는 제거되어 마땅한 것으로 질타당한다.[2] 이러한 가부장제 체제하에서는 여성은 죽음으로써만 가사노동으로부터 면제받는다. 그들의 노동은 가정 내 다른 여성들에 의해 무한 대체되고 반복될 뿐이다. 이처럼 울프는 남성들을 위해 여성의 희생을 일방적으로 강요하는 빅토리아 조의 가부장제적 성 이데올로기의 부당성을 폭로한다.

울프는 여기서 그치지 않고 여성 인물들에 대한 매우 긍정적인 시각을 보여준다. 21세에 허버트 덕워스(Herbert Duckworth)와 결혼하여 그와 3년을 같이 살고, 남편 사망 뒤 8년을 홀로 살다가 32세에 레슬리 스티븐을 만나 재혼하여 그와 17년을 함께 살았던 어머니의 삶에 대한 울프의 묘사는 일찍 여의었음에도 불구하고 매우 생동감 있고 공감적으로 묘사한다. 「회상」의 첫 번째 주인공으로 등장하는 줄리아 스티븐은 주변

---

2) Virginia Woolf, *Moments of Being* (San Diego: A Harvest Book, 1976), p. 56. 앞으로 이 텍스트 인용은 괄호 안에 쪽수만을 표기하기로 한다.

사람들에게 실제적인 영향력을 끼치는 매우 중요한 인물로 묘사된다. 이 것은 그녀가 죽은 후 서랍에서 발견된 그녀에게 조언과 도움을 청하는 수많은 편지로 입증된다. 그것들은 세인트 아이브스를 떠나던 날 아침 줄리아가 받은 것들로, 런던에 도착하면 그녀가 답장할 것들이었다(38). 두 번째 주인공인 스텔라 역시 지적이지는 않지만 어머니의 삶의 어려움 을 가장 잘 이해할 줄 아는 인물로 등장하며, 어머니의 죽음을 가장 먼저 직감하는 인물로 그려진다. 어머니가 죽은 후 그녀가 아버지의 이기심과 질투에 맞서 잭 힐스(Jack Hills)와의 결혼을 결정하고 마침내 그의 권위에 서 벗어나는 과정은 마치 「회상」 전체의 클라이맥스로 간주될 정도로 매 우 힘들면서도 통쾌한 과정을 통해 이루어진다(48). 세 번째 주인공인 버 네사는 나이는 가장 어리지만 어머니나 스텔라와 달리 아버지의 부당한 강요에 직접 분노를 표출할 줄 아는 인물로 그려지며, 한때는 형부였던 힐스와의 관계에서 관습적으로 금기된 사랑임에도 불구하고 그에 대한 자신의 감정을 주변 사람들에게 숨기지 않고 말하는 대범함을 보여주기 도 한다(56). 이런 식으로 여성 인물들은 단순히 수동적이거나 노예 같은 삶을 살아가는 인물로 그려지지 않고, 그들을 지배하는 남성들 옆에서 오히려 그들보다 더 활기차고 능동적이며 환경을 적극적으로 바꾸는 창 조적인 인물로 그려진다. 그것은 그들이 자신의 내적 욕구와 필요를 충 족시키고자 하는 신여성이면서도 다른 사람과의 관계망을 중시할 줄 아 는 그들만의 공감적 태도 때문이다.

아직 태어나지도 않은 조카—후에 줄리언 벨(Julian Bell)이 된다—에 게 들려주는 이 「회상」은 원래는 그의 엄마인 버네사에 대한 회고록으로 의도하였으나 버네사 이야기는 짧아지고, 이야기는 점점 울프의 어머니인 줄리아, 이복 언니인 스텔라에게로 옮겨갔다 한참 지나서야 다시 버네사로 되돌아오는 구조를 밟는데, 정작 버지니아 스티븐 자신의 이야기는 없다. 이처럼 「회상」은 버지니아 대신 버지니아가 태어나고 레슬리 스티븐이 죽을 때까지 살았던 하이드 파크 게이트 22번지의 가정극을 연기하는 매우 놀랍도록 인상적인 다른 여성 인물들로 대체된다. 그러나 이들에 대한 울프의 묘사는 마치 자신의 분신으로 느껴질 정도로 감정이입이 되어 있다. 울프의 자서전 전략은 위대한 국가적 영웅들로 이루어진 방대한 인명 백과사전을 집필했던 아버지의 전략과는 달리 이렇게 그늘진 존재자들 속으로 직접 침투하여, 그들 자신이 되고 작가 자신은 소멸해버린다. "교육받은 남성들"을 위해 자신을 희생시키는 가정 내 여성들과 하나가 되고자 하는 울프의 동일시는 자신이 여성이기 때문에 가능한 것으로, 그녀는 결국 모든 존재가 서로 연결되어 있다는 인식을 보여준다.

> [버네새를 보려고 할 때 나는 우리들의 삶이 어떻게 패턴 속의 조각들인지를 더욱 분명히 본다. 그리고 하나의 삶을 진실하게 판단하기 위해서 당신은 어떻게 이쪽 면은 압착되어 있고 저쪽 면은 톱니 모양으로 되어 있고 또 세 번째의 것은 확장되어 있는지를, 그리고 진정 그 어떤 것도 홀로 고립되어 있지 않다는 것을 고려해야만 한다. . . .

> When I try to see [Vanessa] I see more distinctly how our lives are pieces in a pattern and to judge one truly you must consider how this side is squeezed and that indented and a third expanded and none are really isolated . . . (30)

이것은 울프 자신이 가부장제 사회의 아웃사이더였기 때문에 얻어진 가능한 인식이다. 그만큼 울프는 다른 여성 인물들과 자신을 동일시하는데, 실제로 버네사를 묘사할 때는 "우리"(56)라는 표현을 통해 중산층 출신의 여성 일반이 서로 공동 운명체임을 부각한다.

에드워드(Edward) 조 시대의 사교적인 세계로 안내하는 「하이드 파크 게이트 22번지」에 가면 늙은 아버지를 대신하여 집안의 가장 노릇을 하는 이복 오빠 조지 덕워스(George Herbert Duckworth)에 대한 분석이 주가 된다. 여동생들을 결혼 시장에 내놓아 관습적인 결혼을 강요하는 조지는 외부 세계에서는 집안의 가장이요 두 여동생의 보호자로 간주되지만, 버지니아의 눈에는 신분 상승을 끊임없이 노리는 속물일 뿐이다. 가부장제 사회의 무비판적인 수호자요 여성의 관습적인 역할을 강요하는 조지는, 결국 그림과 글쓰기를 통해 자신만의 일을 갖고 싶어 하는 신여성인 버네사와 버지니아에게는 공동의 적임이 암시된다. 연 1천 파운드 이상의 소득이 있는(170), 학력으로 치면 이튼(Eton)과 케임브리지(Cambridge) 출신인, 오빠 조지의 통제를 받으며 살아가야만 하는 버네사의 삶의 어려움을 울프는 다음과 같이 자신을 포함하여 복수로 묘사한다. "다루기 힘든 사나운 고래와 함께 한 어항에 갇힌 불운한 송사리들이라고 우리는 느꼈다"(169). 조지와의 긴 투쟁에서 결국 버네사가 승리한다. 그녀는 사교계에 나서기를 거부한 것이다. 울프는 조지가 결코 간파하지 못하는 버네사 안의 그녀만의 강렬한 욕구를 다음과 같이 긍정적으로 제시한다. "목걸이와 에나멜 나비 장식들 밑으로 그림과 테레빈유, 테레빈유와 그림에 대한 열정적인 욕망이 있었다"(171). 이 자서전에서 울프는 언니와 달리 오빠를 따라 사교계에 나서는 데 적극적인데, 이때 그녀의 역할은 작가로서 그 세계를 반영하기 위한 것일 뿐 외부 세계에 대한 그녀 자신의 내적 반응은 다루어지고 있지 않다. 이 점을 게일 그리핀(Gail B. Griffin)은 "그녀의 역할은 여전히 조지 덕워스의 빛나고 사악한 사회적 환경의 관객이자 기록자이며, 그 자신의 사악함이 폭로되는 촉매제이다"(Griffin, 1981: 112)라고 분석한다.

세 번째 자서전인 「올드 블룸스버리」는 울프를 지적인 세계로 안내하는데, 블룸스버리 그룹의 형성과정과 그 안에서 울프 자신의 경험을 소개한다. 1904년 고든 스퀘어(Gordon Square) 46번지로 이사하면서 오빠 토비(Thoby)의 케임브리지 대학 친구들이 몰려들고 이들을 중심으로 목요 모임이 결성된다. 울프는 처음으로 지적이고 추상적인 세계를 접한다. 하이드 파크 게이트가 줄 수 없었던 새로운 분위기에 압도당하고 그러한 세계를 통해 울프는 빅토리아 조의 구습에서 벗어나 더 자유롭고 더 개인주의자적인 세계로 들어간다. 그녀의 선조들이 클래펌 섹트(Clapham Sect)를 통해 한때 사회를 개혁하고자 했던 것처럼 그들은 이러한 토론 모임을 통해 모든 구습으로부터의 해방을 추구한다. 이들과의 만남을 통해 울프는 새로운 자아로의 확장을 경험한다. 특히 성과 결혼에 대해 이제껏 알고 있었던 것과는 달리 이성애만이 유일한 섹슈얼리티가 아닐 수 있다는 것과 부모가 보여준 전통적인 결혼만이 이상적인 결혼이 아닐 수 있다는 것을 깨닫는다. 이러한 점은 그룹 내 남자 동성애자들의 자유분방한 성생활이 그녀에게 영향을 주었다는 것을 의미한다.

그런데 울프는 곧 방향을 전환한다. 그녀는 지적인 남성들과의 대화에서 어느덧 만족할 수 없는 자신을 발견한다. 결국 그녀는 그 세계로부터 더 이상 배울 게 없다고 확신한다. 울프는 당시 썼던 자신의 일기를 소개한다. "나는 분위기를 좋아했다. 그 이상이었던가? 어느 면에서 나는 그 안에서 편안함을 느꼈다. 그러나 왜 지성과 인간성은 그토록 황량해야만 하는가? 가장 똑똑한 사람들의 최고의 노력이 마치 부정적인 결과를 생산해내는 것 같다"(193). 이런 식으로 울프는 이들 지식인 남성들로부터 거리를 두며 여성으로서 자신의 정체성을 긍정한다. 집안의 여성들을 희생시켜서 대학 교육을 받아 지배계급의 수혜를 누리게 될 남성들에게서 그녀는 희망을 보지 못했다. 이들은 개인의 영웅주의에 갇혀 자기밖에 모르는 이기적인 인물로 성장할 수밖에 없다(Marcus, 1981: 84). 울프는 케임브리지에 있는 제임스 스트레이치(James Strachey)의 어둡고 작은 방에서 다음 날이면 레이디 오톨린 모렐(Lady Ottoline Morrell)이 있는 베드퍼드 스퀘어(Bedford Square)로 달려갔다고 술회한다. 그러면서 만일 블룸스버리의 역사가 쓰이게 된다면 반드시 이 여성에게 바치는 장이 부록의 형식으로라도 있어야 한다고 강조한다(199). 울프는 블룸스버리 그룹에 활력을 불어넣은 레이디 오톨린의 역할을 다음과 같이 평가한다. "오톨린은 메두사일 수 있었다. 그러나 수동적인 메두사는 아니었다. 그녀는 사람들을 끌어모으는 훌륭한 재주가 있었다"(200).

〈회고록 클럽〉("Memoir Club")의 마지막 기고문인 「나는 속물인가?」에서 울프는 제목이기도 한 자신이 던진 질문 앞에서 자신은 속물인 것 같다고 고백한다. 이런 점에서 내적 성찰을 보여주는 최초의 자서전일 수 있다. 그리고 자신의 글을 읽고 있는 지식인들에게도 그들은 어떤가 하고 묻는다. 울프는 지식인 집단에서 느끼지 못하는 매력을 한때 귀족들의 세계에서 느꼈다고 술회하면서, 어떻게 이 병에 걸리게 되었는가를 설명한다. 처음에 키티 맥스(Kitty Maxse)를 통해 이 세계에 유혹을 느꼈다면서, 귀족들의 세계는 그녀에게는 마치 다른 사람에 대해 신경 안 쓰고 자기가 하고 싶은 것을 하는, 그리하여 "귀족들은 우리보다 더 자유롭고 더 자연스러우며 더 기이하다"(208)라는 점 때문이었다는 것이다. 그렇지만 울프의 내적 성찰은 여기까지이다. 이야기의 나머지는 시빌 콜팩스(Sibyl Colefax)라는 인물을 통해 귀족 계급이 얼마나 위선과 속물근성으로 가득 차 있고, 텅 비고 하찮은 계급인지를 중심에서부터 낱낱이 폭로하는 것으로 구성된다. 이 자서전은 계급에 대한 울프의 태도를 보여준다. 울프는 여성으로서 자신을 하층민 계급과 동일시했다. 그리고 울프는 예술가인 자신은 노동자라고 말하기도 했다(Marcus, 1988: 107). 아버지와 이복 오빠가 지배하는 세계에서 아웃사이더였기 때문에 그녀는 자신을 그들이 속한 중산층 계급에 포함하지 않았다. 대신 그녀는 자신처럼 가정에서 억압받는 중산층 여성들, 그리고 중산층 남성들에 의해 착취당하는 노동자들 사이에서 자신과의 동질성을 발견했다. 여기서 울프는 귀족 시빌 콜팩스가 대변하는 세계에 대한 비판적인 관찰자가 된다.

　「회상」에서부터 「나는 속물인가?」까지 울프의 서사는 19세기 사실주의 소설 기법에서 크게 벗어나지 않으면서 다만 소재를 여성의 관점에서 바라보았기 때문에, 기존의 남성중심적 자서전에서 다루어졌던 가치들이 전복되고 가부장제적 성 이데올로기는 해체된다. 타인에 대한 지배를 당연시하는 남성들에게서 교육의 부정적인 결과를 보았고, 그들에 의해 억압받는 여성들에게서 오히려 창조적인 삶의 가능성을 발견했다. 다만 울프는 위의 서사에서 자기 자신을 배제하였다. 1920년 결성되었던 〈회고록 클럽〉의 기고문들인 「하이드 파크 게이트 22번지」, 「올드 블룸스버리」, 「나는 속물인가?」의 경우 성격상 공적인 자서전이기 때문에 자

신을 가리고 숨겨야만 했을 수 있다. 「회상」 역시 주요한 독자가 태어나
지도 않은 조카라기보다는 버네사와 클라이브 벨(Clive Bell)이었기 때문
에 자신을 직접적으로 다루는 데 어려움이 있었을 것이다. 「나는 속물인
가?」에서도 울프는 귀족 계급에 대한 비판적인 기록자로 등장했다. 「과
거의 스케치」에 가서야 울프는 자아를 서사에 적극적으로 포함하여 분석
한다. 그리고 자신 안의 요소들을 긍정적으로 드러낸다. 이것은 그녀가
이전 자서전들에서 다른 여성들에게만 보여주었던 보살핌의 윤리를 그
녀 자신에게도 적용함을 의미한다. 여기서 그녀가 도입하는 모더니즘 기
법은 이러한 주제들을 자유자재로 구현하는 데 매우 효과적이다.

3. 자아 분석을 통한 현대 문명의 문제점 제기

「과거의 스케치」에 이르면 울프는 여성으로서나 예술가로서 비약적
으로 성숙해진다. 울프는 이미 58세의 나이에 접어든 인물로, 세인트 아이
브스와 런던에서의 어린 시절을 묘사하는 그녀에게는 이제 아무것도 거리
낄 게 없는 듯하다. 이제 그녀는 어떤 독자도 의식할 필요가 없어진다.
제2차 세계대전이 1939년 9월에 발발했는데, 1939년 4월 18일 자의 일기로
시작되는 이 자서전은 1940년 6월 8일 자의 일기―총 13개의 일기 중 일곱
번째에 해당한다―에 이르면 한참 진행 중인 전쟁을 리얼하게 묘사한다.
실제로 울프의 남편이 유대인이었기 때문에 그녀 역시 영국이 독일에 패
배하면 남편과 함께 자살하기로 결정한 상태였고, 따라서 이 당시 그녀의
심적 부담은 매우 컸다. 이미 그녀의 런던 집이 독일의 공습을 받아 많은

부분이 파손당했고 자서전을 쓰는 동안에도 폭격이 수시로 가해져 오는 등, 상황은 이 자서전을 2차 세계대전의 발발을 현재적 시각에서 보고하는 전쟁 서사로 만들기도 한다. 그러나 전쟁이라는 세계사적 사건 앞에서 울프가 고민했던 문제는 나는 누구인가 하는 것이었다. 아마도 나는 누구인가 하는 문제를 추적하다 보면 어쩌면 현재의 폭력과 전쟁의 원인을 찾아낼 수 있다고 생각했는지도 모른다. 이 자서전은 그동안 드러내지 않았던 나는 누구인가 하는 문제를 가장 깊숙한 곳에서 접근하는 가장 사적인 자서전이다. 동시에 기억을 통해 과거로 거슬러 내려가는 내면으로의 시간여행은 울프로 하여금 가부장제적 영국 사회가 지닌 폭력성과 야만성을 적나라하게 들여다보는 계기가 되어준다. 그러니까 이 자서전은 가장 사적인 것과 전쟁이라는 가장 공적인 문제를 연관시키고 있다. 다음은 1940년 6월 8일 자 자서전에서 현재적 상황을 묘사하는 부분이다.

전투는 위기에 달했다. 매일 밤 독일인들은 영국 상공을 날고 있다. 그것은 매일 점점 더 가까이 우리 집으로 다가온다. 만일 우리가 패배한다면─그러나 우리는 그 문제를 해결했다, 그리고 한 가지 해결책은 분명 자살이다(세 밤 전에 우리 사이에서 그렇게 결정되었다)─책이 나올지 의심스럽다. 그러나 나는 그 침울한 웅덩이에 빠지고 싶지 않아 계속 글을 쓰고 싶다.

The battle is at its crisis; every night the Germans fly over England; it comes closer to this house daily. If we are beaten then─however we solve that problem, and one solution is apparently suicide (so it was decided three nights ago in London among us)─book writing becomes doubtful. But I wish to go on, not to settle down in that dismal puddle. (100)

그리하여 이 자서전은 과거의 울프에게 지금의 울프가 타임머신을 타고 다가가 출구가 없는 딜레마에 빠진 과거의 자신을 구제하는 것이자, 폭력과 전쟁으로 치닫는 작금의 상황에서도 자신을 구제할 수 있는 유일한 대안 역시 글을 쓰는 데 집중하는 것임을 암시한다. 전에는 감히 도전해 보지 않은 주제 즉, 나는 누구인가 하는 어려운 질문을 던짐으로써 작금에 이르러 폭력과 야만으로 치닫는 현대 문명의 근원적인 문제를 가정 내 사적인 것과 연관 지어 진단한다.

「과거의 스케치」는 울프의 내면세계를 지향한다. 따라서 모더니즘 기법의 도입은 이 자서전에서 불가피하다. 울프는 지금의 "나"가 어린 시절의 "나"에 대한 기억을 더듬음으로써 자아 분석을 시도한다. 울프가 방문하는 과거의 지점들은 마르셀 프루스트(Marcel Proust)의 『잃어버린 시간을 찾아서』(*A La Recherche du Temps Perdu*)에서처럼 즐거운 기억만을 떠올리지 않는다. 오히려 아픔과 상처가 있다. 울프는 평생 무신론자였지만 이 자서전은 하나의 기도문처럼 깊은 사색 속에서 과거 어두운 상처의 현장으로 내려간다. 현재의 성숙한 관점에서 어린 울프에게 처한 상황을 설명하고 이해시켜주어서 결국 그 난국으로부터 빠져나오도록 구제하는 것이다. 다음은 울프가 6세 때 런던 집에서 이복 오빠에게 성추행당하는 기억 속의 장면이다.

다이닝 룸 밖에 접시를 세워두는 석판이 있었다. 내가 아주 어렸을 때 제럴드 덕워스는 나를 들어 올려 그곳에 놓았다. 내가 거기 앉자 그는 나의 몸을 더듬기 시작했다. 나는 그의 손이 내 옷으로 들어가는 촉감을 기억할 수 있다. 손은 확고하게 그리고 계속해서 더 낮은 곳으로 내

려갔다. 그가 멈추기를 얼마나 바랐는지 나는 기억한다. 나의 음부에
그의 손이 접근했을 때 내가 어떻게 몸이 굳어지고 비틀거렸는지를 기
억한다. 그러나 그것은 멈추지 않았다. 그의 손은 나의 음부도 더듬거
렸다. 나는 분노하고 혐오했던 것을 기억한다. 그토록 말할 수 없고 복
잡한 감정을 표현할 단어는 무엇인가. 지금도 그 감정을 불러낼 수 있
는 것으로 보아 그것은 강렬했음이 틀림없다. 이것은 몸의 어떤 부분에
대한 어떤 감정은 본능적임이 틀림없다는 것을 보여주는 것 같다. 그
부분은 만져져서는 안 되고 그것을 만지도록 허용하는 것은 어떻게 잘
못된 것인가 하는 점들 말이다.

There was a slab outside the dining room door for standing dishes upon.
Once when I was very small Gerald Duckworth lifted me onto this, and
as I sat there he began to explore my body. I can remember the feel
of his hand going under my clothes; going firmly and steadily lower and
lower. I remember how I hoped that he would stop; how I stiffened and
wriggled as his hand approached my private parts. But it did not stop.
His hand explored my private parts too. I remembered resenting,
disliking it—what is the word for so dumb and mixed a feeling? It must
have been strong, since I still recall it. This seems to show that a feeling
about certain parts of the body; how they must not be touched; how it
is wrong to allow them to be touched; must be instinctive. (69)

이 과거의 장면은 마치 지금 경험하고 있는 것만큼이나 감각적이다. 현
재의 울프가 과거 어린 시절의 울프가 되어보는 것이다. 그때의 감정을
성숙한 지금의 내가 독자들에게 그대로 전달한다. 이것은 고통스러운 기
억임이 틀림없다. 그러나 성숙한 울프의 관점이 있으므로 몰개성적으로

제시될 수 있다. 독자는 어린 울프의 감정을 그대로 공유한다. 이런 부분들을 중시했던 루이스 드살보(Louise DeSalvo)는 「과거의 스케치」에 대해 울프가 "자신의 우울한 역사를 검토하기 시작했고, 개인사에서 그 원인을 찾아내고자 했다"(DeSalvo, 1989: 100)라고 분석한다. 그녀는 제럴드에게 성폭행당했던 1888년부터 아버지가 죽은 1904년까지 한 사람 이상의 이복 오빠에게 성폭행당했는데, 평생 자신을 지배하던 우울의 원인이 바로 가정 내의 성폭력과 관련한다고 폭로하고 있다는 것이다. 그리하여 드살보는 이 자서전의 모든 이미지를 이복 오빠들에 의한 성폭행과 관련시킨다. 가령 그녀가 묘사하는 "목화솜"과 "비존재" 등 심리적 존재의 양상들이 전부 이복 오빠들에 의한 강간의 결과로써 슬픔과 무기력과 우울, 마비의 원인으로 작용하고 있는 것으로 본다(윗글: 105).

그렇지만 이 자서전은 울프가 단지 자신의 어두운 과거를 통해 가부장제적 영국 사회에 대해 폭로만 하는 게 아니다. 그녀는 더 나아가서 그러한 상황에서 절대 좌절하지 않고 자신이 어떻게 글을 쓰게 되었고 어떻게 작가가 되었는지에 초점을 맞춘다. 가부장제 사회의 절망적인 상황에서도 그녀는 자신이 어떻게 성장해 나갔는지를 설명한다. 다시 말해 이 자서전은 역경을 극복한 울프의 정신적 승리의 기록이다. 그녀의 "존재의 순간"은 이 부분을 이해하는 데 있어 중요한 열쇠이다. 제임스 조이스(James Joyce)의 "에피퍼니" 혹은 윌리엄 워즈워스(William Wordsworth)의 "시간의 지점"과도 같이 울프의 "존재의 순간"은 그녀가 과거의 어느 한 시점에 삶의 현장에서 불현듯 어떤 정신적인 각성에 도달한다는 것이다. 그러니까 일종의 신비적인 경험이다. 그런데 그녀의 경우 이 "존재의 순간"(73)은 조이스나 워즈워스와는 달리 여성으로서의 트라우마적인 경험에 의존한다. 그러니까 현재 58세인 울프가 거의 40년 이상을 거슬러 올라가 과거의 어느 지점들에서 경험했던 각성의 순간들은 그녀가 여성으로서 폭력적인 사회에서 겪은 상처나 아픔 등과 관련되는 지점들이라는 것이다.

다른 한편으로 그녀가 써 내려가는 자서전은 폭력과 전쟁이 국가라는 형태로 근접해 들어오는 현재적 상황의 산물이기도 하다. 전쟁 중인 현재 상황에서 그녀는 글쓰기 외에는 아무것도 할 수 없다. 이처럼 아무것도 할 수 없고 미래가 보이지 않는 상황에서 모든 의미는 과거에 집중된다. 이런 경우 과거에 대한 기억의 몇몇 지점에서 갑자기 시간은 정지되고 그 순간이 이미지화되어 정신적 의미를 지닌 순간이 된다. 즉 울프의 "존재의 순간"은 과거에 그녀 자신을 둘러싼 환경의 폭력적이고 억압적 상황을 직감하는 것이자 더 큰 파멸과 재앙을 몰고 올 현재적 상황에서도 그러한 "존재의 순간들"은 지금의 울프에게 중요한 정신적 의미를 지닐 수 있는 것임을 암시한다. 즉 울프는 일찌감치 가부장제적 영국 사회의 폭력성과 야만성을 인식했고, 어린 시절의 그러한 각성의 순간을 다시 떠올림으로써 그녀는 현재적 폭력과 전쟁의 상황을 더욱 잘 이해하게 된다.

울프는 자신이 아주 어렸을 적에 경험한 "존재의 순간들"의 세 가지 예시를 직접 제공한다. 모두 세인트 아이브스에서의 어린 시절과 관련된다. 첫째는 잔디 위에서 오빠 토비와의 주먹싸움 도중 왜 자기가 이렇게 상대방을 때려야만 하느냐며 때리기를 그만두고 토비의 폭력 앞에서 속수무책으로 맞으며 서 있는 것이었다. 둘째는 화단의 꽃을 보며 꽃과 그 꽃이 뿌리내리고 있는 흙이 서로 전체로서 하나를 이룬다는 인식이었다. 즉 꽃은 홀로 존재하는 게 아니고 흙이 있을 때 함께 전체로서 존재한다는 것이다. 셋째는 부모가 알고 지내던 밸피(Valpy)라는 지인이 세인트 아이브스에서 살다 그곳을 떠났는데 어느 날 그가 자살했다는 소식을 부모로부터 엿듣게 되었다. 그날 저녁 혼자 걸으면서 사과나무를 보고는 갑자기 그 자살한 사람과 사과나무가 연관이 있을 거라는 공포를 느껴 도저히 그곳을 지나갈 수 없었다는 것이다(71). 이 세 가지 에피퍼니의 순간은 작가의 해설 없이 제시되는데, 첫 번째 것은 울프가 살아가야 했던 끔찍한 가부장제 사회의 폭력적 현실을 은유하고 있다. 두 번째 것은 그러한 현실에서 그녀가 깨닫게 되는, 잠시 후 본 장에서 다시 설명하게 될, 우리는 결국 하나로 연결되어 있다는 그녀의 삶의 철학과 연관된다. 세 번째 것은 은연중 자신의 암울한 미래에 대한 예감을 갖는 것으로, 개인을 자살로 모는 이러한 폭력적인 현실은 사과나무처럼 일상적일 수 있다는 인식을 통해 약자인 여성에게는 언제고 불어올 불운한 재앙일 수 있음을 예고한다.

여성의 몸이 남성에 의해 유린당하고 식민지화되는 것과 같은 어린 시절의 사건들을 언어로 옮겨 놓음으로써 그녀는 자신이 받았던 충격의 아픔들에서 벗어날 수 있었다고 고백한다. 즉 이 자서전은 무엇보다도 자신을 위한 글이 된다. "지금의 나"는 "그 당시의 나"를 이해와 공감으로 위로하고 포용하는 것이다. 그리고 "그 당시의 나"에 대해 글을 씀으로써 "지금의 나"(75) 역시 현재의 폭력적 상황에 맞서 견디어낼 수 있게 된다. 울프는 작가로서 글쓰기의 의미를 다음과 같이 말한다.

그리하여 나는 충격을 받아들이는 능력이 나를 작가로 만드는 것이라고 계속해서 생각한다. 나는 충격이 나의 경우 당장 그것을 설명하고자 하는 욕망이 뒤따라온다고 용기를 내어 말한다. 나는 타격을 받았다고 느낀다. 그러나 그것은 내가 어려서 생각했던 것처럼 일상적인 삶의 목화솜 뒤에 숨겨진 적으로부터의 단순한 타격이 아니다. 그것은 어떤 질서의 계시이거나 또는 그런 것이 될 것이다. 그것은 외양 이면의 어떤 진정한 것의 표시이다. 내가 그것을 전체로 만드는 것은 단지 그것을 단어들로 옮겨 놓음으로써만 가능하다. 이 전체성은 그것이 나를 해칠 힘을 상실했다는 것을 의미하며, 잘린 부분들을 결합하는 것은 내게 큰 기쁨을 주는데 그것은 아마도 그렇게 함으로써 내가 고통을 제거하기 때문인가 보다. 아마 이것은 내가 알고 있는 가장 강렬한 기쁨이다.

And so I go on to suppose that the shock-receiving capacity is what makes me a writer. I hazard the explanation that a schock is at once in my case followed by the desire to explain it. I feel that I have had a blow; but it is not, as I thought as a child, simply a blow from an enemy hidden behind the cotton wool of daily life; it is or will become a revelation of some order; it is a token of some real thing behind appearances; and I make it real by putting it into words that I make it whole; this wholeness means that it has lost its power to hurt me; it gives me, perhaps because by doing so I take away the pain, a great delight to put the severed parts together. Perhaps this is the strongest pleasure known to me. (72)

다음과 같은 경우 당시 유행하던 심리학의 창시자이자 그리고 그녀 자신이 1939년 1월 직접 방문하기도 했던(DeSalvo, 1989: 128) 프로이트를 떠올리게 하는 부분이다. "나는 심리분석가들이 그들의 환자를 위해 하는 일을 나 자신을 위해 했다고 생각한다"(81). 이런 식으로 그녀는 독일의 공습이 가해져 오는 현재적 상황에서도 계속 글을 쓸 수밖에 없었다. 그것만이 폭력적인 상황에서 그녀를 구원할 수 있는 유일한 방식이기 때문이다. 그녀는 글쓰기를 통해 과거의 자아를 방문하여 충격 속에 빠진 그녀 자신을 구제한다. 독자들 역시 이러한 그녀의 시간여행에 함께한다. 역설적으로 이것은 또한 글쓰기를 통해 가장 낮은 지점의 자기 자신을 세상에 보여줌으로써 폭력적인 인류문명을 구원하기 위한 거대한 프로젝트가 된다. 그녀만의 고통스러운 내적 성찰의 과정을 통해 울프는 인간으로서 가장 어두운 나락으로 떨어지며, 바로 그곳에서 야만적 문명의 구원 가능성을 독자들에게 제시한다.

베스 캐롤 로젠버그(Beth Carole Rosenberg)는 앞서 드살보의 해석에 맞서 이 자서전은 논리정연하게 설명이 가능한 자서전이 아니며, 단지 서로 관련 없는 일련의 사건들로 구성되어 있을 뿐이라고 말한다. 미셸 푸코(Michel Foucault)의 전통적인 역사학자와 계보학자 사이의 차이를 논하며 울프는 후자에 속한다면서, 전통적인 역사학자가 모든 사건을 논리적인 인과관계에 맞아떨어지도록 제시한다면, 울프 같은 계보학자는 어떤 영원하거나 본질적인 진리를 상정하지 않기 때문에 모든 서사가 어떤 객관적인 역사와는 전혀 무관하다고 주장한다(Rosenberg, 1995: 7-8). 그러나 이 자서전은 아무것도 말하지 않는 책이 아니다. 이 책에 나오는 일련의 "존재의 순간들"은 울프를 둘러싼 억압적 환경의 산물이자 그녀의 철학은 그러한 예외적인 상황들에서 얻어진 그녀만의 각성이다. 즉 예외적인 순간들의 나열 자체가 목적이 아니다. 그녀가 자서전에서 제시하는 철학은 첫 번째 일기인 1939년 4월 18일 자의 자서전에 나오는데 (이 자서전은 1940년 11월 15일 자의 마지막 일기로 끝난다) 이것은 그녀의 철학에 견주어 뒤따르는, 그녀가 겪었던 사건들과 삶으로부터 그녀가 받은 인상들을 바라보아야 한다는 점을 전제한다. 다음은 그녀가 도달한 철학이다.

이것으로부터 소위 내가 말하는 철학에 도달한다. 적어도 그것은 나 자신의 일관된 생각이다. 목화솜 너머에 패턴이 있다는 것, 모든 인간인 우리가 이것과 연결되어 있다는 것, 전체 세계가 예술작품이라는 것, 우리는 예술작품의 부분이라는 것, 햄릿 작품이나 베토벤 사중주는 우리가 세상이라고 부르는 이 거대한 덩어리에 대한 진리라는 것. 그러나 거기에는 셰익스피어가 없다, 베토벤도 없다, 확실히 신도 없다. 우리는 단어이고 우리는 음악이며 우리는 사물 그 자체이다. 나는 내가 충격을 받을 때 이것을 느낀다.

From this I reach what I might call a philosophy; at any rate it is a constant idea of mine; that behind the cotton wool is hidden a pattern; that we—I mean all human beings—are connected with this; that the whole world is a work of art; that we are parts of the work of art. Hamlet or a Beethoven quartet is the truth about this vast mass that we call the world. But there is no Shakespeare, no Beethoven; certainly and emphatically there is no God; we are the words; we are the music; we are the thing itself. And I see this when I have a shock. (72)

울프에 의하면 억압과 폭력, 그리고 전쟁이 난무하는 일상적 세계, 즉 그녀의 말로 "목화솜"(72)으로 상징되는 "비존재"(70)의 순간들 너머에 어떤 패턴이 존재한다는 것이다. 그 패턴에서는 모든 인간이 서로 연결되어 있으며 하나의 예술작품처럼 유기적으로 공존한다는 것이다. 이때 각 개인은 자신의 자기중심주의를 버려야만 한다. 이곳에서는 특별한 존재로 군림하는 천재적 남성들인 셰익스피어나 베토벤은 존재하지 않으며 전지전능한 신도 없다. 수직적인 위계질서가 해체되고 모든 존재가 하나의 피조물로서 동등하게 서로 연결되어 존재하는, 즉 삶이 마치 예술의 경지에 도달한 듯 보인다.

이런 의미로 「과거의 스케치」에서 어린 시절 어머니와 맺었던 긴밀한 유대가 긍정되고, 이전 그녀의 글들에서 작가가 되기 위해서는 살해해야만 한다고 강조했던 어머니가 이번에는 확고한 모성의 형태로 극화됨은 우연이 아니다. 무수한 충격의 지점 속에서 울프가 가끔 체험했던 어린 시절의 "황홀"(66)은 그녀의 어머니와 함께했던 때인 것으로 제시된다. 그리고 이제 어머니는 그녀가 잊어야만 하는 누군가가 아닌, 그녀 자신과 어떤 구체적인 관계를 맺었던 긍정적인 존재로 자리 잡는다.

분명히 그녀는 어린 시절이라고 하는 커다란 대성당의 공간 한가운데 있었다. 그녀는 그곳에 처음부터 있었다. 나의 최초 기억은 그녀의 무릎에 관한 것이다. 그녀의 옷 위에 몇 개의 구슬이 부딪는 소리가 내가 그것에 내 볼을 눌렀을 때처럼 다시 들려온다. 그리고 나서 나는 발코니에서 흰 드레싱 가운을 걸쳐 입고 있는 그녀를 본다. 그리고 꽃잎에 자주색별이 달린 시계풀을 본다. 그녀의 목소리는 여전히 작게 나의 귀에 들려온다. 그것은 확고하고 빠르다. 그리고 특히 그녀의 웃음이 끝날 때면 점점 작아졌던 "아 아 아 . . ."라는 세 번의 소리가 들린다. 가끔 나 자신도 웃음을 그런 식으로 끝낸다. 그리고 나는 그녀의 손을 본다. 에이드리언의 손처럼 그것은 끝이 사각형인 손가락을 갖고 있었다.

각 손가락은 허리가 있고 손톱은 바깥쪽으로 넓어졌다. (내 손가락은 모두 같은 크기다. 그리하여 나는 반지를 엄지손가락에 낀다.) 그녀는 세 개의 반지를 가지고 있었다. 다이아몬드 반지, 에메랄드 반지, 오팔 반지. 그녀가 우리를 가르칠 때 오팔 반지가 교재의 종이 위를 가로질러 움직이면 나는 그것의 빛 위에 나의 두 눈을 고정하곤 했다. 그녀가 그것을 내게 남겨주었을 때 나는 기뻤다. (나는 그것을 레너드에게 주었다.)

Certainly there she was, in the very centre of that great Cathedral space which was childhood; there she was from the very first. My first memory is of her lap; the scratch of some beads on her dress comes back to me as I pressed my cheek against it. Then I see her in her white dressing gown on the balcony; and the passion flower with the purple star on its petals. Her voice is still faintly in my ears—decided, quick; and in particular the little drops with which her laugh ended—three diminishing ahs . . . "Ah—ah—ah . . ." I sometimes end a laugh that way myself. And I see her hands, like Adrian's, with the very individual square-tipped fingers, each finger with a waist to it, and the nail broadening out. (My own are the same size all the way, so that I can slip a ring over my thumb.) She had three rings; a diamond ring, an emerald ring, and an opal ring. My eyes used to fix themselves upon the lights in the opal as it moved across the page of the lesson book when she taught us, and I was glad that she left it to me (I gave it to Leonard). (81-82)

이런 식으로 어린 시절 맺었던 모녀간 유대는 긍정된다. 그녀는 자신과는 다른 어머니만의 특징을 본다. 그리고 또한 자신과 닮은 점도 본다. 그러면서 어머니를 있는 그대로 포용한다. 울프는 더 이상 상황들과 다른 인물들로부터 분리되어 홀로 존재하지 않는다. 울프의 보살핌의 윤리는 「과거의 스케치」에서 자신을 포함하여 모든 대상을 향해 확대된다. 그리하여 모든 대상이 관계의 망 속에서 서로 유기적으로 연관된다. 이러한 측면은 여성이 남성과는 달리 분리가 아닌 관계를 통해 발달을 이룬다는 캐롤 길리건(Carol Gilligan)의 여성의 심리발달 이론을 뒷받침하는 것이기도 하다(Gilligan, 1982: 48). 울프는 마지막 이 자서전에서 예술적으로나 여성으로서나 가장 성숙한 경지에 도달한다. 그리하여 울프는 전쟁과 폭력으로 치닫는 현재적 상황에서 여성성의 가치만이 폭력적이고 야만적인 현대 문명을 구원할 수 있다는 가능성을 암시한다.

4. 나가며

본 장에서는 울프의 자서전 모음집인 『존재의 순간』을 페미니즘적 관점에서 고찰했다. 「회상」에서부터 「과거의 스케치」에 이르기까지 광범위한 기간에 걸쳐 쓰인 울프의 자서전들은 시기에 있어 그녀의 최초의 작품 『출항』에서부터 마지막 소설 『막간』을 썼던 때 모두를 망라했다. 이들 자서전에 나타난 페미니스트로서의 울프의 입장은 남성과 여성의 다름에 주목하여, 여성의 경험과 특질에 입각한 여성성의 가치만이 현재의 폭력적인 사회를 치유할 수 있는 대안임을 말하고 있는 것으로 접근했다. 전통적인 사실주의를 답습하던 초기의 모습에서부터 실험적인 모더니스트 작가가 되기까지 빅토리아 조의 아웃사이더라는 여성으로서의 자기 정체성에 따라 가부장제적 성 이데올로기를 해체하는 한편, 억압받는 여성들에게서 삶의 가능성을 발견하고 그들을 상황을 바꿀 줄 아는 창조적인 인물들로, 긍정적으로 묘사했다. 초기의 자서전들에서 울프는 종종 자기 자신을 환경의 관찰자로 남게 했다면 「과거의 스케치」에서는 자아를 적극적으로 포함하여 현대 문명의 근원적인 문제점을 진단했다. 울프는 과거 충격의 지점들에서 자신이 체험한 각성을 독자들에게 들려줌으로써 여성성의 가치만이 점점 더 야만적이고 폭력적으로 되어가는 현대 문명을 구원할 유일한 진리일 수 있음을 시사했다.

울프는 1940년 11월 「과거의 스케치」를 미완인 채 끝내고 1941년 3월 끝내 자살한다. 그녀의 죽음을 정신질환으로 보는 평자들도 있다(Hyman, 1983: 202). 그러나 울프를 끝내 죽게 만든 것은 전쟁이었다고 본다. 「과거의 스케치」를 쓰는 동안에도 그녀는 로저 프라이(Roger Fry)의 전기를 완성했고 소설 『막간』도 썼다. 레너드와 자살을 상의하고 난 이후의 시점이었던 1940년 5월 15일에도 그녀는 죽고 싶지 않다고 말했다. "10년은 더 살고 싶다. 그리고 나의 책을 쓰고 싶다"(DeSalvo, 1989: 129 재인용). 그러나 나날이 계속되는 독일의 공습 앞에서 그녀는 영국의 항복이 임박했다고 믿었다. 어려서부터 그래왔듯이 그녀는 자신의 힘으로 자기 몸을 보호할 수 없는 또 다른 상황을 예상했었을 것이다. 당시 레너드와 그녀의 이름은 침공 후 바로 끌려갈 사람들의 명단에 들어가 있었다(Zwerdling, 2003: 289). 그리하여 그녀는 벤야민처럼 죽어야만 했다. 이들은 모두 폭력적인 남성 중심 문명의 희생자이다. 망명 대신 자살을 택한 이들의 주옥같은 글들은 전쟁의 광기 속을 살아가는 오늘날의 우리에게도 시사하는 바가 크다.

| 인용문헌 |

Black, Naomi. *Virginia Woolf as Feminist.* Ithaca: Cornell UP, 2004.

Dahl, Christopher C. "Virginia Woolf's *Moments of Being* and Autobiographical Tradition in the Stephen Family." *Journal of Modern Literature* 10.2 (1983): 175-96.

DeSalvo, Louise. *Virginia Woolf: The Impact of Childhood Sexual Abuse on Her Life and Work.* New York: Ballantine Books, 1989.

Gilligan, Carol, *In a Different Voice: Psychological Theory and Women's Development.* Cambridge: Harvard UP, 1982.

Griffin, Gail B. "Braving the Mirror: Virginia Woolf as Autobiographer." *Biography* 4.2 (1981): 108-18.

Hyman, Virginia. "Reflections in the Looking-Glass: Leslie Stephen and Virginia Woolf." *Journal of Modern Literature* 10.2 (1983): 197-216.

Jameson, Fredric. "Presentation I." *Aesthetics and Politics.* London: Verso, 1977.

Marcus, Jane. *Art & Anger.* Columbus: Ohio State UP, 1988.

_____. "Liberty, Sorority, Misogyny." *The Representation of Women in Fiction.* Ed. Carolyn G. Heilbrun and Margaret R. Higonnet. Baltimore: The Johns Hopkins UP, 1981.

McCracken, LuAnn. "'The synthesis of my being': Autobiography and the Reproduction of Identity in Virginia Woolf." *Tulsa Studies in Women's Literature* 9.1 (1990): 58-78.

Olson, Liesl M. "Virginia Woolf's 'cotton wool of daily life.'" *Journal of Modern Literature* 26.2 (2003): 42-65.

Rose, Phyllis. *Woman of Letters: A Life of Virginia Woolf.* New York: Oxford UP, 1978.

Rosenberg, Beth Carole. "How Should One Write a Memoir? Virginia Woolf's 'A Sketch of the Past.'" *Re: Reading, Re: Writing, Re: Teaching Virginia Woolf.* Ed. Eileen Barrett and Patricia Cramer. New York: Pace UP, 1995.

Schulkind, Jeanne. "Introduction." *Moments of Being.* Ed. Jeanne Schulkind. San Diego: A Harvest Book, 1976.

Woolf, Virginia. *Moments of Being.* San Diego: A Harvest Book, 1976.

_____. *Three Guineas.* Intro. Jane Marcus. A Harvest Book: Penguin, 2006.

Zwerdling, Alex. "Mastering the Memoir: Woolf and the Family Legacy." *Modernism/Modernity* 10.1 (2003): 165-88.

7장

예술론
울프와 와일드 비교

1. 들어가며

　오스카 와일드(Oscar Wilde, 1854~1900)의 성 추문과 잇따른 재판이 1895년에 열렸고 1900년에 그가 타계했을 때 울프의 나이는 각각 13세와 18세였다. 영국과 유럽에서 극작가로서 와일드의 명성은 매우 높았고, 울프가 생전에 그의 이름을 듣지 않기란 불가능했을 것이다. 게다가 울프 자신도 성적 이단자였고, 그녀의 블룸스버리(Bloomsbury) 친구들은 남자 동성애자가 많았으며, 『댈러웨이 부인』(Mrs. Dalloway)에서 암시했듯이 그녀는 와일드를 핍박한 종류의 제도적 위력에 진정으로 적대적이었다. 이 같은 점을 염두에 둔다면 그녀가 그를 문인으로서 온전하게 언급하지 않은 점은 의아스럽다. 어느 기사에서 조지 기싱(George Gissing), 조지 메러디스(George Meredith), 토머스 하디(Thomas Hardy) 등 19세기 남성 작가를 다루기는 했지만, 울프는 와일드를 결코 자세히 취급하지 않았다. 와일드를 공개적으로 논평할 때 그녀는 매우 간략히 언급했고, 그가 단지 군소 작가이고 과거의 기인 명단에 속한다는 점을 분명히 했다. 1926년에 울프는 「로맨스와 90년대」("Romance and the 'Nineties")라는 에세이에서 리처드 르 갈리엔(Richard Le Gallienne, 1866-1947)의 회고록인 『낭만적인 90년대』(*The Romantic 90s*, 1925)를 논하면서 다음과 같이 썼다.

> 르 갈리엔 씨[원문는 적어도 예술과 문학에서 90년대의 중요성을 믿은 열렬한 신봉자이다. 그는 "일반적으로 말하면 현재 우리의 모든 발달은 90년대의 희미하고 과장된 모방에 지나지 않는다. 그 경이로운 10년을 꽉 채운 창의적이고 혁명적인 에너지의 양은 그 다양성에서 거의 당황스러울 정도이다"라고 쓴다. 우리 중 대다수에게 이는 신기한 과장처럼 보인다. [어니스트] 다우슨, 오스카 와일드, 아서 시먼즈, 오브리 비어즐리, 존 데이비슨과 같은 인물들은 그와 같은 통칭을 요구하지 않는 듯하다.

> Mr. Le Gallienne [sic] is a profound believer in the importance, to art and letters at least, of the 'nineties. "Generally speaking, all our present-day developments amount to little more than pale and exaggerated copying of the 'nineties. The amount of creative revolutionary energy packed into that amazing decade is almost bewildering in its variety," he writes. To most of us this will seem a curious over-statement. The figures of Dowson, Oscar Wilde, Arthur Symons, Aubrey Beardsley, and John Davidson scarcely seem to call for such epithets.[1]

1년 뒤, 『뉴욕 헤럴드 트리뷴』(*New York Herald Tribune*) 지에 게재된 평론인 「시, 소설, 미래」("Poetry, Fiction and the Future")에서 울프는 와일드를 다음과 같이 언급했다.

> 비할 데 없는 기쁨을 주지는 않지만 건전한 현대적인 글에는 진솔함과 솔직함이 있다. 오스카 와일드와 월터 페이터를 거치면서 좀 관능적이고 향기로워진 현대 문학은 새뮤얼 버틀러와 버나드 쇼가 열심히 글을 써대고 그 코에 소금을 뿌리기 시작할 때 19세기적 나른함에서 곧장 소생했다.
>
> There is a candour, an honesty in modern writing which is salutary if not supremely delightful. Modern literature, which had grown a little sultry and scented with Oscar Wilde and Walter Pater, revived instantly from her nineteenth century languor when Samuel Butler and Bernard Shaw began to burn their feathers and apply their salts to her nose. (434)

울프는 와일드의 걸작 중 하나인 『진지함의 중요성』(*The Importance of Being Ernest*)에 대해서조차 할 말이 많지 않았던 듯하다. 글로브 극장(Glove Theatre)에서 이 연극의 공연을 관람한 후, 그녀는 일기에서 와일드를 매우 가볍게 다루었다. 그녀는 1940년 1월 19일 자에서 다음과 같이 썼다. "그리고 어젯밤에는 얄팍한 듯한 연극이지만 예술작품인 『진지함의 중요성』

---

1) Virginia Woolf, "Romance and the 'Nineties," *The Essays of Virginia Woolf, Vol. IV, 1925-1928*. Ed. Andrew McNeillie(London: Hogarth P, 1994), pp. 359-60. 앞으로 울프의 에세이 인용은 텍스트 인용 후 괄호 안에 해당 에세이의 쪽수를 기재하도록 한다.

을 보았다. 내 말인즉슨 작품의 거품이 꺼지지 않고 보글거렸다는원뭔
뜻이다."(D, V, 258) 이것이 찬사라면 매우 얄팍한 것임이 틀림없다.

그렇지만 이 같은 사실에도 불구하고 두 작가의 평론을 함께 읽으
면 예술의 성질에 대한 그들의 관점이 매우 유사하며, 그들의 평론에는
문학에 관한 동일한 생각과 관념의 연속성이 있다는 것을 알 수 있다. 문
학사에서 서로 다른 시점에 놓였지만, 두 작가 모두 19세기의 관습적인
사실주의 문학에 반대했다. 와일드는 영국으로 이식된 아일랜드인이었
다. 더구나 그는 결혼했으나 로버트 로스(Robert Ross)와 처음 관계를 맺은
1886년 이래 줄곧 동성애자였다. 따라서 영국 법에 따르면 그는 엄연한
'범죄자'였다. 한편 울프는 여성이라는 이유로 그녀의 오빠들처럼 케임브
리지 대학이나 옥스퍼드 대학에서 교육을 받지 못했고 투표할 권리도 주
어지지 않았던 영국 사회에서 태어났고 자랐다. 비록 울프는 중상류 출
신이었고 아버지는 레슬리 스티븐(Sir Leslie Stephen)이라는 문단의 유력한
인사였지만, 그녀는 "교육받은 남성의 딸"로서 그녀의 지위는 노동자들
의 그것과 별반 다르지 않았다. 게다가 그녀는 아주 빈곤했고, 사회주의
자였으며, 평생 노동당에 헌신했던 유대계 남성과 결혼했다.

두 작가의 이 같은 배경은 이들이 문학에 대해 지녔던 혁명적 사상
들을 더 잘 이해하도록 도울 수 있다. 빅토리아 조 이래 사실주의 문학에
대한 신봉은 그것이 공동체적 삶, 그리고 공동체적 가치를 중시한다는
사실을 전제했다. 따라서 작가들은 자신이 일반 대중을 이끌고 교화할
처지에 놓여 있다고 생각했다. 대중 역시 이들을 위대한 선지자이자 스
승으로 여겼다. 그러나 19세기 말에 이르면 '예술을 위한 예술'을 부르짖
는 일군의 유미주의자가 생겼으며, 와일드는 이 같은 예술가 중에서 말

하자면 제사장의 역할을 맡은 인물이었다. 다른 한편 그가 관련되는 1895년의 재판이 드러냈듯, 이들의 퇴폐적인 문학 운동은 반 퇴폐 집단의 강력한 반대에 맞닥뜨렸으며, 와일드의 패소와 좌절에서 보이듯이 이 반항아들은 저지되어야 했다. 이 점을 고려하면 그의 재판은 예술가의 사회적 지위의 추락을 분명히 보여주는 상징적인 사건이었다. 즉 그는 영국 사회로부터 축출된 것이다. 데이비드 데이체스(David Daiches)가 주장했듯, 그 뒤 1910년대에 가면 "공적 의미의 와해"의 문제와 마주해야 했던 일군의 모더니즘 작가는 다시 한번 공적인 가치에 반대했고, 자신의 영혼과 내적 심리의 세계로 눈을 돌렸다. 울프는 이들 모더니스트 작가 중 대표적인 인물이었다. 그녀는 1895, 1904, 1912년 세 차례에 걸쳐 자살을 시도했으며, 마침내 1941년 성공했다. 이는 그녀의 영혼이 늘 주변과 불화했다는 점을 의미한다.

여하튼 와일드는 세기말에 탁월한 극작가로 알려진 인물이었으며, 울프는 20세기 초의 가장 유명한 모더니즘 소설가 중 하나였다. 그러나 이들은 문학 비평가로서 자신의 역할을 절대 등한시하지 않았으며, 상당수의 평론을 각자 발표했다. 이들은 평론에서 문학과 비평의 이상적 성격에 대한 자신의 사상을 표현하려고 노력했다. 그 결과, 와일드의 유미주의는 그의 『의도』(*Intentions*, 1891)에서 수립되었다. 블룸스버리 그룹의 활발한 일원이던 울프 또한 1910년 12월 이래 영국 사회가 근본적으로 변화 중이라는 것을 알고 있었으며, 에드워드 조 소설가들에 의해 대변되던 사실주의 경향이 새로운 인간 경험의 현실을 제대로 전달하지 못한다고 믿었다. 이것이 모더니즘 소설가로서 그녀의 선언문인 「모던 픽션」("Modern Fiction", 1919)과 「베넷 씨와 브라운 부인」("Mr. Bennett and Mrs.

Brown", 1924) 같은 에세이에서 수립된 내용이었다.

평론가들은 종종 와일드나 울프를 비평가로서 다루어왔으나 이들을 동시에 접근하는 시도는 드물었다.[2] 제인 마커스(Jane Marcus)의 경우 페미니스트로서 울프가 하디, 메러디스, 헨리크 입센(Henrik Ibsen), 그리고 와일드 등의 남성 작가들에게 영향을 받았다고 언급한 적이 있다(Marcus, 1988: 3-19). 그러나 두 작가를 함께 다루지는 않았고, 더욱이 비평가로서의 두 사람을 분석하지는 않았다. 본 장에서는 와일드와 울프의 에세이에 국한하여 분석하고자 하며, 문학 평론가로서 이 두 인물 간의 공통점과 유사점을 드러내고자 한다. 그리하여 19세기 말 유미주의와 20세기 초 모더니즘 간 예술론상의 연속성을 찾고자 하며, 이로써 이 두 작가 간의 몇 가지 긴밀한 연결을 제안하고자 한다.

2. 와일드의 유미주의 이론: '예술을 위한 예술'

와일드의 '예술을 위한 예술' 이론은 예술이 사회나 국가를 위해 존재하지 않는다는 기본 전제로부터 출발한다. 예술은 오로지 그 자체를 위해 존재한다. 이는 도덕, 윤리, 심지어 정치의 모든 구속으로부터 자유로

---

2) 필자는 이 글을 거의 다 끝내고 나서야 마거릿 다이앤 스테츠(Margaret Diane Stetz)의 글 「오스카 와일드와 페미니즘 비평」("Oscar Wilde and Feminist Criticism")을 손에 넣을 수 있었다. 스테츠는 울프는 비록 그 사실을 인정하지 않았지만 와일드의 영향이 상당했던 것이 분명하며, 특히 이들의 문체에는 유사성이 있다고 말하고 있다(Stetz, 2004: 224-45). 스테츠의 이 글은 그때까지 울프와 와일드에 대한 직접적인 발언들이 있는 줄 몰랐기 때문에 필자에게 의미가 있다.

움을 뜻한다. 예술의 목표는 진리가 아니라 아름다움이다. 따라서 와일드에게는 도덕적이거나 부도덕한 책이 있는 것이 아니라 잘 쓴 책이나 못 쓴 책이 있을 뿐이었다. 와일드를 포함해, 피에르 쥘 테오필 고티에(Pierre Jules Théophile Gautier)와 샤를 보들레르(Charles Baudelaire)의 프랑스 상징주의에 영향받은 영국의 퇴폐적 작가들은 빅토리아 조의 사실주의 예술론을 거부했는데, 이들은 예술과 자연의 모방 관계를 믿지 않았기 때문이다. 자연 앞에서 예술가는 또 다른 자연을 창조하는 데 자유로웠으며, 이것과 전자의 유사성은 전혀 신경 쓰지 않았다. 예술가는 자신의 예술로 또 다른 자연을 자유롭게 창조해냈다. 자연은 창조의 출발점을 제공할 뿐이다. 와일드에게는 비평 역시 마찬가지였다. 비평은 비평가가 분석하는 예술작품에 종속되지 않는다. 문학 작품 앞에서 비평가는 작품에 대한 자신의 인상을 기록하고, 비평가로서 그 작품에 대한 자신의 독창적인 분석을 제시할 뿐이다. 여기에서 비평 행위는 본질적으로 창조 행위와 동일하며 비평은 또 다른 예술작품이 된다. 그래서 와일드는 주안점을 비평가, 그다음에 예술가, 그리고 마지막으로 자연에 두었다. 이것이 『의도』의 주요 내용으로, 아래에서 좀 더 자세히 살펴보도록 하겠다.

와일드는 『의도』의 발간 6년 전 이미 550쪽짜리 비평을 발간한 바 있다. 당시 그는 『리뷰』(Reviews) 지의 기자였을 뿐이고 다수의 작가에 관한 평론을 쓸 책임밖에 없었다. 그러나 1891년에 발간된 『의도』는 그의 이전 평론과는 다른 특성을 드러냈다. 여기에서 와일드는 매슈 아널드(Matthew Arnold)가 「현시대 비평의 기능」("The Function of Criticism at the Present Time", 1865)에서 제안한, 어느 대상을 아무런 왜곡 없이 보는 것 즉 "대상을 그 자체로 그것이 진정 있는 그대로 본다"(to see the object as in itself it really is)라는 가설을 부정했다. 아널드는 비평을 "그 자체로서 진정 있는 그대로 대상을 보려는 . . . 노력"으로 정의하며, "세상에 알려지고 생각된 최선의 것을 배우고 퍼뜨리려는 노력"을 비평가의 이상으로 여긴 바 있다. 그의 평론은 객관적이고, 과학적이며, 사실적이고자 했다. 다른 한편 와일드는 상대적이고, 주관적이며, 인상주의적인 새로운 종류의 유미주의적 비평을 제안했다. 그는 "그 자체로서 진정으로 있는 그대로 대상을 보려는 . . . 노력"이라는 아널드의 주장을 뒤집어서 "대상을 그 자체로서 진정 그렇지 않은 대로 보는 것"(to see the object as in itself it really is not)을 비평가의 이상적인 역할로 여겼다. 이로써 와일드는 도덕적인 아널드를 버리고 인상주의자이고 유미주의자였던 월터 페이터(Walter Pater)의 추종자가 되었다. 『르네상스: 미술과 시 연구』(The Renaissance: Studies in Art and Poetry)의 서문에서 페이터는 아널드의 주장을 다음과 같이 바꾸었다.

'그것이 진정 그 자체로서 있는 그대로 대상을 보기'는 그 어떠한 모든 진실한 비평의 목표라고 옳게 진술된 바 있다. 그리고 유미주의적 비평에서 그것이 진정으로 있는 그대로 대상을 보기에서 첫 단계는 그것이 진정으로 있는 그대로 자신만의 인상을 아는 것이고, 이를 구별하여 말하는 것이며, 이를 뚜렷하게 실현하는 것이다.

"To see the object as in itself it really is", has been justly said to be the aim of all true criticism whatever; and in aesthetic criticism the first step seeing one's object as it really is, is to know one's own impression as it really is, to discriminate it, to realize it distinctly. (Ellmann, 1970: xi 재인용)

이렇게 함으로써 페이터는 초점을 기술(記述)의 대상(외부 사물)으로부터 (대상의) 인식자로 옮겼다. 그래서 인식자가 대상을 인식할 때의 내적인 활동이 더 중요해졌다. 결국 페이터는 현실에 다가가는 첫걸음이란 대상에 대한 자신의 인상을 알고 기록하는 것이라는 사실을 역설했다. 와일드가 이 같은 인상주의적 유미주의 이론을 받아들이면서, 그가 제임스 조이스(James Joyce)의 『피네건의 경야』(*Finnegan's Wake*)를 포함하는 20세기 초 모더니즘 문학에 영향을 미쳤을 뿐 아니라 그의 영향이 노스럽 프라이(Northrop Frye)의 원형 비평, 그리고 더 최근에는 자크 데리다(Jacques Derrida)의 해체주의에까지 미쳤다는 평가가 내려지게 된다(Longxi, 1988: 94-95).

와일드의 『의도』에는 네 편의 평론이 실려 있다. 「거짓말의 쇠락」("The Decay of Lying"), 「펜, 연필, 독약」("Pen, Pencil and Poison"), 「예술가로서의 비평가」("The Critic as Artist"), 「가면의 진실」("The Truth of Masks") 등이 그것이다. 와일드가 「거짓말의 쇠락」에서 말하고자 한 것은 예술이 거짓말의 요소를 회복함으로써 그 원래 활력을 회복해야 하며, 예술은 자연을 비추는 거울이 아니라 거짓말이나 가면일 뿐이라는 점이었다. 그는 바깥세상에 대한 있는 그대로의 기술을 미덕으로 본 19세기의 관습적 사실주의가 근본적으로 그릇된 방향으로 나아가던 문학 이론이라고 깎아내렸다. 삶은 무질서하고, 혼란스러우며, 추하다. 오직 예술만이 질서와 조화, 형식을 삶에 부여할 수 있다. 따라서 예술가는 불완전한 자연을 모방하려고 노력하는 대신에 형식과 아름다움에서 자연을 훨씬 능가하는 자신만의 세계를 상상력으로 만들어야 한다고 주장한다. 따라서 그 반대가 아니라, 삶이 예술을 모방하도록 유도되어야 한다. 그는 다음과 같은 발언으로 주된 관심사가 예술과 자연의 모방 관계를 중시함으로써 외부 대상을 복제하던 19세기 사실주의 문학에 반박했다. 그래서 그에게는 문학 작품의 허구적 특성을 회복하여, 문학의 미래를 위해 당대 문학을 바른 방향으로 돌려놓는 데 적기로 보았다. 「거짓말의 쇠락」에서 와일드의 대리인인 비비언(Vivian)은 "소설이라는 구실 아래 따분한 사실"을 제시하는 "현대 소설가"를 조롱한다. 그는 시릴(Cyril)에게 다음과 같이 말한다.

신기하게 상투적이라는 우리 시대 문학 대부분의 특성에 부과될 수 있는 주요 원인 중 하나는 의심할 여지 없이 하나의 예술로서, 과학으로서, 그리고 사회적 즐거움으로서의 거짓말의 쇠락이다.

One of the chief causes that can be assigned for the curiously commonplace character of most of the literature of our age is undoubtedly the decay of Lying as an art, a science, and a social pleasure.[3]

우리 시대의 이 거짓된 이상에서 비롯되는 문학 일반의 손실은 결코 과대평가 될 수 없다. . . . 사실에 대한 우리의 괴물 같은 숭배를 견제하거나 최소한 바꾸기 위해 뭔가 하지 못한다면 예술은 메마를 거고, 아름다움은 이 땅에서 사라질 거다.

The loss that results to literature in general from this false ideal of our time can hardly be overestimated . . . if something cannot be done to

---

3) Oscar Wilde, *Intentions. The Artist as Critic: Critical Writings of Oscar Wilde.* Ed. Richard Ellmann(London: W. H. Allen, 1970), p. 293. 이후 『의도』의 모든 인용은 이 판본을 기준으로 하며, 앞으로는 텍스트 인용 후 괄호 안에 쪽수를 기재하기로 한다.

check, or at least to modify, our monstrous worship of facts, Art will become sterile, and Beauty will pass away from the Land. (294-95)

에세이의 말미에서 비비언은 시릴의 요청으로 새로운 미학의 다섯 가지 원칙을 다음과 같이 정리한다. 1) 예술은 결코 그 자체가 아닌 어떠한 것도 표현하지 않는다. 2) 모든 나쁜 예술은 삶과 자연으로 돌아가며 이들을 이상으로 격상하는 데서 비롯된다. 3) 예술이 삶을 모방하는 것보다 삶이 예술을 훨씬 더 많이 모방한다. 4) 외부 자연 또한 예술을 모방한다. 5) 거짓말, 즉 아름다우며 진실하지 않은 것을 얘기하는 일은 예술의 진정한 목표이다(319-20).

「예술가로서의 비평가」에서 와일드는 비평과 문학 작품의 관계 또한 전복한다. 「거짓말의 쇠락」에서 그는 예술과 자연의 관계를 뒤집었다. 이제 그는 이 에세이에서 예술과 자연의 관계를 비평과 예술작품의 관계에 적용한다. 그는 비평가란 자신의 분석 대상인 문학 작품에 종속되어서는 안 된다고 주장한다. 문학 작품 앞에서 비평가는 자신의 개인적 인상을 기록할 뿐이며, 이들 작품에 대한 자신의 독창적인 분석을 제시할 뿐이다. 여기에서 그의 비평 행위는 그 자체로서 창의적 활동이 되며, 그의 비평은 또 다른 예술작품이 된다. 더구나 예술가가 일단 어떠한 텍스트를 창조하고 나면 그의 통제 밖에 놓인다. 텍스트의 의미는 비평가에게 좌우되는데, 비평가의 반응이 반드시 작가 자신의 의도와 동일한 것은 아니다. 따라서 텍스트의 의미는 상이한 비평가에 따라 무한하게 바뀔 수 있다. 오늘날의 해체주의 이론의 사례에서 우리가 자주 보았듯이 여기에서 텍스트의 모호성, 불확실성, 양가성이 강조된다. 즉 이제 비평이 텍스트 자체보다도 더 중요해진 것이다.

「예술가로서의 비평가」의 첫 번째 주장은 다음과 같이 요약할 수 있다. 비평가의 유일한 목표는 자신만의 인상을 기록하는 것이며, 비평은 그의 영혼의 기록이다. 이 에세이에서 와일드는 자신의 대변인인 길버트(Gilbert)의 입을 통해 19세기의 예술적 모방 이론을 고수하거나 유지하는 어니스트(Ernest)에게 다음과 같이 설명한다.

> [개인적] 인상의 가장 순수한 형태인 최고의 비평은 그 방식에 있어 창작물보다 더 창의적인데 그것은 그 자체 외부의 그 어떤 기준과 가장 덜 관계가 있고, 실제로 그 자체가 존재 이유이며, 그리스인들이 했을 법한 말대로 그 자체로서, 그리고 그 자체에 목적이 있기 때문이다. 이건 분명 결코 모방의 그 어떤 족쇄로도 구속되지 않지.

> [The] highest Criticism, being the purest form of personal impression, is in its way more creative than creation, as it has least reference to any standard external to itself, and is in fact, its own reason for existing, and, as the Greeks would put it, in itself, and to itself, an end. Certainly, it is never trammelled by any shackles of verisimilitude. (365)

비평가에게 예술작품이란 자신만의 새로운 작품에 대한 제안일 뿐인데, 비평은 그것이 비평하는 대상과 반드시 어떤 식으로든 명백하게 비슷할 필요가 없어. 아름다운 형식의 한 가지 특징은 그 안에 우리가 원하는 걸 뭐든 넣을 수 있고, 그 안에서 우리가 보려는 걸 뭐든 볼 수 있다는 점이야. 그리고 창조물에 보편적이고 미학적인 요소를 부여하는 아름다움은 결국 비평가를 창조자로 만들고, 조상(彫像)을 조각하거나 판에 그림을 그리거나 보석을 새긴 사람의 마음속에 없었던 서로 다른 천 가지의 것을 속삭여주지.

To the critic the work of art is simply a suggestion for a new work of his own, that need not necessarily bear any obvious resemblance to the thing it criticises. The one characteristic of a beautiful form is that one can put into it whatever one wishes, and see in it whatever one chooses to see; and the Beauty, that gives to creation its universal and aesthetic element, makes the critic a creator in his turn, and whispers of a thousand different things which were not present in the mind of him who carved the statue or painted the panel or graved the gem. (369)

가령 존 러스킨(John Ruskin)의 『현대 화가』(*Modern Painters*)에서 J. M. 윌리엄 터너(William Turner)의 그림에 대한 러스킨의 비평은 화가의 그림 자체보다도 더 우월할 수 있다. 이는 예술작품이 비평가에게 출발점을 제공할 뿐이고, 비평가는 또 다른 창조 행위를 수행하며 자신이 다루는 예술작품 자체에 국한될 필요가 없기 때문이다. 마찬가지로 『모나리자』(*Mona Lisa*)에 대한 페이터의 비평은 레오나르도 다빈치(Leonardo da Vinci)의 원작과 동일할 필요가 없다. 이 그림에 대한 그의 이론은 원작과 완전히 다른, 그만의 또 다른 창작물이 되기 때문이다.

　이렇듯 와일드는 비평의 창의성을 강조했다. 그에 따르면 비평이란 예술이며 비평가도 예술가이기 때문이다. 비평의 이 같은 창의적 기능과 비교해, 아널드적 비평의 설명적이고 기술적인 기능은 중요성에서 떨어진다. 와일드에게 비평가의 가장 중요한 자질은 더는 공정함, 진정성,

이성 등이 아니다. 이 자질들은 근본적으로 도덕적 특징이며, 그에게는 예술도 비평도 도덕과 윤리와는 무관하기 때문이다. 와일드는 이 같은 속성 대신에 페이터적인 "기질"과 "예민함"이 더 중요하다고 강조한다. 마지막으로 그는 비평가의 이 같은 새로운 역할은 불가피하게 현대의 도덕적, 사회적 가치에 대한 반대와 사회적 고립으로 이어진다고 말한다.

이처럼 『의도』의 주장들은 그가 『리뷰』지 게재 평론에서 제시한 이전의 주장과는 상당히 거리가 있다. 또한 이들 에세이의 형식은 간접적이고, 순환적이며, 때로는 비논리적인 흐름에서 모더니즘적이다. 특히 「거짓말의 쇠락」과 「예술가로서의 비평가」는 희곡과 형식이 유사하다. 두 명의 인물만 등장하고, 문학에 대한 이들의 생각이 서로 반대되며, 이 인물들의 논쟁은 에세이 끝까지 계속된다. 이는 와일드가 문학에 대한 자기 생각을 독자들에게 강요하지 않았다는 점을 의미한다. 대신에 그는 독자들에게 자기 생각을 이해시키려고 노력했다. 그 점에서 『의도』에 수록된 평론들의 형식은 문학적 허구와 매우 유사하며, 거의 예술적 허구로 승화된다. R. J. 그린(Green)은 『의도』 자체의 현대성을 주목하며, 이 작품을 초기 모더니즘 선언서로 볼 수 있다고 제안한 바 있다(Green, 1973: 401). 요약하면 『의도』의 주요 주장은 빅토리아 조의 모방적 문학 이론을 전복함으로써 예술과 비평에 자율성과 독립성을 부여했으며, 그와 동시에 예술가와 비평가에게 각각의 창의적 활동에 자유를 부여했다는 점에서 혁명적이었다.

3. 울프의 모더니즘 예술론

1904년에 어느 무명 작가에 대한 평론으로 등단한 이래, 울프는 1926~1931년에 쓴 1백여 편의 에세이 및 수필 모음인 『일반 독자 1차분』(*The Common Reader, First Series*)과 『일반 독자 2권』(*The Common Reader, Volume II*)을 1925년과 1932년에 각각 발간한 왕성한 비평가였다. 와일드와 마찬가지로 울프는 모방 이론을 믿지 않았다. 그녀는 무엇보다도 텍스트의 진실이 사람에 따라 다를 수 있고, 바깥세상 자체가 아니라 개인이 그것을 어떻게 느끼거나 그것으로부터 어떠한 개인적 인상을 얻을 수 있는지가 중요하다고 믿었다. 따라서 궁극적으로는 주체가 주변의 세상을 어떻게 인식하는지 그것을 보여주는 것이 중요하다고 강조했다. 「모던 픽션」("Modern Fiction", 1919)에서 밝히듯이 울프에게 에드워드 조 소설가들은 삶을 복제할 뿐인 "물질주의자들"이었다. 그러나 그녀는 삶은 "대칭적으로 배열된 일련의 전조등이 아니다"라고 주장하며, "빛나는 광배, 의식의 시작부터 끝까지 우리를 둘러싸는 반투명한 겉싸개[로서의] 삶"이라고 정의했다. 따라서 울프는 소설가의 의무란 "이 변화하는, 미지의, 무한한 정신"을 전달하는 것이라고 믿었다(150). 19세기 말 유미주의자들과 마찬가지로 그녀에게 문학이란 개인적 인상의 기록이었다. 또한 문학은 자기만의 내적 진실성과 일관성을 지니는 아름다운 형식을 취해야 했으며, 미술 작품이나 음악처럼 독자의 마음속에 다양한 감각을 만들어내는 무엇이어야 했다. 와일드의 『의도』가 새로운 종류의 문학을 예고한 모더니즘 선언의 진술이었다면, 「모던 픽션」, 「책을 어떻게 읽어야 하는가?」("How Should One Read a Book?", 1932), 「소설의 단계」("Phases of Fiction",

1929) 등 역시 그러한 와일드의 진술의 구체적인 표현이었다.

와일드의 에세이와 마찬가지로 울프 비평의 핵심적 주장은 에드워드 조 작가들로 대변되는 그릇된 사실주의 경향의 거부였으며, 그녀는 새로 대두하는 조지 조 작가들의 현대적 경향에서 미래의 예술에 대한 희망을 찾았다. 더구나 그녀는 독자들에게 특정한 관점에서 비롯하는 일정한 결론을 강요하지 않았다. 그녀는 대상을 새로운 관점에서 보도록 독자들을 자극했으며, 다양한 관점에서 바라볼 것을 유도했다. 이로써 그녀는 뭐가 진정으로 실체인지 질문하고 탐색하도록 독자들을 촉구했다.

울프는 일반 독자의 관점을 취할 줄 알았으며, 남성 작가들에게서 찾아볼 수 없는 겸손한 태도로 "일반 독자들"을 호명했다. 스스로 번갈아가면서 비평가, 독자, 작가가 되어봄으로써 그녀는 분리된 장르의 위계질서를 깨뜨렸고, 이들 상이한 역할 간의 경계를 자유로이 넘나들면서 다양한 변신을 시도했다. 그녀는 독자들에게 스스로 작가가 되라고 격려했다. 그녀는 「책을 어떻게 읽어야 하는가?」에서 다음과 같이 말했다.

어쩌면 소설가가 하는 일의 요소를 이해하는 가장 빠른 방법은 읽는 것이 아니라 쓰는 것, 말의 위험과 어려움에 대해 자기만의 실험을 하는 것인지도 모른다.

Perhaps the quickest way to understand the elements of what a novelist is doing is not to read, but to write; to make your own experiment with the dangers and difficulties of words. (259)

전문가로서의 권위를 포기하며 일반 독자들과 동등한 지위를 취하는 울프의 이 같은 태도는 그녀의 비평에 사물과 인간 간의 경계를 자유롭게 넘는 유동성을 부여했으며, 심오한 반향, 다양한 목소리, 다층적인 의미의 구축이 특징인 새로운 종류의 평론 형식을 만들어냈다. 같은 에세이에서 그녀는 규칙이나 관습과 전혀 상관없는 창의적 읽기를 강조했다. "결국 책과 관련해 어떤 규칙을 세울 수 있겠는가?" 그녀는 독서를 모든 사람의 개인적인 경험으로 보았으며, 이를 자유와 관련되는 것으로 여겼다. 그녀는 "진정으로 독서에 대해 한 사람이 다른 사람에게 줄 수 있는 유일한 충고란, 충고를 받아들이지 말고, 자신의 본능을 따르며, 자신의 이성을 사용하고, 자신만의 결론에 도달하라는 것이다"(258)라고 말한다. 그녀에 따르면 우리는 작가가 의도한 대로 책을 상상할 의무가 없다. 따라서 우리는 작가로서, 독서를 통해 우리만의 결론에 도달했기 때문이다. 와일드가 「예술가로서의 비평가」에서 주장했듯, 울프에게 모든 독자는 자신만의 창의적 읽기를 통해 창의적 예술가가 될 수 있다. 울프는 자신의 평론집에 '일반 독자'라는 제목을 달았다. 비록 이 용어를 18세기 인물인 새뮤얼 존슨(Samuel Johnson)에게서 빌려왔지만, 그녀 자신은 일반 독자가 자신의 독서에서 창의적일 수 있다고 생각했다. 『일반 독자 2권』에서 그녀는 이 에세이를 목록 중 가장 앞에 놓았다.

「소설의 단계」에서 울프는 다양한 종류의 소설가를 분석한다. 이 비평은 다음의 순서로 여섯 부분으로 이루어진다. 1) "진실을 말하는 자들"(The Truth Tellers), 2) "낭만주의자들"(The Romantics), 3) "인물 팔아먹는 사람들과 희극인들"(The Character-mongers and Comedians), 4) "심리학자들"(The Psychologists), 5) "풍자가들과 환상가들"(The Satirists and Fantastics),

6) "시인들"(The Poets)이 그것이다. 토머스 피콕(Thomas Peacock)과 로런스 스턴(Laurence Sterne) 두 소설가만 다루는 5) "풍자가들과 환상가들"을 제외한 각 부분에서 울프는 세 명의 작가를 다룬다. 이는 그녀가 상이한 영국 작가 17명을 자세히 분석한다는 것을 의미한다. 이 에세이에서 울프의 명시적인 목적은 "특정한 수의 소설을 연달아 다룸으로써 마음에 남은 인상들을 기록"하여 소설 읽기와 관련된 우리의 "관심과 즐거움의 특성"(567)을 탐색하는 것이다. 이 목적 때문에 울프는 비교라는 접근법을 취해, 상이한 서사를 서로 맞붙인다. 파멜라 카우기(Pamela Caughie)가 지적하듯, 여기서 울프는 "작가나 독자의 실제 세계와 허구의 관계보다는 허구를 통해 성립되는 현실의 종류에 관심을 둔다"(Caughie, 1991: 175).

여기서 비평가로서 울프의 태도는 너무나 유연해, 문학에 대해 고정된 생각이 없는 것처럼 보인다. 그녀는 소설의 종류에 따라 상이한 기준을 채택했으며, 이상적인 문학 작품에 대한 그녀의 개념은 아마도 "계획"(또는 형식)과 "삶"이라는 충돌하는 두 세력 사이 어딘가에 있었을 것이다. "두 세력은 한 데 놓이면 서로 싸운다. 가장 완전한 소설가는 하나가 나머지 하나를 향상하도록 두 세력 사이에 균형을 맞출 수 있어야 한다"(101). 중편 소설이 될 수 있을 만큼 긴 이 독창적인 에세이는 그녀가 마치 이 같은 소재를 염두에 둔 채 자기 소설을 쓰듯 집필했다.

울프는 「소설의 예술」("The Art of Fiction", 1927)에서 형식의 문제를 자세히 다룬다. 『소설의 양상』(Aspects of the Novel)에서 E. M. 포스터(Forster)는 삶을 비평가의 기준으로 활용해 메러디스, 하디, 헨리 제임스(Henry James)의 작품을 분석하는데, 비평가로서 한계를 보여준다고 말한다. 제임스가 너무 문학 작품의 형식을 강조한 나머지 소설에서 삶의 요소가 약화하였다고 포스터는 평가했는데, 삶의 잣대로 제임스의 문학 작품의 가치를 폄하하는 것에 울프는 반대했다. 울프는 우리가 문학 작품을 예술적 형식으로써 접근하는 법을 알아야 하며, 형식적 요소에 대한 영국 비평가들의 무지가 소설 비평에 심각한 약점일 수 있다고 경고한다(54-55). 그러나 이 지점에서 우리는 울프가 문학 작품에서 형식만이 중요한 요소라고 생각했다고 보아서는 안 된다. 그녀가 문학 작품에서 형식을 중시했다면 당대 에드워드 조 작품들에는 이 요소가 없었기 때문이다.

따라서 이제 「소설의 해부」("The Anatomy of Fiction", 1919)를 살펴보도록 하자. 여기서 울프는 책의 형식적 요소만 선호하는 클레이턴 해밀턴 (Clayton Hamilton)식의 비평에 반대한다. "그에 의하면 모든 예술작품은 산산조각 낼 수 있으며, 그 조각들은 개구리의 내장과 같이 이름과 번호를 붙이고, 더 세세하게 나누며, 석차를 부여할 수 있다"(138). 퍼시 러벅 (Percy Lubbock)의 『소설의 기술』(The Craft of Fiction, 1921)에 대해 쓰면서, 울프는 또한 『「순간」 및 기타 평론』("The Moment" and Other Essays)에서 러벅을 조롱한다.

> 여기에서 러벅 씨는 책 자체란 그 형식과 동등하다고 우리에게 얘기하며, 그는 감탄할 만한 미묘함과 명료함으로 소설가들이 자신의 책에서 최종적으로 오래 지속되는 구조를 세우는 방법들을 찾아내려고 노력한다.
>
> Here, we have Mr. Lubbock telling us that the book itself is equivalent to its form, and seeking with admirable subtlety and lucidity to trace out those methods by which novelists build up the final enduring structure of their books. (159)

이처럼 비평가로서의 울프의 입장은 종종 카멜레온 같고 변증법적이다. 「모던 픽션」에서조차 그녀는 차라리 우리를 단 하나의 정신으로 국한할 수 있는 "정신주의자들"의 방법의 한계를 지적한다. "우리가 쾌활하지도 못하고 아량 있지도 못한 것은 기법 때문인가. 감수성의 떨림에도 불구하고 자아에 집중하여 그 자신 밖과 너머에 있는 것을 결코 포용하지 못하고 창조하지도 못하는 것이 기법 탓인가?"(151). 같은 방식으로, 그녀가 H. 제임스의 소설의 형식을 칭찬할 때, 그녀가 삶의 요소를 아주 혐오한다는 뜻은 아니다. 가령 그녀가 흠모하는 작가인 「제인 오스틴」("Jane Austen") 에세이에서 울프는 오스틴의 소설은 삶의 요소로 가득 차 있다며 그녀를 칭찬한다. "[오스틴은 거기에 없는 것을 제공하도록 우리를 자극한다. 그녀가 제공하는 것은 일견 사소한 것이지만, 이는 독자의 마음속에서 확장되며, 겉으로는 사소한 장면에 가장 오래 지속되는 형태의 삶을 부여하는 무엇인가로 이루어진다"(138-39).

그렇다면 우리는 울프가 문학 작품의 형식적 요소를 중시할 때, 이상적 형식에 대한 그녀의 개념이 삶 자체로부터 분리되지 않는다는 것을 알 수 있다. 울프와 와일드에게 문학 작품에서 이상적인 형식이라는 개념은 결국 형식과 삶이 서로 분리될 수 없다는 의미에서 그들은 I. A. 리처즈(Richards)보다는 F. R. 리비스(Leavis)에 가깝다고 볼 수 있다. 혹은 울프의 경우 죄르지 루카치(György Lukács)의 "리얼리즘"론을 연상시키기도 한다. 울프는 「예술의 좁은 통로」("The Narrow Bridge of Art", 1927)에서 모던한 정신의 전체 범위를 대변하고 포착할 수 있는 새로운 문학 장르의 특징을 "그것은 산문으로 쓰여 있되 시의 특성들을 많이 지닐 것이다. 그것은 시적 고양을 지녔지만 산문의 일상성을 많이 지니게 될 것이다. 그것은 극적이지만 극은 아니다"(224)라고 정의한 바 있다. 일기에서 울프는 자신의 비평의 전반적인 주제는 "소설"(McNeillie, 1984: xi)이라고 썼다. 다수의 비유, 상징, 은유가 특징인 울프의 에세이들은 20세기의 T. S. 엘리엇(Eliot)이나 리턴 스트레이치(Lytton Strachey)와 같은 동시대 작가들의 글보다는 오히려 19세기 말의 인상주의적 유미주의 비평에 더 가깝다. 그녀는 자신의 에세이에 동시대의 소설들에 대한 개인적 인상들을 기록했으며, 그 기록들은 간접적 심상, 연상, 여담을 통해 허구적 작품에 접근했다. 이들 에세이에 나오는 평론가로서의 그녀의 주장들은 와일드의 비평이 체화한 혁명적 생각들을 발전시킨 것으로 볼 수 있다.

4. 나가며

본 장에서는 와일드와 울프의 유사성에 초점을 맞추면서 이들의 비평을 분석하고 비교했다. 이들은 예술과 자연, 그리고 비평과 문학 작품의 관계를 전복했다. 따라서 이들 범주 간의 위계질서의 순서가 전복되었다. 이 작가들의 비평에는 두 가지 주장이 담겨 있다. 첫 번째는 예술이란 자연을 모방하는 것 이상이며, 예술이란 자연보다 훨씬 우월하다는 것이다. 두 번째는 비평이란 독창적인 예술작품에 대한 기술적 설명 이상이라는 것이다. 오히려 비평은 일종의 창의적 활동이며, 비평가는 예술가와 같다. 비평하면서 비평가는 작가의 의도나 자신이 비평하는 본래의 텍스트와의 유사성에 신경 쓰지 않아도 된다. 비평가는 문학 텍스트 앞에서 전적으로 자유롭다. 마지막으로 문학 비평가로서 두 작가의 공통적 특성은 자신의 평론을 문학적 허구의 장르에 가깝게 만들었다는 점이다. 이들의 비평은 모더니스트로서의 혁명적 생각을 포함했을 뿐 아니라 이 같은 현대적 주장을 매우 모더니즘적인 기법을 통해 독자에게 전달했다.

두 작가는 비평가의 역할이 그 어느 때보다도 더 중요할 수 있게 만들었으며, 텍스트 자체나 작가의 의도가 아니라 텍스트의 의미를 규정하는 독자와 텍스트, 텍스트와 비평가 사이의 상호 작용을 강조했다. 요약하면 와일드와 울프는 예술 본연의 창의적 활력과 허구적 특성을 되살리고자 했으며, 갈수록 그 본원적인 활기를 잃어가던 당대의 문학과 비평에 이러한 특성을 되돌려주고자 시도했다. 결국 와일드와 울프의 모던한 예술이론은 비평가의 역할이 그 어느 때보다도 중요해진 20세기 후반의 포스트모더니즘 문학을 예견케 했다.

| 인용문헌 |

Caughie, Pamela L. *Virginia Woolf & Postmodernism: Literature in Quest & Question of Itself*. Urbana and Chicago: U of Illinois P, 1991.

Daiches, David. *The Novel and the Modern World*. Chicago: U of Chicago P, 1965.

Ellmann, Richard. "Introduction: The Critic as Artist as Wilde." *The Artist as Critic: Critical Writings of Oscar Wilde*. Ed. Richard Ellmann. London: W. H. Allen, 1970.

Green, R. J. "Oscar Wilde's Intentions: An Early Modernist Manifesto." *The British Journal of Aesthetics* 13.4 (1973): 397-404.

Leavis, F. R. *The Great Tradition.* London: Chatto & Windus, 1948.

Longxi, Zhang. "The Critical Legacy of Oscar Wilde." *Texas Studies in Literature and Language* 30.1 (1988): 87-104.

Lukacs, Georg. *Studies in European Realism.* Intro. Alfred Kazin. New York: Grosset & Dunlap, 1964.

Marcus, Jane. *Art and Anger.* Columbus: Ohio State UP, 1988.

McNeillie, Andrew. "Introduction." *Virginia Woolf: The Common Reader, First Series.* Ed. and Intro. Andrew McNeillie. San Diego: A Harvest Book, 1984.

Pater, Walter. *The Renaissance. Studies in Art and Poetry.* Ed. D. L. Hill. Berkeley: U of California P, 1980.

Stetz, Margaret Diane. "Oscar Wilde and Feminist Criticism." *Palgrave Advances in Oscar Wilde Studies.* Ed. Frederick S. Roden. New York: Palgrave Macmillan, 2004.

Wilde, Oscar. "The Critic as Artist." *Intentions. The Artist as Critic: Critical Writings of Oscar Wilde.* Ed. Richard Ellmann. London: W. H. Allen, 1970.

_____. "The Decay of Lying." *Intentions. The Artist as Critic: Critical Writings of Oscar Wilde.* Ed. Richard Ellmann. London: W. H. Allen, 1970.

_____. "Pen, Pencil and Poison." *Intentions. The Artist as Critic: Critical Writings of Oscar Wilde.* Ed. Richard Ellmann. London: W. H. Allen, 1970.

_____. "The Truth of Masks." *Intentions. The Artist as Critic: Critical Writings of Oscar Wilde.* Ed. Richard Ellmann. London: W. H. Allen, 1970.

Woolf, Virginia. "The Anatomy of Fiction." *Virginia Woolf: Collected Essays, Volume 2.* New York: Harcourt, Brace & World, Inc., 1967.

_____. "The Art of Fiction." *Virginia Woolf: Collected Essays, Volume 2.* New York: Harcourt, Brace & World, Inc., 1967.

_____. *The Diary of Virginia Woolf, Volume V: 1936-1941.* Ed. Anne Oliver Bell. London: Hogarth P, 1984.

_____. "How Should One Read a Book?" *Virginia Woolf: The Common Reader, Vol. II.* Ed. and Intro. Andrew McNeillie. London: Vintage, 2003.

_____. "Jane Austen." *The Common Reader, First Series.* Ed. and Intro. Andrew McNeillie. San Diego: Harvest Book, 1984.

_____. "Modern Fiction." *The Common Reader, First Series*. Ed. and Intro. Andrew McNeillie. San Diego: Harvest Book, 1984.

_____. *"The Moment" and Other Essays*. New York: Harcourt Brace Jovanovich, 1948.

_____. "Mr. Bennet and Mrs. Brown." *The Captain's Death Bed and Other Essays*. San Diego: A Harvest/HBJ Book, 1978.

_____. "The Narrow Bridge of Art." *Collected Essays 2*. Ed. Leonard Woolf. New York: Harcourt, Brace & World, Inc., 1967.

_____. "Phases of Fiction." *Virginia Woolf: Collected Essays, Volume 2*. New York: Harcourt, Brace & World, Inc., 1967.

_____. "Poetry, Fiction and the Future." *The Essays of Virginia Woolf, Vol. IV, 1925-1928*. Ed. Andrew McNeillie. London: Hogarth P, 1994.

_____. "Romance and the 'Nineties." *The Essays of Virginia Woolf, Vol. IV, 1925-1928*. Ed. Andrew McNeillie. London: Hogarth P, 1994.

| 참고문헌 |

김진옥. 「울프의 올란도: 들뢰즈/가타리의 '여성-되기'」. 『제임스 조이스 저널』 9.2
    (2003): 327-46.

김희정. 『버지니아 울프 입문서』. 서울: 일곡문화재단, 2017.

박찬국. 「쇼펜하우어와 불교의 인간이해의 비교연구」. 『존재론 연구』 32 (2013):
    107-38.

울프, 버지니아. 『등대로』. 박희진 옮김. 서울: 솔, 2003.

_____. 『올랜도』. 박희진 옮김. 서울: 솔, 2019. 원제는 Woolf, Virginia. *Orlando:*
    A Biography. New York: A Harvester Book, 2006.

_____. 『존재의 순간들』. 정명희 옮김. 서울: 부글, 2005. 원제는 Woolf, Virginia.
    Moments of Being. San Diego: A Harvest Book, 1976.

윤혜준. 「1930년대의 버지니아 울프: 제국과 파시즘의 문제」. 『안과밖』 16 (2004):
    107-27.

태혜숙. 『버지니아 울프: 여성/모더니티/글쓰기』. 서울: 건국대학교출판부, 1996.

Abel, Elizabeth. *Virginia Woolf and the Fictions of Psychoanalysis.* Chicago: U of
    Chicago P, 1989.

Annan, Noel. "Editor's Introduction." *Leslie Stephen: Selected Writings in British*
    Intellectual History. Ed. Noel Annan. Chicago: U of Chicago P, 1979.

_____. *Leslie Stephen: The Godless Victorian.* Chicago: U of Chicago P, 1984.

_____. *Leslie Stephen: His Thought and Character in Relation to His Time.* Cambridge:
    Harvard UP, 1952.

Bazin, Nancy Topping and Jane Hamovit Lauter, "Virginia Woolf's Keen Sensitivity
    to War: Its Root and Its Impact on Her Novels." *Virginia Woolf and War:*
    Fiction, Reality, and Myth. Ed. Mark Hussey. Syracuse: Syracuse UP, 1991.

Beer, Gillian. *Virginia Woolf: The Common Ground.* Ann Arbor: U of Michigan P, 1996.

Bell, Alan. "Introduction." *The Mausoleum Book.* Oxford: Clarendon P, 1977.

Bell, Clive. *Art.* New York: Capricorn, 1958.

_____. *Civilization.* New York: Harcourt, Brace & Company, 1926.

Bell, Quentin. *Virginia Woolf: A Biography*, 2 vols., II. Orlando: A Harvest Book, 1972.

Benjamin, Walter. "Theses on the Philosophy of History." *Illuminations.* Trans. Harry Zohn. New York: Schocken Books, 2007.

Black, Naomi. *Virginia Woolf as Feminist.* Ithaca: Cornell UP, 2004.

Bowlby, Rachel. *Feminist Destinations and Further Essays on Virginia Woolf.* Edinburgh: Edinburgh UP, 1997.

Bridgwater, Patrick. *George Moore and German Pessimism.* Durham: U of Durham, 1988.

Briggs, Julia. *Virginia Woolf: An Inner Life.* London: Harcourt, Inc., 2005.

Brody, Susan L. "Law, Literature, and the Legacy of Virginia Woolf: Stories and Lessons in Feminist Legal Theory." *Texas Journal of Women and the Law* 21.1 (2011): 1-45.

Butler, Judith. *Gender Trouble.* New York and London: Routledge, 1999.

Carroll, Berenice, A. "'To Crush Him in Our Own Country': The Political Thought of Virginia Woolf." *Feminist Studies* 4.1 (1978): 99-132.

Caughie, Pamela L. *Virginia Woolf & Postmodernism: Literature in Quest & Question of Itself.* Urbana and Chicago: U of Illinois P, 1991.

Corner, Martin. "Mysticism and Atheism in *To the Lighthouse.*" *Studies in the Novel* 13.4 (Winter 1981): 408-23.

Cramer, Patricia Morgne. "Virginia Woolf and Sexuality." *The Cambridge Companion to Virginia Woolf.* Ed. Susan Sellers. Cambridge: Cambridge UP, 2010.

Cuddy-Keane, Melba. "Virginia Woolf and the Public Sphere." *The Cambridge Companion to Virginia Woolf.* Ed. Swan Sellers. Cambridge: Cambridge UP, 2010.

Dahl, Christopher C. "Virginia Woolf's *Moments of Being* and Autobiographical Tradition in the Stephen Family." *Journal of Modern Literature* 10.2 (1983): 175-96.

Daiches, David. *The Novel and the Modern World.* Chicago: U of Chicago P, 1965.

_____. *Virginia Woolf.* London: Editions Poetry, 1945.

DeSalvo, Louise. *Virginia Woolf: The Impact of Childhood Sexual Abuse on Her Life and Work.* New York: Ballantine Books, 1989.

Edel, Leon. *Bloomsbury: A House of Lions.* Philadelphia: Lippincott, 1979.

Ellmann, Richard. "Introduction: The Critic as Artist as Wilde." *The Artist as Critic: Critical Writings of Oscar Wilde.* Ed. Richard Ellmann. London: W. H. Allen, 1970.

Fernald, Anne E. *Virginia Woolf: Feminism and the Reader.* New York: Palgrave Macmillan, 2006.

Forbes, Shannon. "'When Sometimes She Imagined Herself Like Her Mother': The Contrasting Responses of Cam and Mrs. Ramsay to the Role of the Angel in the House." *Studies in the Novel* 32.4 (Winter 2000): 46.

Foucault, M. *The History of Sexuality: An Introduction.* Trans. R. Hurely. Harmondsworth, Middlesex: Penguin, 1987.

Freire, Paulo. *Pedagogy of the Oppressed.* Trans. Myra Bergnan Ramos. New York: Continuum, 1970.

Freud, S. "Some Psychical Consequences of the Anatomical Distinction Between the Sexes." *The Penguin Freud Library*, vols 1-15. Trans. J. Strachey. London: Penguin, 1990~1993.

Froula, Christine. *Virginia Woolf and the Bloomsbury Avant-Garde.* New York: Columbia UP, 2005.

Fry, Roger. *Vision and Design.* Harmondsworth: Pelican, 1937.

Gaipa, Mark. "An Agnostic's Daughter's Apology: Materialism, Spiritualism and Ancestry in Woolf's *To the Lighthouse.*" *Journal of Modern Literature* 26.2 (2003): 1-41.

Gilligan, Carol. *In a Different Voice: Psychological Theory and Women's Development.* Cambridge: Harvard UP, 1982.

Green, R. J. "Oscar Wilde's Intentions: An Early Modernist Manifesto." *The British Journal of Aesthetics* 13.4 (1973): 397-404.

Griffin, Gail B. "Braving the Mirror: Virginia Woolf as Autobiographer." *Biography* 4.2 (1981): 108-18.

Harris, Wendell V. "Arnold, Wilde, and Object as in Themselves They See It." *Studies in English Literature, 1500-1900* 11.4 (1971): 733-47.

Heilbrun, Carolyn. *Towards Androgyny: Aspects of Male and Female in Literature.* London: Gollancz, 1973.

_____. *Writing a Woman's Life.* New York: W. W. Norton & Company, 1988.

Henke, Suezette A. "*Mrs. Dalloway:* the Communion of Saints." *New Feminist Essays on Virginia Woolf.* Ed. Jane Marcus. Lincoln: U of Nebraska P, 1981.

Hickman, Valerie Reed. "Mrs. Dalloway and the Coolies' Wives: *Mrs. Dalloway* Figuring Transnational Feminism." *Modern Fiction Studies* 60.1 (2014): 52-77.

Hill, Katherine C. "Virginia Woolf and Leslie Stephen: History and Literary Revolution." *PMLA* 96.3 (1981): 351-62.

Holtby, Winifred. *Virginia Woolf.* London: Wishart & Co,. 1932.

Houghton, Walter. *The Victorian Frame of Mind: 1830-1870.* New Haven: Yale UP, 1957.

Hussey, Mark. "Living in a War Zoine: An Introduction to Virginia Woolf as a War Novelist." *Virginia Woolf and War: Fiction, Reality, and Myth.* Ed. Mark Hussey. Syracuse: Syracuse UP, 1991.

Hyman, Virginia R. "Concealment and Disclosure in Sir Leslie Stephen's *Mausoleum Book.*" *Biography* 3.2 (1980): 121-31.

_____. "Late Victorian and Early Modern: Continuities in the Criticism of Leslie Stephen and Virginia Woolf." *English Literature in Tradition 1880-1920* 23.3 (1980): 144-54.

_____. "Reflections in the Looking-Glass: Leslie Stephen and Virginia Woolf." *Journal of Modern Literature* 10.2 (1983): 197-216.

Jameson, Fredric. "Presentation I." *Aesthetics and Politics.* London: Verso, 1977.

Knopp, Sherron E. "'If I Saw You Would You Kiss Me?': Sapphism and the Subversiveness of Virginia Woolf's *Orlando.*" *PMLA* 103.1 (1988): 24-34.

Kraft-Ebing, Rihard von. *Psychopathia Sexualis.* Stuttgart: Enke, 1886.

Leaska, Mitchell A. *Virginia Woolf's Lighthouse: A Study in Critical Method.* New York: Columbia UP, 1970.

Leavis, F. R. *The Great Tradition.* London: Chatto & Windus, 1948.

Leavis, Q. D. "Caterpillars of the Commonwealth Unite." *Scrutiny* 7.2 (1938): 203-14.

Lee, Hermione. *The Novels of Virginia Woolf.* London: Methuen & Co Ltd, 1977.

———. "Virginia Woolf's Essays." *The Cambridge Companion to Virginia Woolf.* Ed. Susan Sellers. Cambridge: Cambridge UP, 2010.

Lefew, Penelope. *Schopenhauerian Will and Aesthetics in Novels by George Eliot, Olive Schreiner, Virginia Woolf and Doris Lessing.* Ph. D. dissertation. Northern Illinois University, 1992.

Lilienfeld, Jane. "Where the Spear Plants Grew: The Ramsays' Marriage in *To the Lighthouse.*" *New Feminist Essays on Virginia Woolf.* Ed. Jane Marcus. Lincoln: U of Nebraska P, 1981.

Longxi, Zhang. "The Critical Legacy of Oscar Wilde." *Texas Studies in Literature and Language* 30.1 (1988): 87-104.

Love, Jean O. "*Orlando* and Its Genesis: Venturing and Experimenting in Art, Love, and Sex." *Virginia Woolf: Revaluation and Continuity.* Ed. Ralph Freedman. Berkeley: U of California P, 1980. 189-218.

———. *Virginia Woolf: Sources of Madness and Art.* Berkeley: U of California P, 1977.

Lukacs, Georg. *Studies in European Realism.* Intro. Alfred Kazin. New York: Grosset & Dunlap, 1964.

MacCarthy, Desmond. *Leslie Stephen.* Cambridge: Cambridge UP, 1937.

Magee, Bryan. *The Philosophy of Schopenhauer.* London: Penguin, 2001.

Maitland, Frederic William. *The Life and Letters of Leslie Stephen.* Honolulu: U of P of the Pacific, 2003.

Marcus, Jane. *Art and Anger: Reading Like a Woman.* Columbus: Ohio State UP, 1988.

———. "Introduction." *New Feminist Essays on Virginia Woolf.* Ed. Jane Marcus. Lincoln: U of Nebraska P, 1981.

———. "Introduction: Virginia Woolf Aslant." *Virginia Woolf: A Feminist Slant.* Ed. Jane Marcus. Lincoln and London: U of Nebraska P, 1983.

———. "Liberty, Sorority, Misogyny." *The Representation of Women in Fiction.* Ed. Carolyn G. Heilbrun and Margaret R. Higonnet. Baltimore: The Johns Hopkins UP, 1981.

_____. "The Niece of a Nun: Virginia Woolf, Caroline Stephen, and the Cloistered Imagination." *Virginia Woolf: A Feminist Slant*. Ed. Jane Marcus. Lincoln and London: U of Nebraska P, 1983.

_____. "'No more horses': Virginia Woolf on art and propaganda', *Women's Studies* 4 (1977): 265-89.

_____. "Thinking Back Through Our Mothers." *New Feminist Essays on Virginia Woolf*. Ed. Jane Marcus. Lincoln: U of Nebraska P, 1981.

_____. *Virginia Woolf and the Languages of Patriarchy*. Bloomington & Indianapolis: Indiana UP, 1987.

Marder, Herbert. *Feminism & Art: A Study of Virginia Woolf*. Chicago: U of Chicago P, 1968.

McCracken, LuAnn. "'The synthesis of my being': Autobiography and the Reproduction of Identity in Virginia Woolf." *Tulsa Studies in Women's Literature* 9.1 (1990): 58-78.

McGregor, Jamie Alexander. *Myths, Music & Modernism*. Ph. D. dissertation. Rhodes University, 2009.

McNeillie, Andrew. "Introduction." *Virginia Woolf: The Common Reader. First Series*. Ed. and Intro. Andrew McNeillie. San Diego: A Harvest Book, 1984. ix-xv.

Meisel, Perry. "Virginia Woolf and Walter Pater." *Modern Critical Views: Virginia Woolf*. Ed. Harold Bloom. New York: Chelsea House Publishers, 1986.

Minow-Pinkney, Makiko. *Virginia Woolf and the Problem of the Subject: Feminist Writing in the Major Novels*. Edinburgh: Edinburgh UP, 1987.

Mitchell, Juliet. *Women: The Longest Revolution: Essays on Feminism, Literature and Psychoanalysis*. London: Virago, 1984.

Moore, Madeline. *The Short Season Between Two Silences: The Mystical and the Political in the Novels of Virginia Woolf*. Boston: George Allen & Unwin, 1984.

Naremore, James. *The World Without a Self: Virginia Woolf and the Novel*. New Haven and London: Yale UP, 1973.

Nicolson, Nigel. *Portrait of a Marriage*. Chicago: U of Chicago P, 1973.

Park, Hee-Jin. *The Search beneath Appearances: The Novels of Virginia Woolf and Nathalie Sarraute*. Ph. D. dissertation. Indiana University, 1979.

Pater, Walter. *The Renaissance. Studies in Art and Poetry*. Ed. D. L. Hill. Berkeley: U of California P, 1980.

Phillips, Kathy J. *Virginia Woolf against Empire*. Knoxville: U of Tennessee P, 1994.

Poole, Roger. *The Unknown Virginia Woolf*. New Jersey: Humanities Press International Inc., 1990.

Rose, Phyllis. *Woman of Letters: A Life of Virginia Woolf*. New York: Oxford UP, 1978.

Rosenberg, Beth Carole. "How Should One Write a Memoir? Virginia Woolf's 'A Sketch of the Past.'" *Re: Reading, Re: Writing, Re: Teaching Virginia Woolf*. Ed. Eileen Barrett and Patricia Cramer. New York: Pace UP, 1995.

Ruotolo, Lucio. "*Mrs. Dalloway*: The Unguarded Moment." *Virginia Woolf: Revaluation and Continuity*. Ed. Ralph Freedman. Berkeley: U of California P, 1980.

Sackville-West, Vita, and Sarah Raven. *Sissinghurst: Vita Sackville-West and the Creation of a Garden*. New York: St. Martin's P, 2014.

Sackville-West, Vita. *Knole and the Sackvilles*. London, Heinemann, 1922; Ernest Benn, 1958.

Saul, Jack. *Sins of the Cities of the Plain*. Paris: Olympia Press, 2006.

Schopenhauer, Arthur. *The World As Will and Representation*. 2 Vols. Trans. E.J. Payne. New York: Dover, 1969.

Schulkind, Jeanne. "Introduction." *Moments of Being*. Ed. Jeanne Schulkind. San Diego: A Harvest Book, 1976.

Snaith, Anna. *Virginia Woolf: Public and Private Negotiations*. New York: Palgrave Macmillan, 2000.

Spiropoulou, Angeliki. *Virginia Woolf, Modernity, and History: Constellations with Walter Benjamin*. London: Palgrave Macmillan, 2010.

Squier, Susan M. "A Track of Our Own: Typescript Drafts of *The Years*." *Virginia Woolf: A Feminist Slant*. Ed. Jane Marcus. Lincoln: U of Nebraska P, 1983.

_____. "Tradition and Revision in Woolf's *Orlando*: Defoe and 'The Jessamy Brides.'" *Virginia Woolf.* Ed. Rachel Bowlby. London and New York: Longman, 1992.

Stephen, Leslie. *English Literature and Society in the Eighteenth Century.* San Bernardino: Valde Books, 2015.

_____. *The Mausoleum Book.* Intro. Alan Bell. London: Clarendon P, 1977.

Stetz, Margaret Diane. "Oscar Wilde and Feminist Criticism." *Palgrave Advances in Oscar Wilde Studies.* Ed. Frederick S. Roden. New York: Palgrave Macmillan, 2004.

Tambling, Jeremy. "Repression in Mrs. Dalloway's London." *Essays in Criticism* 39.2 (1989): 137-55.

Usui, Masami. "The Female Victims of the War." *Virginia Woolf and War: Fiction, Reality, and Myth.* Ed. Mark Hussey. Syracuse: Syracuse UP, 1991.

Webb, Ruth. *Virginia Woolf.* London: The British Library Board, 2000.

Wilde, Oscar. "The Critic as Artist." *Intentions. The Artist as Critic: Critical Writings of Oscar Wilde.* Ed. Richard Ellmann. London: W. H. Allen, 1970.

_____. "The Decay of Lying." *Intentions. The Artist as Critic: Critical Writings of Oscar Wilde.* Ed. Richard Ellmann. London: W. H. Allen, 1970.

_____. "The Truth of Masks." *Intentions. The Artist as Critic: Critical Writings of Oscar Wilde.* Ed. Richard Ellmann. London: W. H. Allen, 1970.

Williams, Raymond. *The English Novel: From Dickens to Lawrence.* London: Chatto & Windus, 1973.

Woolf, Leonard. *Imperialism and Civilization.* New York: Harcourt, 1928.

Woolf, Virginia. "The Anatomy of Fiction." *Virginia Woolf: Collected Essays. Volume 2.* New York: Harcourt, Brace & World, Inc., 1967.

_____. "The Art of Fiction." *Virginia Woolf: Collected Essays. Volume 2.* New York: Harcourt, Brace & World, Inc., 1967.

_____. *The Diary of Virginia Woolf.* 5 vols. Ed. Anne Oliver Bell and Andrew McNeillie. New York: Harcourt, 1977~1984.

_____. "How Should One Read a Book?" *Virginia Woolf: The Common Reader. Vol. II.* Ed. and Intro. Andrew McNeillie. London: Vintage, 2003.

_____. "Jane Austen." *The Common Reader. First Series*. Ed. and Intro. Andrew McNeillie. San Diego: Harvest Book, 1984.

_____. "The Leaning Tower." *Collected Essays 2*. New York: Harcourt, Brace & World, Inc., 1967.

_____. *The Letters of Virginia Woolf, 6 vols*. Ed. Nigel Nicolson and Joanne Trautmann. New York: Harcourt, 1975~1982.

_____. "Memories of a Working Women's Guild." *The Captain's Death Bed and Other Essays*. Ed. Leonard Woolf. San Diego: HBJ, 1950.

_____. "Modern Fiction." *Collected Essays 2*. Ed. Leonard Woolf. New York: Harcourt, Brace & World, Inc., 1967.

_____. *"The Moment" and Other Essays*. New York: Harcourt Brace Jovanovich, 1948.

_____. *Moments of Being*. San Diego: A Harvest Book, 1976.

_____. "Mr. Bennet and Mrs. Brown." *The Captain's Death Bed and Other Essays*. San Diego: A Harvest/HBJ Book, 1978.

_____. *Mrs. Dalloway*. London: Modern Classics, 2000.

_____. "The Narrow Bridge of Art." *Collected Essays 2*. Ed. Leonard Woolf. New York: Harcourt, Brace & World, Inc., 1967.

_____. "The Niece of an Earl." *The Common Reader 2*. Ed. Andrew McNeillie. London: Vintage, 2003.

_____. *Orlando: A Biography*. Intro. Maria DiBattisa. Ed. Mark Hussey. Orlando: A Harvest Book, 2006.

_____. "Phases of Fiction." *Virginia Woolf: Collected Essays. Volume 2*. New York: Harcourt, Brace & World, Inc., 1967.

_____. "Poetry, Fiction and the Future." *The Essays of Virginia Woolf, Vol. IV, 1925-1928*. Ed. Andrew McNeillie. London: Hogarth P, 1994.

_____. "Read and Not to Read." *The Essays of Virginia Woolf. 1912-1918. Vol. II*. Ed. Andrew McNeillie. San Diego: Harcourt, 1987.

_____. "Reminiscences." *Moments of Being*. Ed. Jeanne Schulkind. San Diego: A Harvest Book, 1985.

_____. "Romance and the 'Nineties." *The Essays of Virginia Woolf, Vol. IV, 1925-1928*. Ed. Andrew McNeillie. London: Hogarth P, 1994.

_____. *A Room of One's Own*. London: Hogarth Press, 1967.

_____. "A Sketch of the Past." *Moments of Being*. Ed. Jeanne Schulkind. San Diego: A Harvest Book, 1985.

_____. *Three Guineas*. Intro. Jane Marcus. Orlando: A Harvest Book, 2006.

_____. "To Hugh Walpole." *The Letters of Virginia Woolf* 6. Ed. Nigel Nicholson and Joanne Trautmann. New York: Harcourt Brace Javanovich, 1982.

_____. *To the Lighthouse*. Intro. Hermione Lee. London: Penguin Books, 1991.

_____. *A Writer's Diary*. Ed. Leonard Woolf. New York: Harcourt Brace Jovanovich, 1953.

Wyatt, Jean. "Avoiding Self-Definition: In Defense of Women's Right to Merge (Julia Kristeva and Mrs. Dalloway)." *Women's Studies* 13 (1986): 115-26.

Young, Julian. *Schopenhauer*. New York: Routledge, 2005.

Zwerdling, Alex. "Mastering the Memoir: Woolf and the Family Legacy." *Modernism/Modernity* 10.1 (2003): 165-88.

_____. *Virginia Woolf and the Real World*. Berkeley: U of California P, 1986.

- 인물명 -

- 기타 -

지은이 **이순구**

충남대학교 영어영문학과를 졸업하고, 서울대학교 대학원 영어영문학과에서 영소설로 석사와 박사학위를 받았으며, U.C. Berkeley 대학 영어영문학과에서 박사 후 과정을 수료했다(한국연구재단 후원). 평택대학교 피어선칼리지 학장과 한국버지니아울프학회 회장을 역임했으며, 현재 평택대학교 정교수로 재직 중이다.

저서로『죠지 엘리어트와 빅토리아조 페미니즘』,『오스카 와일드: 데카당스와 섹슈얼리티』,『페미니즘 시각에서 영미소설 읽기』(공저),『19세기 영어권 여성문학론』(공저),『버지니아 울프 3』(공저),『영국근대소설』(공저),『세계를 바꾼 현대작가들』(공저) 등이 있다. 역서로『영국소설사』(공역), *A Guidebook for Marriage Migrants*(공역),『윌리엄 모리스: 낭만주의자에서 혁명가로』(공역),『나방의 죽음』(공역),『울프가 읽은 작가들』(공역) 등이 있다.

버지니아 울프와 아웃사이더 문학

초판 1쇄 발행일 2022년 11월 30일

이순구 지음

발 행 인   이성모
발 행 처   도서출판 동인 / 서울특별시 종로구 혜화로3길 5, 118호
등록번호   제1-1599호
대표전화   (02) 765-7145 / FAX (02) 765-7165
홈페이지   www.donginbook.co.kr
이 메 일   donginpub@naver.com
I S B N   978-89-5506-884-9 (93840)
정   가   23,000원

※ 잘못 만들어진 책은 바꾸어 드립니다.